古典文學研究輯刊

五　編

曾永義 主編

第10冊

元雜劇敘事研究

鄭柏彥 著

國家圖書館出版品預行編目資料

元雜劇敘事研究／鄭柏彥 著 — 初版 — 新北市：花木蘭文化出版社，2012〔民101〕

序2+目2+202面；19×26公分

(古典文學研究輯刊 五編；第10冊)

ISBN：978-986-254-931-5（精裝）

1. 元雜劇 2. 戲曲評論

820.8 101014716

古典文學研究輯刊

五 編 第 十 冊 ISBN：978-986-254-931-5

元雜劇敘事研究

作　　者　鄭柏彥

主　　編　曾永義

總 編 輯　杜潔祥

出　　版　花木蘭文化出版社

發 行 所　花木蘭文化出版社

發 行 人　高小娟

聯絡地址　新北市永和區中正路五九五號七樓

電話：02-2923-1455／傳眞：02-2923-1452

網　　址　http://www.huamulan.tw 信箱 sut81518@gmail.com

印　　刷　普羅文化出版廣告事業

初　　版　2012年9月

定　　價　五編20冊（精裝）新台幣33,000元

元雜劇敘事研究

鄭柏彥　著

作者簡介

鄭柏彥，東華大學中國語文學系博士班畢業，主要研究領域為古典戲曲、中國文體學、文學史理論、民間文學等。曾任教於東華大學、高雄大學、文藻外語學院、屏東科技大學、輔英科技大學、美和科技大學等校，現為淡江大學中文系專任助理教授。著有《中國古典戲曲文體論》、《元雜劇敘事研究》，另有〈論「韓孟詩派」在文學史論述中的建構方法及其意義〉、〈界義「民間文學」的論述方法及其相關問題〉、〈中國古代文學史源流論述中的「文統」與「道統」〉、〈中國古代選本中「古」義的內涵、特性及其所衍生的批評效用〉等多篇論文與教材編纂數種。

提　　要

本論文先從文體的角度將元雜劇進行分析，探究其敘事本質與抒情、言志相互因依的特性，說明元雜劇本質中敘事與抒情、言志的不可分割性。然後，以此本質與內涵為基礎，討論元雜劇外在的敘事表現，主要將元雜劇的敘事表現分為「敘」與「事」兩方面進行探究。在「敘」方面，主要從「代言體與敘事體同構的敘事角度」、「情節推展的敘述特徵」、「深化與蓄勢」、「敘事時間」等方面進行分析。在「事」方面，主要從用事的「虛實」與「熟奇」兩方面進行論述。釐清戲曲中「虛實」概念之內涵與元雜劇的「虛實」表現；分析「熟」與「奇」的內涵與作用，並深入探討「熟」與「奇」的矛盾與互融。最後綜合元雜劇敘事文體、本質的內在之「體」與外在表現之「用」嘗試建構元雜劇的敘事體系。

序

（本論文獲趙廷箴獎學金獎助完成，謹此謝忱）

本論文主要希望修正「敘事」在元雜劇研究中所受到相對忽視的情形。元雜劇中的「敘事」與抒情、言志是密不可分的，彼此相輔相成，共同組構出一部部的元雜劇劇本。由是本文的目的即在發掘元雜劇敘事內涵，藉此對元雜劇藝術有更深一層的思考。

本論文旨在討論元雜劇敘事的相關內涵。先分析建構元雜劇的文體架構，從中提出元雜劇與敘事相關的要素。並且從元雜劇的敘事本質與抒情、言志相互因依的特性，說明元雜劇本質中敘事與抒情、言志的不可分割性。然後以敘事文體內涵、本質為基礎討論元雜劇外在的敘事表現。將元雜劇外在敘事表現分為「敘」與「事」進行討論，在敘述表現部分，主要從敘事角度、情節鋪排、敘事時間三方面論述，從「代言體」與「敘事體」探討元雜劇敘事角度的呈現；從「敘事體」在情節推展上的效用、敘述的鋪張與重複、二分敘述等討論元雜劇情節的鋪排；從「表面時間」、「抒情時間」兩者討論元雜劇的時間表現。

在元雜劇用事表現部分，主要從用事的虛實與熟奇兩方面進行論述。在用事虛實方面，先從「材料意義」與「方法意義」說明元雜劇虛實的內涵，然後從虛實的材料選擇、創作方法、以及內在規律說明虛實表現。在用事熟奇方面，則是將熟、奇析為熟事、熟人、熟情、熟理、奇事、奇情等不同概念，在論述其表現與原因，以及其中的矛盾與互融。最後綜合元雜劇敘事文體、本質的內在之「體」與外在表現之「用」嘗試建構元雜劇的敘事體系。

目次

第一章　緒　論

第一節　題名釋義與研究動機、方法

壹、題名釋義

開始進行討論之前必須先對本文論題「元雜劇敘事研究」作明晰的界說，如此方能確立本文討論的範圍。「元雜劇敘事」一詞初步可以分爲「元雜劇」與「敘事」兩個概念，以下就分別對「元雜劇」與「敘事」兩詞進行界義。

一、「元雜劇」一詞釋義

「元雜劇」一詞基本上可以包含兩個概念。其一爲「元代的雜劇」，指的是有元一代作家所創作的雜劇作品。其二是將元雜劇視爲一個文體，故只要合於元代雜劇這一個文體的作品便是元雜劇，因此其創作年代不一定要在元代，可涉及至元明之際的作品。此一概念由於少了年代的限制，因此外延擴大，包含的劇本也就更多，本文即採用此一意義。

就「元雜劇」的第二個概念意義可以再進一步賦予它兩層內涵。一爲「材料意義」，指「元雜劇」作品作爲被研究的材料，這一個意義的內涵即是本文的研究對象，其包含的範圍詳見下論。二爲「文體意義」，指「元雜劇」作品中所蘊含的「文體意義」，這一個意義則是本文的切入角度之一，至於「元雜劇」的文體內涵在本文第二章另有詳細論述。

二、「敘事」一詞釋義

「敘事」一詞內涵界義是本文的論述起點，因爲「元雜劇敘事」這一個論題已經預設「元雜劇」中具備「敘事」內涵，因此定義「敘事」所指涉的內涵，才能對論題作進一步的開展。

「敘事」一詞基本上可從字面析爲「敘」與「事」，二者關係可以是「結合關係」表示敘事這個動作，或是「組合關係」表示敘的「事」，這是對「敘事」一詞的基本認識。然「敘事」一詞的內涵並不僅於此，「敘事」在中國與西方分別指涉不同且複雜的意義，形成了文學批評上的兩個概念。以下就先分別概述中國與西方的「敘事」概念所指涉的內涵，然後再確定本論文對「敘事」概念的界義。

（一）中國古典文學中的「敘事」概念的內涵

「敘事」概念指涉的內涵在中國古典文學中基本上可以區分爲「本義」與「文體義」。「本義」指的是「敘事」的字源意義；「文體義」則是指「敘事」作爲一個文體批評上的術語所蘊含的意義，以及在戲曲批評上的意義，這部分即是中國「敘事」概念的重點。以下分別論述之。

1.「敘事」的本義

「敘事」由「敘」與「事」構成，《說文解字》解「敘」云：「次第也，從攴余聲」〔註 1〕；解「事」：「職也，從史止聲」。〔註 2〕「敘」指「次第」，在《周禮・天官塚宰》中有六「敘」：

> 小宰之職，掌建邦之宮刑，以治王宮之政令，凡宮之糾禁。掌邦之六典、八法、八則之貳，以逆邦國、都鄙、官府之治。執邦之九貢、九賦、九式之貳，以均財節邦用。以官府之六敘正群吏：一曰以敘正其位，二曰以敘進其治，三曰以敘作其事，四曰以敘制其食，五曰以敘受其會，六曰以敘聽其情。〔註 3〕

這裡的「敘」即是次第、次序、先後之意。〔註 4〕至於「事」，王國維（1877～1927）認爲殷商無「事」字，以「史」爲「事」。〔註 5〕又《說文》解「史」

〔註 1〕參見（漢）許慎著，（清）段玉裁注，魯實先正補：《說文解字注》（台北：黎明文化事業股份有限公司，1974 年），頁 127。

〔註 2〕同上註，頁 117～118。

〔註 3〕參見（漢）鄭玄注，（唐）賈公彥疏《周禮注疏》（台北：藝文印書館，2000 年，影印清嘉慶二十一年阮元校刻《十三經注疏》本），頁 42。

〔註 4〕鄭玄注「敘」云：「敘，秩次也，謂先尊後卑也。」《釋文》解此云：「秩次者，謂尊卑之常，各有次敘也。」皆言次序之意。同上註。

〔註 5〕王國維在《觀堂集林》〈釋史〉中云：「然殷人卜辭皆以史爲事，是尚無事字。周初之器，如毛公鼎、番生敦二器，卿事作事，大史做史，始別二字。」參

曰：「記事者也」，也就是說「事」指以「記錄」爲職的人，這是「敘」與「事」二字的本義。

至於「敘事」二字最早連用見於《周禮・春官宗伯》〔註6〕，其所用「敘事」一詞都有次第順序、依序行事之義〔註7〕。又「敘」與「序」相通，「敘事」亦有做「序事」。楊義（1946～）從「敘」與「序」的通用，引出「敘事」或「序事」與時間空間的密切關係，又從「序」與「緒」的同音通假，引出故事線索頭緒之意，賦予「敘事」之「敘」豐富的內涵，但二者仍是作爲動賓詞組使用。〔註8〕

2.「敘事」的文體意義

「敘事」作爲一種文類術語是始自唐劉知幾的《史通》中的《敘事》篇，成爲文類概念並開始受到承認是始自《文章正宗》。從《文章正宗》所言之「敘事」，可以進一步思考「敘事」概念所蘊含的文體意義，〈文章正宗綱目〉云：

> 故今所輯，以明義理切世用爲主。其體本乎古，其指近乎經者，然後取焉，否則辭雖工亦不錄。其目凡四：曰辭命、曰議論、曰敘事、曰詩賦，今凡二十卷云。〔註9〕

由此可以看出《文章正宗》是以「明義理」、「切世用」、「體本乎古」、「指近乎經」爲選文依據，再將選出來的文章，依照辭命、議論、敘事、詩賦等四

見王國維著：《觀堂集林・上冊》（石家莊：河北教育出版社，2001 年），頁163。

〔註6〕在《周禮・春官宗伯》中有兩段引文用到「敘事」一詞，一爲「馮相氏：掌十有二歲、十有二月、十有二辰、十日、二十有八星之位，辨其敘事，以會天位。冬夏致日，春秋致月，以辨四時之敘。」二爲「內史：掌王之八柄枋之灋，以詔王治，一曰爵，二曰祿，三曰廢，四曰置，五曰殺，六曰生，七曰予，八曰奪。執國灋及國令之貳，以攷政事，以逆會計。掌敘事之灋，受納訪，以詔王聽治。凡命諸侯及孤卿、大夫，則策命之。凡四方之事書，內史讀之。王制祿，則贊爲之，以方出之；賞賜，亦如之。內史掌書王命，遂貳之。」參見《周禮注疏》，頁 404、407～408。

〔註7〕關於第一段引文，賈公彥《疏》解「辨其敘事」云：「云辨其敘事者，謂五者皆爲人候之，以爲事業次序，而事得分辨，故云辨其敘事也」，同上註，頁 404。關於「敘事之法」鄭玄《注》云：「敘，六敘也。」《釋文》解此云：「云『敘，六敘也』者，按《小宰職》有六序。六序之內云『六序以序聽其情』，是其聽治之法也」，這段文字的「敘事」之義，同於上引《周禮・天官冢宰》中「敘」之義，皆言次序。同上註，頁 407。

〔註8〕參見楊義著：《中國敘事學》（嘉義：南華管理學院，1998 年），頁 11。

〔註9〕參見眞德秀編著：《文章正宗》，收於《景印文淵閣四庫全書》集部 8 總集類（台北：台灣商務印書館，1985 年）。

目分類。在「敘事目」中所輯之文，有從《左傳》錄出而變編年體爲紀事本末者，有從《史記》、《漢書》的本紀截出一個完整事件片段者，也有《史記》中記人爲主的傳，以及韓愈、柳宗元等人的人物傳、記事碑、墓誌銘、山水遊記、記述性序和後敘。這說明《文章正宗》並不以「體製」作爲「敘事」的類標準，而是從內容主題進行劃分，是將「敘事」視爲是一種「文學類型論」中的「主題類型」〔註 10〕，如楊義所說的：「總之包羅了記事和記人的歷史，以及記人、記事、記遊的各體散文，把『敘事』看作跨越許多文體的文章門類。」〔註 11〕但此與「詩賦」作爲的「體製」觀念不同，其標準層級不一，會造成歸類上的混淆，例如「敘事詩」是應將其置於「詩賦」類中，或是「敘事」類中？又從《文章正宗》的思路來看，此處的「敘事」又有專屬的體製——「散文」，即「敘事」是以「散文」作爲表現途徑，因此「敘事」與「文體」密不可分。由是可說《文章正宗》中「敘事」一詞指涉爲需透過特定體製加以表現的文體架構「材料因」下的「事」，作爲區分文類的標準之一。由此分析出「敘事」概念的兩個層次：

（1）「敘事」概念的形成依據是寫作時的題材內容，有記事、記人、記史、記遊等題材者即可被視爲「敘事」文類，這是在文體中「敘事」概念的普遍義。這是將「敘事」視爲「跨越許多文體的文學門類」，並強調「事」的部分。

（2）「敘事」並非自成一種體製，而是需以某一種文體爲媒介，受其體製規範。因此雖然「敘事」可以視爲「跨越許多文體的文章門類」，但事實上不同體製下的「敘事」仍會有不同表現，這是在文體中「敘事」概念的個殊義，如戲劇的敘事表現與小說或詩歌等的敘事表現就有不同，這是從不同的體製強調「敘」的部分。並且在同一文體下，可以將「事」再做進一步的分類。

3.「敘事」在戲劇批評上的意義

從文體中「敘事」概念的個殊義，可以進一步延伸出如何「敘事」的問題，也就是「敘事」概念所蘊含的藝術表現意義，這個意義是個殊性的，因爲不同的體製如詩、詞、小說、戲曲等，便會對如何「敘」有不同的要求，就戲曲而言如呂天成（約 1975～1624）《曲品》中便記曰：

〔註 10〕關於文學類型論中「體」與「類」的關係，可參見顏崑陽先生著：《六朝文學觀念叢論》（台北：正中書局，1993 年），頁 126。

〔註 11〕參見楊義著：《中國敘事學》，頁 10。

> 我舅祖孫司馬公謂予曰，凡南劇，第一要事佳，第二要關目好，第三要搬出來好，第四要按宮調、協音律，第五要使人易曉，第六要詞采，第七要善敷衍——淡處作得濃，閒處作得熱鬧，第八要各角色派得勻妥，第九要脫套，第十要合世情，關風化。持此十要以衡傳奇，靡不當矣。〔註 12〕

此處由孫鑛（1543～1620）提出的「十要」中，就包括對傳奇這個文體「敘事」藝術表現的要求，如「事佳」、「關目好」、「善敷衍——淡處作得濃，閒處作得熱鬧」、「脫套」……等等。此四項，即是「本事」與「結構」，這也是古典劇論批評「敘事」藝術表現的兩個主要進路。「事佳」是對「本事」的要求，偏重在「敘事」中的「事」；「關目好」、「善敷衍」、「脫套」是對「結構」〔註 13〕的要求，偏重在「敘事」中的「敘」，這即是曾永義先生（1941～）提出欣賞評論中國古典戲劇的八端中的「本事動人」與「結構謹嚴」兩項。〔註 14〕且因爲古典劇論對「本事」的討論包括「虛實」、「熟奇」等，對「結構」的討論包括情節、關目、排場等，這些也都與「敘事」密切相關，形成一個古典戲劇的敘事理論體系。〔註 15〕

（二）西方敘事學下「敘事」概念的內涵

當「敘事」一詞用來翻譯西方 narrative 一詞時，其指涉的意涵就異於中

〔註 12〕參見（明）呂天成著，吳書蔭校注：《曲品校注》（北京：中華書局，1990 年。以乾隆辛亥 1791 年迦蟬楊志鴻鈔本爲底本，校以清初鈔本、清河本、暖紅室刻本、吳梅校本、曲苑本、中國古典戲曲論著集成本，並參校祁彪佳《遠山堂曲品》等），頁 160。

〔註 13〕李漁的結構論包括了主題、故事、題材、關目四個層面，但這是主張「結構」一詞最廣義者。參見李惠綿先生著：《戲曲批評概念史考論》（台北：里仁書局，2002 年），頁 316、330。在曾永義先生的〈評論欣賞中國古典戲劇的態度與方法〉中「結構謹嚴」條下云：「若舊戲劇結構的謹嚴來說：應當包括兩方面：一是關目布置的靈動，一是排場處理的妥貼。」在此曾先生認爲「結構」只包括「關目」與「排場」兩點，是比李漁的「結構」概念爲窄，本文從此。參見曾永義先生著：《中國古典戲曲的認識與欣賞》（台北：正中書局，1991 年），頁 314。

〔註 14〕同上註，頁 306。

〔註 15〕「敘事理論體系」爲譚帆與陸煒所提出戲劇理論的三大體系之一，是指中國古代戲劇理論史上，以戲劇的故事本體爲其理論研究和批評的對象，是從敘事文學的角度來闡發戲劇故事本體而做出理論批評，故其主要批評體式是「評點」，並包括戲劇故事的創作法則和創作精神。參見譚帆、陸煒合著：《中國古典戲劇理論史》（北京：中國社會科學出版社，1993 年），頁 54～65。

國文學批評所使用的「敘事」一詞，有學者亦用「敘述」來翻譯 narrative，如浦安迪云：

> 「敘事」又稱「敘述」，是中國文論裡早就有的術語，近年來用來翻譯英文 narrative 一詞。〔註 16〕

又如傅修延云：

> 「敘事」和「敘述」有時可以互換，比如「敘事學」也被稱爲「敘述學」。〔註 17〕

浦安迪與傅修延等的看法是將「敘事」與「敘述」二詞等同視之。但亦有認爲「敘事」與「敘述」二詞所指涉的意義不同者，如徐岱云：

> 「敘事」與「敘述」雖是一字之差，但在現代小說學領域，兩者內涵並不相同。「敘述」是一種行爲，指的是敘述主體採用語言這種特定的媒介來表達一些內容，當這種內容是一個故事時，便是「敘事」。〔註 18〕

徐岱在此認爲敘述與敘事的分別在於敘事包含一個故事，敘述則無。又如熱奈特（1930～）提出「敘事」一詞的「內容」、「形式」、「方法」三層含意，並將之區分，云：

> 我們從現在起就必須用單義詞來表示敘述現實的這三個側面，我們不多談選擇詞語的明顯的理由，建議把「所指」或敘述內容稱作故事（即使該內容恰好戲劇性不強或包含事件不多），把「能指」，陳述，話語或敘述文本稱作本義的敘事，把生產性敘述行爲，以及推而廣之，把該行爲所處或眞或假的總情境稱作敘述。〔註 19〕

熱奈特在此段文字中指出「敘述」內涵的三個層次，由此內涵的多層次性，也衍生出對「敘述學」與「敘事學」二詞看法的差異，如董小英（1954～）以熱奈特說法爲依據提出「敘述學」一詞用法，其云：「敘述學是通過敘述形式研究敘述方法的學問。」〔註 20〕關於「敘事學」，胡亞敏解釋云：

〔註 16〕參見（美）浦安迪講演：《中國敘事學》（北京：北京大學出版社，1996 年），頁 4。

〔註 17〕參見傅修延著：《先秦敘事研究——關於中國敘事傳統的形成》（北京：東方出版社，1999 年），頁 9。

〔註 18〕參見徐岱著：《小說形態學》（杭州：杭州大學出版社，1992 年），頁 46。

〔註 19〕參見（法）熱拉爾・熱奈特著，王文融譯：《敘事話語　新敘事話語》（北京：中國社會科學出版社，1990 年），頁 7～8。

〔註 20〕參見董小英著：《敘述學》（北京：社會科學文獻出版社，2001 年），頁 17。

何謂敘事學，人們曾做過種種界定。或曰，「敘事學是對敘事文形式和功能的研究」；或曰，敘事學是「敘事文的結構研究」；或曰，「敘事學是敘事文本的理論」。新版的《羅伯特法語辭典》給敘事學下的定義是：「關於敘事作品、敘述、敘事結構以及敘事性的理論」。這些定義雖不盡一致，但將敘事學看做對敘事文內在形式的科學研究這一點是共同的。〔註21〕

由董小英及胡亞敏的不同定義，可區別出「敘述學」與「敘事學」二詞所指涉的不同內涵。「敘述學」一詞的用法強調的是敘述的方法，而「敘事學」一詞則多了「敘事作品」、「敘事結構」以及「敘事性」等等相近卻又不完全等同的內涵。會造成這種對於「敘事」或「敘述」兩詞乃至於「敘事學」或「敘述學」指涉有差異的情形，主要還是因爲「敘事學」成爲一門學科並被專門研究的時間還太短，誠如羅鋼所說：

敘事學是一門非常年輕的學科。如果以 1969 年茨維坦·托多洛夫第一次提出「敘事學」（Narratology）這個術語的時間作爲它的誕生之日，它的歷史才不過二十多年。然而，在這二十多年時間裡，它卻獲得了迅速的發展，取得了引人矚目的成就。……。敘事學是如此的年輕，而它所研究的卻是和人類歷史一樣古老的敘事交際行爲，二者構成了一個有趣的對比。二十多年，對於一個人說也許是漫長的，對於一門學科來說委實是太短暫了。所以至今這門學科在各方面都仍然處於形成的過程中，學科自身的理論基礎還非常薄弱。例如，即使在敘事學家們中間，也未能就這門學科的性質、對象、範圍等這樣一些最根本的問題達成一個較爲統一的意見。〔註22〕

敘事學雖然因爲發展時間太短，致使這門學科的性質、對象、範圍都上有爭議，但在歸納許多敘事學相關書籍，仍可以知悉敘事學的基本論點包括敘事角度、敘事時空、情節結構、敘事語式等等偏重於形式技巧方面的討論，因此雖然西方敘事學的發展尚未成熟，但就由這些基本論點的提示，仍然可以對元雜劇敘事特點進行不同角度的思考。

（三）本文對「敘事」概念的界義

從以上對中、西「敘事」內涵的概述，可知「敘事」一詞具有多義性，

〔註21〕參見胡亞敏著：《敘事學》（武漢：華中師範大學出版社，1998 年），頁 1。
〔註22〕參見羅鋼著：《敘事學導論》（昆明：雲南人民出版社，1994 年），頁 1。

這種多義性主要是來自於對「敘事」一詞中「敘」或「事」的偏重。在文體意義上的「敘事」一詞偏重在「敘的『事』」，西方敘事學下的「敘事」偏重在「事要怎麼『敘』」，而在古典戲劇批評中則「敘」與「事」二者兼顧。從「事」到「敘事」，可以說是從材料意義到表現技巧意義上的層次轉變。本論文題目「元雜劇敘事」中的「敘事」即是指「通過某種講述，構成一個故事」〔註 23〕，其內涵牽涉到文體、古典戲劇批評、西方敘事學等研究領域，因此具有較廣義的概念內涵。對於「敘事」一詞寬泛的認定，可以讓本文在討論元雜劇的「敘事」文體結構、本質與表現時，能夠更完整的呈現元雜劇的「敘事」內涵。

不過西方討論「敘」的技巧，與中國戲劇批評的進路不盡相同，由於中、西敘事體系的差異，致使本論題需先面對應該如何取捨中、西敘事理論的問題。楊義從文化思維差異的角度思考中、西敘事理論體系的差異，提出了返回中國文化原點，參照西方敘事學理，貫通古今文史，融合以求體系創造的學術思路來建構中國敘事學。〔註 24〕楊義結合中國與西方敘事學做一融通性的思考，但本文與楊義存在著研究層位的差異，因爲楊義以「敘事學」爲主要論題，所以敘事理論的相關資料爲其主要研究對象，敘事文學作品是做爲證據性材料；而本文是以元雜劇爲主要對象，企圖發掘元雜劇中的敘事內涵與表現，敘事理論只是作爲一個現象的統攝或切入點，作爲輔助歸納或引出論題之用，並不是主要的研究對象。且由於西方敘事學本身的內涵並未有固定之說，因此本文雖以「敘事」爲題，但並不完全在西方敘事學的籠罩之下，而是從中國對「敘事」一詞的理解出發，就敘事與文體的關係思考元雜劇本身所具有的敘事特質，並不僅限於對形式、結構的探討，亦是更進一步思考敘事形式、結構的內在質性，其中若有與中國或西方敘事相關理論相關之處，則藉其理論表明之，並不全盤引用理論，因爲理論本身的排他性，除了會造成削足適履的謬誤外，更會限制文章論述的內容與深度。

貳、研究動機

遍覽元雜劇劇本後可以發現所有的劇本都在演述一個故事，由此可以證

〔註 23〕參見（英）史蒂文・科恩、（美）琳達・夏爾斯（Steven Cohan、Linda M. Shires）合著，張方譯《講故事——對敘事虛構作品的理論分析》（北縣：駱駝出版社，1997 年），頁 1。

〔註 24〕參見楊義著：《中國敘事學》，「序言」頁 3。

明「所有元雜劇劇本都在敘事」這個命題爲眞，「敘事」是構成元雜劇一個極重要的要素。但在元雜劇的相關研究中，論者多認爲「敘事」在元雜劇中的重要性不高，無法與抒情在元雜劇中的地位相比，因爲古今論者向來認定元雜劇的敘事表現並無可觀之處。如李漁（1611～1679）在《閒情偶寄》中云：

傳奇一事也，其義理分爲三項：曲也，白也，穿插之關目也。元人之長，只居其一，曲是也，白與關目皆其所短。〔註25〕

李漁認爲元雜劇在關目與賓白上表現並不佳。又王國維在《宋元戲曲考》中亦云：

元劇關目之拙，固不待言。此由當日未嘗重視此事，故往往互相蹈襲，或草草爲之。〔註26〕

除了李漁和王國維批評元雜劇關目的短拙外，現代研究者也從抒情性、或音樂性的角度貶抑元雜劇的敘事表現，如顏天佑（1948～）在〈從俗套蹈襲看元雜劇的結構〉一文中云：

元雜劇獨善曲詞唱腔而不重關目結構的基本型態，恐怕是最值得我們注意的了。因爲從敘事文學的觀點來看，如此基本型態卻註定了中國戲劇長於抒情的詩劇特色，而大大削弱了植基於完整結構的敘事精神。〔註27〕

又如傅謹云：

而從元代流傳下來的一些優秀的、備受後人稱頌的戲曲傑作中，我們更可以清楚地看到戲曲的音樂結構在作品中所佔的地位遠遠超過故事結構。或者說，至少元代的雜劇作者，他們絕對不會棄作品的音樂結構於不顧，卻很少考慮作品的故事結構。〔註28〕

顏天佑與傅謹從元雜劇中抒情與音樂的重要性，來論證說明敘事在元雜劇中並不被重視。然而這種論證方式還有討論的空間，抒情性與音樂性在元雜劇

〔註25〕參見（清）李漁著：《閒情偶記．詞曲部》，收於中國戲劇研究院編校重排：《中國古典戲曲論著集成．第七冊》（北京：中國戲劇出版社，1959年以清康熙十年翼聖堂刻本爲底本，另以清雍正八年芥子園刻《笠翁一家言全集》本補），頁17。

〔註26〕參見王國維著：《王國維戲曲論文集——〈宋元戲曲考〉及其他》（台北：里仁書局，1993年），頁124。

〔註27〕參見顏天佑著：《元雜劇八論》（台北：文史哲出版社，1996年），頁212。

〔註28〕參見傅謹著：《戲劇美學》（台北：文津出版社，1995年），頁61～62。

中具有重要地位，並無損於敘事在元雜劇中的地位，因爲它們並非是互相排斥，反而是相輔相成的。尤其是在抒情性重的文體中，劇作家如何在抒情與敘事中取得最佳的表現方式，反而是更值得探究的問題。

本文的原因性動機，即是希望修正「敘事」在元雜劇中所受到相對忽視的情形。忽視「敘事」在元雜劇中地位的論點是因未對元雜劇劇本中的「敘事」內涵進行全面的剖析，以及未將「敘事」置於元雜劇中作整體性考量所做出的論斷。筆者認爲討論元雜劇中的「敘事」不應該是抽離式的，在元雜劇中「敘事」與情感抒發、言志教化等是密不可分的，彼此相輔相成共同組構出一部部的元雜劇劇本。

而本文的目的性動機即在肯定元雜劇本質中敘事成素的地位，並說明敘事與抒情、言志的不可分割性，提出元雜劇本質的綜合特性，補充前人對元雜劇本質內涵所忽略的部分，以及結合中國古典文學批評理論與西方敘事理論來發掘元雜劇敘事表現的特點，企圖建構出元雜劇的敘事體系。

參、研究方法

本論文的研究方法是以元雜劇本身的文體架構作爲討論起點，先分析出元雜劇文體架構中的敘事要素，以及提出元雜劇的敘事本質〔註 29〕與抒情、言志相互因依的特性。關於文學本質的思考可以從文學形上學的角度討論其先驗的、超越的實現原理，或是從文體觀念進行後驗的思考，如顏崑陽先生所說：

> 文學的形上學，假如被認爲有所謂超越的實現原理，那便是先驗命題，不涉實在作品。但文體知識，卻無疑的是後驗的知識。假如沒有文學作品的實現，根本不能成立文體知識。……在文體觀念中，所謂的「本質」是相對的、歷史的，並非絕對的、先驗的。〔註 30〕

在這兩種進路中，對於先驗命題的討論容易流於空泛，不過較容易標舉出共

〔註 29〕 對於「本質」一詞有許多的定義，本文在此採用《中國哲學大百科　哲學》「本質與現象」條的定義，即將「本質」指涉爲一物之所以異於他物的內在質性，此定義爲「本質」較普遍基本的看法。藉由淺層的外在形相掌握「本質」；通過對「本質」的理解，能深化對外在形相的觀察；從深層外在形相的掌握，能對「本質」內涵有更深的理解。詳可見中國大百科全書出版社編輯部編：《中國哲學大百科　哲學 I》（北京：中國大百科全書出版社，1985 年），頁 35～36。

〔註 30〕 參見《六朝文學觀念叢論》，頁 105。

同性的原理、原則。當落實到實際作品進行討論時，則容易受到討論對象範圍的限制，使得所提出共同性的原理、原則的規範效力僅限於被研究之對象，不過這種論述有本有據，研究成果的正確性可以通過實際作品的檢證而成立。由於本文的研究對象限定在元雜劇劇本，目的在發掘元雜劇的敘事內涵，此種研究方法即爲後驗批評。

在提出元雜劇文體架構中的敘事要素，以及元雜劇的敘事本質與抒情、言志相互因依的特性後，以此二者作爲元雜劇敘事的「體」，將這個「體」與元雜劇外在的敘事表現也就是元雜劇敘事的「用」相連結，通過「體」與「用」的連結，建構屬於元雜劇的敘事體系。在討論敘事的表現技巧時，仍借重西方敘事理論精細的分析方法作爲切入進路或支撐性論點，但並非是全盤理論的套用，因爲理論的套用容易產生削足適履的謬誤，因此在探討元雜劇文體內涵、本質內涵等論題時仍須回歸元雜劇與中國古典文學自身，通過中國古典文學批評發掘一些西方理論所無法涉及的部分。

由以上構想提出本文研究的步驟，主要有五：

一、建構元雜劇的文體架構，並進一步在元雜劇的文體架構中提出其中與敘事相關的要素。

二、提出元雜劇的敘事本質與抒情、言志相互因依的特性，說明元雜劇本質中敘事與抒情、言志的不可分割性，而此一特性也會反映在元雜劇外在的敘事表現中。就以上兩點爲基礎討論元雜劇外在的敘事表現，並將元雜劇外在敘事表現分爲「敘」與「事」進行討論。

三、在元雜劇的敘述表現部分，主要從敘事角度、情節鋪排、敘事時間三方面論述，此處除了從古典曲論爲進路進行思考外，亦佐以西方的敘事理論的分析方法，並結合元雜劇本身的文體與本質特性，將元雜劇敘事之「體」與敘述之「用」相連結。

四、在元雜劇用事表現部分，主要從用事的虛實與熟奇兩方面進行論述。首先以古典曲論中對於戲曲用事虛實的討論爲思考進路，提出虛實之間的關係，再以此討論元雜劇中用事虛實的表現。其次討論用事的熟奇，亦是先定義熟奇的概念內涵，再進一步討論元雜劇用事熟奇的表現與原因。

五、綜合元雜劇敘事的內在之「體」與外在之「用」，以之建構元雜劇的敘事體系。

第二節　前行研究成果概述

受到傳統元雜劇研究論述的影響，至今尚未有對元雜劇所蘊含的「敘事」內涵作全面性整理的現代學術論著，不過仍有許多研究著作是以元雜劇敘事部分內涵爲主要研究內容，或是在研究著作中部份章節涉及到部分的「敘事」內涵。以下所要說明的研究成果回顧即是以此爲主。

與「元雜劇敘事」這個議題相關的現代學術論著多半只涉及到敘事內涵中故事題材與情節結構的部份，即討論元雜劇劇本中本事的內容或情節結構如何安排措置等相關論題。這類的研究著作大部分是各自以不同的分類標準篩選出若干劇本後，再進一步就該類劇本進行討論，其中往往涉及情節結構的討論，也就是在研究作品中有專章討論該類劇本呈現出何種情節結構模式。這類型著作篩選劇本主要的分類方式有：依劇作家歸類、依題材歸類、依情節歸類等三種。依劇作家歸類者，如徐子方的《關漢卿研究》〔註31〕、顏天佑在《元雜劇八論》中的〈試論元雜劇體製對其結構之影響——以關漢卿作品爲例〉等。依題材歸類者，即歸類相同的故事題材類型，再進一步發掘該類所蘊含意義，這是研究元雜劇的趨勢之一，此類研究多是學位論文。如：

齊曉楓　元代公案劇研究　輔仁大學碩士論文　1973 年
趙幼民　元代度脫劇研究　輔仁大學碩士論文　1975 年
魏惠娟　元代家庭劇研究　師範大學碩士論文　1984 年
吳秀卿　元代文人故事劇研究　臺灣大學碩士論文　1985 年
李　相　元代風情劇研究　師範大學碩士論文　1986 年
譚美玲　元代仕隱劇研究　輔仁大學碩士論文　1988 年
李順翼　元代士人劇研究　東吳大學碩士論文　1988 年
鄭義源　元雜劇歷史戲之研究　政治大學碩士論文　1988 年
吳姍姍　元雜劇中的通俗劇結構　成功大學碩士論文　1993 年
范長華　元代報冤類雜劇研究　高雄師範大學博士論文　1994 年
呂幸珍　元代包公戲研究　師範大學碩士論文　1994 年
黃慧眞　元雜劇的娼妓題材研究　逢甲大學碩士論文　1995 年
黎滔泉　元雜劇死亡題材研究　逢甲大學碩士論文　2000 年

〔註31〕在該書的第八章中即有對情節結構的討論。詳見徐子方著：《關漢卿研究》（台北：文津出版社，1994 年。此爲 1993 年陝西師範大學博士論文），頁 334～383。

龍潔玉　元雜劇包公戲與明包公小說研究　臺灣大學碩士論文　2000 年

此類研究爲論者定義出某一故事題材作爲分類標準篩選出部分的元雜劇劇本，再對篩選出的劇本進行研究。在這類研究中通常會涉及到如何「敘」的問題，也討論就是該類型的劇作，呈現出何種的書寫技巧與特色，但討論也多以情節結構爲主，如吳珊珊的《元雜劇中的通俗劇結構》就是以「通俗劇」爲研究對象討論其情節結構。還有另一種就是依情節歸類，即以劇本中出現的某些相同情節爲分類標準。如：

陳美雪　元雜劇神話情節研究　輔仁大學碩士論文　1979 年

葉慧玲　元雜劇中「夢」的探析　師範大學碩士論文　1999 年

葉三銘　元雜劇中復仇之情節與人物　成功大學碩士論文　1999 年

這一類的研究是在眾多劇本中歸納類似的情節，透過主題思想、情節結構、人物形相等角度進行研究，討論該情節類型在劇本中的意義。

除以某一劇本群爲討論對象的研究作品外，也有以單一劇本爲對象討論該劇本的情節結構，如顏天佑在《元雜劇八論》中的〈試論《救風塵》一劇的對比結構及其意義〉與〈試論《漢宮秋》雜劇結構的抒情取向〉〔註 32〕……等等。

另外也有部分學者是觀察到元雜劇的某些共同特徵，進而思考該共同特徵與情節結構上的關係，如許子漢先生的《元雜劇聯套研究——以關目排場爲論述基礎》〔註 33〕、游宗蓉先生的《元雜劇排場研究》〔註 34〕、顏天佑的〈從俗套蹈襲看元雜劇的結構〉〔註 35〕等，分別從曲牌聯綴規律、排場、俗套蹈襲等不同角度討論元雜劇的情節結構。

此外，值得注意的是近年來大陸學者使用西方敘事理論研究元雜劇，如韓麗霞〈試論元雜劇的情節結構模式〉、〈從元雜劇體製看中國戲曲顯在敘述模式的若干基本特性〉〔註 36〕；陳建森〈元雜劇「演述者」身份的轉換與「代言性演述斡預」〉、〈試論元雜劇的演述形式〉〔註 37〕……等等，這些論文多從

〔註 32〕詳見顏天佑著：《元雜劇八論》，頁 23～80。

〔註 33〕詳見許子漢先生著：《元雜劇聯套研究》（台北：文史哲出版社，1998 年）。

〔註 34〕詳見游宗蓉先生著：《元雜劇排場研究》（台北：文史哲出版社，1998 年）。

〔註 35〕詳見顏天佑著：《元雜劇八論》，頁 169～212。

〔註 36〕〈試論元雜劇的情節結構模式〉，收於《許昌師專學報（社會科學版）》，第 17 卷第 3 期（1998 年）；〈從元雜劇體製看中國戲曲顯在敘述模式的若干基本特性〉，收於《河南教育學院學報（哲學社會科學版）》，第 2 期（1997 年）。

〔註 37〕〈元雜劇「演述者」身份轉換與「代言性干預」〉，收於《華南師範大學學報

西方敘事理論的角度研究元雜劇敘事內涵，對元雜劇敘事技巧有新的詮釋，然而這種論述方式過份偏重於西方敘事理論的使用，以致於割裂元雜劇劇作與元雜劇這個文體以及與中國文學傳統之間的關係，易使元雜劇劇本的敘事表現失去與元雜劇文體本身的內在聯繫，這種純以西方敘事理論角度研究元雜劇的方式並無法完整呈現元雜劇的敘事內涵。

由以上前行研究成果的概述，可以進一步思考「元雜劇敘事」這個論題可以繼續發展的部分。傳統元雜劇研究較偏重從古典曲論進行討論，而大陸地區最近的研究則較偏重從西方敘事理論進行討論，兩者各有優點，也都還有可以進一步發展的空間，這個空間除了結合中西理論以呈現新的論述角度外，主要在於可以將元雜劇文體架構與本質和外在敘事表現之間作一聯繫，建構較完整的元雜劇的敘事體系。

第三節　研究對象與範圍

本論文主要目的在描述、詮釋元雜劇敘事的本質、表現與藝術特質，企圖建構元雜劇的敘事體系。因此本論文的主要研究對象為元雜劇劇本中與敘事相關的文本資料，所以主要研究材料即是元雜劇劇本。至於曲論、西方敘事理論與文體理論等相關知識，都是作為輔助性與支撐性論點使用，這些輔助性資料都會羅列在本文附錄的參考資料中，因此本小節只針對主要研究對象——「元雜劇劇本」進行範圍的確定與劇本性質的解析。

本文的研究對象為元雜劇劇本，因此需先確定元雜劇包含哪些劇本。界定現存元雜劇劇本所包含的範圍有一百六十二種與兩百二十六種兩種不同的意見：一百六十二種為較嚴格的分法，羅錦堂《現存元人雜劇本事考》一書參考現存元劇各種選本，將現存完整元人劇本分類考訂，共著錄一百六十一種〔註 38〕，而臧懋循《元曲選》的一百種，加上隋樹森編《元曲選外編》的六十二種，計一百六十二種。二者的差異僅在羅氏將《海門張仲村樂堂》歸為明代無名氏作品未收，有無收這一種的影響並不大，因此將一百六十一種與一百六十二種視為同一種分法。河北教育出版社於一九九八年所出版的《全元曲》即採用此種分法，共收錄元代二百七十八位存名曲作家和諸佚名曲作

（哲學社會科學版）》第 6 期（2001 年 6 月）；〈試論元雜劇的演述形式〉，收於《暨南學報（哲學社會科學版）》第 21 卷第 5 期（1999 年 9 月）。

〔註 38〕參見羅錦堂著：《現存元雜劇本事考》（台北：中國文化事業公司，1960 年）。

者現存所有作品，計收完整雜劇一百六十二種，殘劇四十六種等。〔註 39〕

二百二十六種則爲較寬鬆的分法，除《元曲選》、《元曲選外編》外尚列入元明之際無名氏的作品，關於元明之際無名氏作品地位的認定，鄭騫先生於〈元雜劇的紀錄〉一文有云：

> 元劇作家差不多沒有一個人生卒年月確實可考，各劇作成的年代更無從考查，元明之間的作家及作品也就無從確定其爲元爲明，無名氏的時代當然更難核定。而且拿朝代的變更來劃分文學史上的時期，本來就不甚合理，明初雜劇，從風格及規律上看總算不失元人榘矱，與其過於嚴謹而失收了眞正元人作品，倒不如放寬些把只占全部作家極少數的明初人一併計入。〔註 40〕

鄭騫先生的看法除了這些作家作品的時代難以歸屬外，也指示出了一個重點——以文體觀念思考元雜劇。將元雜劇視爲一個具有共同特徵的文體，因此作家作品的年代並不需要緊扣在元代不到一百年的歷史時程上，明初一些合於元雜劇這個文體的作品也可納入元雜劇的範圍之中，如《取小喬》、《單戰呂布》、《石榴園》、《劈四寇》……等等，這是較適合文學研究的一種區分方式，因此有許多元雜劇學術專著即採取這種對元雜劇劇本認定較寬鬆的看法，並就其研究內容加以取捨，如徐扶明著《元代雜劇藝術》〔註 41〕、許子漢先生著《元雜劇聯套研究》〔註 42〕、游宗蓉先生著《元雜劇排場研究》〔註 43〕等即是。

本論文對「元雜劇」劇本範圍的認定，是將元代及元末明初合乎元雜劇體制的作品納入其中，所以爲包括明初無名氏在內的二百二十六種元雜劇劇

〔註 39〕《全元曲》共十二卷，所收除雜劇外尚有散曲四千六百零九支，其中小令四千零七十五支，套數四百九十八套，殘曲四十五支，以上數據見該書《凡例》。參見《全元曲・第一卷》(石家莊：河北教育出版社，1998 年)，「凡例」頁 1。

〔註 40〕參見鄭騫先生著：《景午叢編 (上編)》(台北：臺灣中華書局，1972 年)，頁 183。

〔註 41〕徐扶明採顧學頡《元明雜劇》中之資料，共計有二百三十七種，但其中包括二十九種殘曲，因此實際只有二百零八種，較二百二十六種爲少，不過已經有意識的將元明之際無名氏作品納入討論。參見徐扶明著：《元代雜劇藝術》(台北：文史哲出版社，1998 年)，頁 38、63。

〔註 42〕許子漢先生因賈仲明《呂洞賓桃柳升仙夢》一劇爲南北合套而排除在外，參見許子漢先生著：《元雜劇聯套研究》，頁 11～12。

〔註 43〕游宗蓉先生因《元刊雜劇三十種》賓白不全故排除之，參見游宗蓉先生著：《元雜劇排場研究》，頁 28～29。

本。由於《元曲選》以外的元劇版本相繼現世，各本之間存有差異，尤其是《元刊雜劇三十種》與《元曲選》之間的差異更引起學界的廣泛討論，鄭騫先生（1906～1991）於〈臧懋循改定元雜劇平議〉一文列出除《元曲選》外今所能見到的元雜劇八種版本，爲《元刊古今雜劇三十種》（即《元刊雜劇三十種》）、息機子編《雜劇選》、黃正位編《陽春奏》、王驥德編《古雜劇》（即顧曲齋本）、《古名家雜劇》、趙琦美脈望館鈔校本《古今雜劇》、繼志齋刊《元明雜劇》、孟稱舜編《古今名劇合選》（分柳枝、酹江二集）等，在這些選本中元刊本僅《元刊古今雜劇三十種》，其他皆爲明萬曆、崇禎時的刊本或鈔本。〔註 44〕這些本子都受到不同程度的改動，鄭騫先生將這些不同版本的元雜劇分爲四個系統：

> 我以爲現存元雜劇的各種本子應當分爲四個系統：
>
> 一、元刊古今雜劇三十種——這是最接近原作的，也可以說就是原作，不僅因爲是元代當時刊本，從文法語彙及整個風格上也可以看出來是元人筆墨，「元氣」淋漓。
>
> 二、息機子雜劇選、陽春奏、顧曲齋古雜劇、古名家雜劇、繼志齋元明雜劇、及脈望館古今雜劇諸鈔本。——這是比較接近原作的，不能說毫無改動，但只是細微的，偶然的。以上兩系統可稱爲舊本。
>
> 三、元曲選——這是經過臧晉叔「師心自用」大量改定過的，與眾不同，當然自成一系。
>
> 四、古今名劇合選（柳枝、酹江二集）——此書斟酌於舊本與元曲選之間，「擇善而從」，編者孟稱舜自己有時也動筆改定，所以又是與眾不同的本子。〔註 45〕

鄭騫先生是以選本編者是否有「改動」作爲分系依據，在求眞的立場下，原則上對於不管是成功或失敗的「改動」皆持負面的看法，且認爲元雜劇的文學價值在曲文部分，賓白多爲明人增補，非元人所固有，因此獨標舉《元刊雜劇三十種》作爲欣賞眞正元劇的唯一依據，並且提出「四系並列，分則具美，合則俱傷」的看法。〔註 46〕鄭騫先生對於「改動」的批評，主要是針對

〔註 44〕參見鄭騫先生著：《景午叢編（上編）》，頁 408～409。
〔註 45〕同上註，頁 418。
〔註 46〕同上註，頁 419。

《元曲選》，關於《元曲選》改訂元雜劇的問題，從王驥德後即一直爭論不休、褒貶不一，歸納而言，批評者多以保存、校勘、改寫等三角度進行評價，以眞、美兩點爲評價標準，以曲文、賓白、劇情關目等三方面爲評價對象。這些批評、評價是建立在《元曲選》與「舊本」的比較上。但是儘管不同版本間存在著差異或優劣，但都無損構成「元雜劇」這個文體的整體概念，「元雜劇」已形成固定的文體，並具有構成文體的固定條件，或「明改元劇」〔註47〕、或元刊雜劇都是在元雜劇文體的籠罩之內，因此在進行以「元雜劇」爲一文體概念的研究時，改動的優與劣、多與寡，乃至於某些作品的寫作年代是元末或明初，並不影響其作爲元雜劇的一部份。誠如前述本文的主題重心在「敘事」，賓白、關目劇情與曲文同爲本文重心，因此仍以《元曲選》爲主，而賓白、關目不全的《元刊雜劇三十種》雖爲近古之本，只爲輔助參考之用，其他殘劇、存目則割捨之，因此作爲本文研究對象的劇本總數爲一百九十六種，以《元曲選》與《元曲選外編》所收爲主，至於二者未收之作，則使用世界書局出版的《全元雜劇初、二、三、外編》，其中收《元曲選》與《元曲選外編》未見之元末明初劇本共六十四種，包括：《十樣錦》（收於《全元雜劇初編》）、《孟母三移》（收於《全元雜劇三編》）、《臨潼鬥寶》（以下皆收於《全元雜劇外編》）、《伐晉興齊》、《樂毅圖齊》、《吳起敵秦》、《騙英布》、《暗渡陳倉》、《題橋記》、《聚獸牌》、《雲臺門》、《捉彭寵》、《陳倉路》、《五馬破曹》、《龐掠四郡》、《取小喬》、《單戰呂布》、《石榴園》、《劈四寇》、《怒斬關平》、《桃園三結義》、《三出小沛》《杏林莊》、《東籬賞菊》、《四馬投唐》、《慶賞端陽》、《龍門隱秀》、《破風詩》、《浣花溪》、《魏徵改詔》、《智降秦叔寶》、《鞭打單雄信》、《登瀛洲》、《陰山破虜》、《紫泥宣》、《午時牌》、《開詔救功臣》、《破天陣》、《大破蚩尤》、《活拿蕭天佑》、《嶽飛精忠》、《女眞觀》、《女學士》、《打董達》、《打韓通》、《陞堂記》、《勘金環》、《漁樵閒話》、《貧富興衰》、《薛苞認母》、《渭塘奇遇》、《誤失金環》、《雙林坐化》、《魚籃記》、《三化邯鄲》、《度黃龍》、《桃符記》、《鎖白猿》、《齊天大聖》、《大劫牢》、《鬧銅臺》、《東平府》、《九宮八卦陣》、《鞭伏柳盜蹠》等。

在確定本文所使用元雜劇劇本的版本與範圍後，仍必須面對元雜劇本身的文本特性，因爲元雜劇乃至於所有戲劇劇本都是可讀和可演的，可同時具有文字與舞臺演出兩種不同的輸出媒介。在元雜劇敘事中有許多部分跟實際

〔註47〕同上註。

搬演的各種條件、限制息息相關，因此要討論元雜劇的敘事就無法忽略實際舞臺演出這個因素。但由於元雜劇的舞臺表演資料的缺乏，可能造成相關議題的討論無法深入，這是元雜劇舞臺表演研究中無法避免的侷限。然而從現存的劇本中，我們仍然可以看出許多與舞臺演出相關的部分，如科諢、唱曲、賓白、排場等，都與舞臺演出直接相關，我們雖然無法做到複現當時演出實況，但是仍然能通過劇本所載進行理論上的推展。「舞臺」、「文字」只是呈現元雜劇的不同載體，對於討論元雜劇的文體架構中的敘事要素、敘事本質、敘事表現等議題，並不會造成太大的影響，因爲就元雜劇的文體架構而言，舞臺表現仍然可以由文字出之，如調陣子科、作倒科等等，這些科諢的表現都是可以通過劇本呈現，也都是元雜劇文體架構中的一環，也都分別具有其敘事功能。又如元雜劇的本質並不會因爲在舞臺上演出就使得它失去了敘事、抒情、言志等內在質性；又如在劇本中用事虛實亦不會因爲在舞臺上演出就改變，又如敘事時間的表現則與舞臺演出密切相關。所以我們在討論文字劇本時，不能忽略舞臺表演的影響，因爲劇本存在的根本性目的就是爲了「搬演」，劇本在被創作時一定會考慮到舞臺、演出等外在條件。因此在討論劇本時，也需考慮相關的實際情形，不能忽略舞臺、演員等的條件限制與影響。

第二章　元雜劇文體架構中的敘事要素及與敘事相關的本質內涵

「敘事文學作品」一詞的最大外延意義，即指涉所有帶有本事的文學作品。其中「敘事」一詞就包含了「敘」與「事」兩個分立結合的概念，「敘」指作者鋪敘的方法，「事」指作者鋪敘的對象。「敘事」並不代表一種文類或文體，而是代表一種文學寫作的內容及表現方法。因此不同的文類在敘事時就會有不同的表現，就會賦予「敘事」不同的意義，而以敘事爲文體內涵不可缺少成素的文類就可被視爲一種敘事文類。如史詩（Epic）在亞里斯多德的分類中，就代表一個獨立的文類，本身就具備獨特的形式特徵與特定的功能取向，其後也自有其文體理論發展的歷史脈絡，而有別於詩（抒情詩），龔鵬程據此認爲中國沒有史詩（Epic），因爲中國詩都是包括抒情與敘事二者，沒有純粹的敘事詩（Epic）〔註 1〕，這種說法原則上是不錯的。王夢鷗也從「託事以言情」的角度出發認爲凡屬文學都是抒情的，也都是敘事的，其中唯一可分別的地方，在於它所表現的規模大小，也就是屬於「量」方面的問題；而且這問題必不關係作品的性質以及價値，文學——小說戲曲的本質，永遠是屬於詩，是抒情的敘事，或敘事的抒情。〔註 2〕因此中國詩也具備敘事的特質，但敘事並不是中國詩的唯一功能或表現內涵，而是藉由敘事表達情志，這三者是不可分開的。龔鵬程在詮釋「詩史」時就云：

〔註 1〕詳見龔鵬程著：《詩史本色與妙悟》（台北：學生書局，1993 年，增訂版），頁 28～50。

〔註 2〕參見王夢鷗著：《文學概論》（台北：藝文印書館，1998 年），頁 166。

> 敘事和抒志議論向來是不能分開的，……換言之，文章的抒情與敘事在中國文體劃分上，只有量的差異，而沒有性質上的不同，文、史、詩莫不如此。唯有如此，詩與史才能結合而成「詩史」的觀念，而不至於產生像船山和升庵所說以口代目的情況。〔註3〕

從這個角度來看，似乎可以詮釋文學作品中敘事與抒情、言志的關係，但是王夢鷗與龔鵬程這種對於中國文學本質、特質的說法還無法滿足我們對於杜甫〈詠懷古蹟〉之三：「群山萬壑赴荊門，生長明妃尚有村。一去紫台連朔漠，獨留青塚向黃昏。畫圖省識春風面，環珮空歸月夜魂。千載琵琶作胡語，分明怨恨曲中論。」〔註4〕與《漢宮秋》全劇四折所述「毛延壽報國開邊釁，漢元帝一身不自由。沈黑江明妃青塚恨，破幽夢孤雁漢宮秋」〔註5〕之間敘事表現差異的疑惑。在這兩個文學作品中，雖然都是取材於昭君出塞一事，不過二者表現出的情感複雜度與故事情節的張力都明顯不同。因此雖然二者都在抒情也都在敘事，但是表現出的敘事與情感特徵都有差異。這其中除了受到不同作者的主觀文心作用外，另一個重要的因素就是所使用的文體不同，所以使得敘事的表現也不同。

因此在討論元雜劇的敘事表現前，需先釐清元雜劇文體架構中與敘事相關要素，如此才能清楚的結合元雜劇文體各要素與元雜劇敘事表現之間的關係，使在中國古典文學中具有普遍意義的敘事本質在元雜劇中個殊化，呈現出元雜劇特有的敘事體系。以下就先分析元雜劇的文體架構，再就文體架構提出其中的敘事要素加以討論，最後就元雜劇的敘事特徵進一步與抒情、言志結合，討論元雜劇的本質內涵。

第一節　元雜劇的文體架構

本小節先對「文體」一詞進行釋義，確立本文所使用「文體」一詞的概念內涵，再以之對元雜劇這一個文體進行分析。

〔註 3〕參見龔鵬程著：《詩史本色與妙悟》，頁 22。

〔註 4〕參見（唐）杜甫著，（清）楊倫編；（清）浦起龍著：《志古堂校刊本杜詩鏡銓／寧我齋自刻本讀杜新解》（台北：漢京文化，四部善本新刊 4．2/4001、4．2/4002，1980 年），頁 241。

〔註 5〕此爲《古今名家雜劇》本與《酹江集》本所載之題目正名，《元曲選》本僅收後兩句「沈黑江明妃青塚恨，破幽夢孤雁漢宮秋。」今從前者。

壹、「文體」一詞釋義

「元雜劇」一詞基本上可以包含兩層意義：1.材料意義；2.「文體」意義。材料意義即指作爲研究對象、研究資料的一般性意義，其包含的內容在緒論中已有介紹；至於「文體」意義，則是指元雜劇這一個文類的「文體」的內涵。關於「文體」一詞，本文所使用的「文體」指的是中國文學批評傳統中的「文體」觀念，與西方語言學意義下指涉的「語言風格」不同。有學者用「文體」譯 style，並從「語言風格」的角度認爲用「文體」與「風格」譯 style 之差異爲廣義、狹義之別，如童慶炳認爲「文體」的指涉較「風格」一詞多了「語言」、「文學」兩個範圍的限定，是一個狹義的「風格」，這與中國文學批評傳統下「文體」一詞所指涉的意義並不相同。〔註 6〕「文體」一詞在中國文學批評中已經有其固定意義，儘管其部分內涵尚未有定論，但已成爲專有名詞，徐復觀在〈文心雕龍的文體論〉一文中雖然也以「文體」一詞與 style 做同質性類比〔註 7〕，但徐氏於其後所釋「文體」的內涵，卻不僅只有語言風格一項，而是有更豐富的內涵意義。〔註 8〕徐氏在該文中還進一步區別用「風格」譯 style 與「文體」譯 style 的差異，其云：

> 將風格譯 Style，這是對風格一詞廣義的用法。縱使我們承認此一廣義用法，也依然不能代替傳統的文體觀念。因爲第一，風格一詞過於抽象，不易表示「文體」一詞中所含的藝術的形象性。而「形象性」才是此一觀念的基點。第二，風格一詞，是做爲文體價值判斷的結果，常指的是文體中某種特殊的文體而言；因此，文體一詞可以包含風格，而風格不能包括文體。更重要的是，對風格這種廣義

〔註 6〕童慶炳於《文體與文體創造》〈西方文體的歷史回顧〉中云：「王元化教授將希臘文 ocuλos、拉丁文 stilus、德文 stil、英文 style 譯爲『風格』，當然是正確的。但 style 一詞也可譯爲『文體』、『文筆』、『語體』等。同一個字 style 爲什麼出現不同的譯法呢？我認爲『風格』是 style 的廣義，用以指明包括繪畫、雕塑、音樂、建築、文學等一切藝術的特性，『文體』則是 style 的專指義，用以指明做爲語言藝術的文學的語言特性，這就是 style 這個詞在翻譯中產生兩種不同譯法的原因。本書因是在專指義上使用 style 一詞，所以一律譯爲『文體』，本書在引用諸家譯作時把『風格』改譯爲『文體』，並不是原譯有什麼不妥，僅是因本書特別要強調 style 一詞的語言特性而做出的改變。」參見童慶炳著：《文體與文體創造》（昆明：雲南人民出版社，1994 年），頁 52～53。

〔註 7〕參見徐復觀著：《中國文學論集》（台北：台灣學生書局，1985 年，六版），頁 15。

〔註 8〕同上註，頁 18～37。

的使用，乃是近幾十年來的事，並不能推到劉彥和的時代。〔註 9〕

徐氏特別指出「文體」與「風格」具有差異，二者是不能等同的，「風格」是包含在「文體」之下的一個次層級的概念，非童慶炳所云「文體」爲狹義的「風格」，而「文體」一詞的內涵究竟爲何呢？申丹（1958～）云：

> 文體有廣狹兩義，狹義上的文體指文學文體，包括文學語言的藝術性特徵（即有別於普通或實用性語言的特徵）、作品的語言特色或表現風格、作者的語言習慣、以及特定創作流派或文學發展階段的語言風格等。廣義上的文體指一種語言中的各種語言變體，如：因不同的社會實踐活動而形成的新聞語體、法律語體、宗教語體、廣告語體、科技語體；因交際媒介的差異而產生的口語語體與書面語體；或因交際雙方的關係不同而產生的正式文體與非正式文體等。由於文體有廣狹兩義，文體學也就形成了「普通文體學」（即語體學）與「文學文體學」這兩大分支，他們分別對這兩個不同領域進行研究。〔註 10〕

申丹提出廣義與狹義「文體」的看法，將「文體」分成文學與非文學類，非文學類以「語體」指稱之，在此申丹雖並未爲「語體」下定義，但從其文脈中可知「語體」所指應爲「語言變體」，此處產生明顯體、類不分的情況，這也是從西方文學的思維言「文體」所容易產生與「文類」混淆的情形，徐復觀早已看出這種情形，說道：

> 中國文章之所謂「類」，有似於西方所謂 genre，這是從法國生物學中轉用過來的名詞。但西方也常常把 genre 與 style 混淆不清。西方在 genre 方面，首先分爲韻文與散文，這有似於六朝時的文與筆。……西方之所以不易把 genre 與 style 分別清楚，乃在於西方的文學領域，是純文藝性的，很少含有人生實用上的目的；因之，其種類的區分多是根據由文字語言所構成的形式之異；而由文字語言所構成的形式，在中國稱爲體裁或體製，如後所說，也是 style 的一個基石；於是使他們感到，文章之類，亦即是文章之體。〔註 11〕

〔註 9〕 同上註，頁 16。

〔註 10〕 參見申丹著：《敘述學與小說文體學研究》（北京：北京大學出版社，1998 年），頁 73。

〔註 11〕 參見徐復觀著：《中國文學論集》，頁 16。

由上可知，西方的「文體」觀念並不能完全適用於中國文學研究，申丹所說的各種語體（廣告、法律等）其實是一種「文類」概念，是一個包含在「體」下的「類」概念，用傳統「文體」、「文類」概念即可釐清清楚，並不需要以「文體」與「語體」去做區分。此外申丹的分類有類標準不一的情形，如「新聞語體、法律語體、宗教語體、廣告語體、科技語體」和「正式文體、非正式文體」和「口語語體、書面語體」這三組分類有互包的情形，如「正式文體、法律語體、書面語體」三者都可互相歸屬。

在此要先檢討西方文學觀下的「文體」一詞的內涵是爲了表示以下使用的「文體」觀念爲中國文學批評傳統下的意義。因爲西方文學觀下的「文體」意義，並無法清楚指涉中國文學批評中的文體觀念與體、類關係，爲避免本文以下使用「文體」一詞時可能會造成讀者混淆，所以於此先說明不使用西方文學觀下「文體」一詞的原因。

至於什麼才是中國文學批評中的「文體」觀念？則可以從《文心雕龍》進行思考，因爲《文心雕龍》所展開的「文體」觀念可以說是「中國文體學」的中心，正如徐復觀所云：「《文心雕龍》廣義的說，全書都可以稱之爲我國古典地文體論。」〔註 12〕然而對《文心雕龍》所提出的「文體」觀念究竟爲何，學界則意見不一，其中以徐復觀、龔鵬程與顏崑陽先生三家之說爲要。徐復觀重要論點爲指出「文體」與「文類」的差異，糾正了將「文類」誤作「文體」的既有說法，重新建立「文體」的正確觀念，因爲在徐氏以前的學者多將文體與文類不分。並提出「文體」內涵的三次元意義，包括體製、體要、體貌三方面；認爲決定文體的最高因素爲主體情性；以及提出文體論的效用是作爲文體創造與批評鑑賞的法則。〔註 13〕而龔鵬程〈《文心雕龍》的文體論〉一文中卻對徐氏之說加以嚴厲批評，龔氏主要反對徐氏區分文體、文類，以及主體情性決定文體的說法，認爲文體爲完全客觀化的存在的語言文字的形式結構。〔註 14〕而顏崑陽先生在〈論文心雕龍「辯證性的文體觀念架構」——兼辨徐復觀、龔鵬程〈文心雕龍的文體論〉〉一文中詳細分辨了龔鵬

〔註 12〕參見徐復觀著：《中國文學論集》，頁 3。

〔註 13〕徐復觀對於文體之論點可參見〈文心雕龍的文體論〉一文，收於徐復觀著：《中國文學論集》，頁 1～77。

〔註 14〕龔鵬程之論點可詳見氏著：《文學批評的視野》（台北：大安出版社，1990 年），頁 68～71。此處此二人論點之歸納是參酌顏崑陽先生著：《六朝文學觀念叢論》（台北：正中書局，1993 年），頁 94～97。

程與徐復觀論點產生差異的原因，並進一步以「辯證性的觀念架構」來詮解《文心雕龍》的文體觀念，清楚的說明瞭「文體是什麼」這個問題，顏崑陽先生云：

> 則「文體是什麼」，在概念上可得出以下的答案：「主觀材料、客觀材料與體製、修辭，經體要的有機統合之後，乃整體表現爲作品的體貌；然後觀察諸多作品體貌，歸納形成具有普遍規範性的體式」。〔註15〕

簡言之，「文體」包括「主觀材料」、「客觀材料」、「體製」、「修辭」、「體要」、「體貌」、「體式」等七項構成因素。對於「文體」構成因素的關係與內涵，顏崑陽先生從《文心雕龍・宗經》中「體有六義」的說法爲論述起點進行詮釋建構，其云：

> 文體構成的諸因素，乃以「情」、「風」爲主觀材料，「事」、「義」爲客觀材料，爲材料因。格律、章句結構等合爲「體製」，再加上辭采，是爲形式因。而「體要」則包括了目的與動力因。至於「體貌」乃作品實現後的整體美感印象，是「果」不是「因」。「體要」不指實用性的事義，而指文體中的表現目的與動力因素，就其客觀而言，乃存在於形式因、材料因的對應「關係」中，是一無實質性的虛概念。但就其主觀性而言，則存在於主體文心之中。主體是「體」，客觀是「用」。體用相即，主客不二，故一切文學之規範實自內出，非純粹客觀之決定，此謂之「活法」。而「體貌」非指特殊物質性之聲色，而是指作品整體之美感印象，亦即作品之個別風格。劉勰文體觀念架構的最上層概念，不是「體貌」而是「體式」。「體貌」爲個別性，千差萬別，缺乏普遍概括性，故無規範效力。「體式」有二層，一爲超越個別作品，相應於某一文類之「體式」；一爲超越個別文類之「體式」，乃一普遍之美的範疇，也即是〈體性篇〉所謂「八體」。〔註16〕

在此之所以大篇幅引用顏崑陽先生詮釋《文心雕龍》「文體」觀念的論點，是因爲顏先生在此清楚的說明瞭《文心雕龍》「文體」的內涵，以及「文體」各要素之間的關係，以下分析元雜劇的文體架構即是以此爲基礎。

〔註15〕同上註，頁180。
〔註16〕同上註，頁179～180。

不過在採用顏崑陽先生所提出的《文心雕龍》辯證性文體觀念架構時，仍須注意到其理論的侷限。顏崑陽先生所提出文體架構的侷限在於：他是以《文心雕龍》中的「文體」觀念為討論對象，而劉勰所建構的文體觀念是歸納《文心雕龍》成書以前的文學作品，受到成書年代的限制，所以《文心雕龍》的「文體」觀念的效力並無法完全含括、適用於後來產生的變文、話本、小說與雜劇、傳奇……等等諸多文體。由於本論文是以元雜劇為討論對象，所以需對顏崑陽先生所提出《文心雕龍》的「文體」觀念做部分的修正，但在概念層級的區別，原則上仍是以顏崑陽先生之說為依據。

以顏崑陽先生所提出的《文心雕龍》辯證性文體觀念架構為基礎來建構元雜劇的文體架構時，僅止於援用「材料因」、「形式因」、「體要」、「體貌」、「體式」等文體架構的層級概念，因為這些概念具備了文體概念的最大外延性，因此可以直接加以援用，但在這些概念下的次層級概念，則會因建構的對象而有差異，因此次層級的文體概念必須加以修正，方能符合元雜劇所呈現的文體現象。然而不管是可以直接援用或需加以修正的概念，都不能僅止於文體理論層面上探討，要展現其完整的內涵意義，則必須進一步落實在元雜劇的劇作中，也就是提出元雜劇的「材料因」、「形式因」、「體要」、「體貌」、「體式」等的具體內涵。然而元雜劇雖然從概念層級上可以分析出這五項文體內涵，但是其實質內容與顏崑陽先生所提出的《文心雕龍》辯證性文體觀念架構有些差異，以下分述之。

貳、元雜劇文體架構中的材料因素

在顏崑陽先生所建構《文心雕龍》辯證性的文體觀念架構中是從「情」、「風」、「事」、「義」四點來說明文體的材料因，其中對於「情」的解釋為「情感」，指的是作者的情感經驗；對於「風」的解釋則引用徐復觀與李正治的說法〔註 17〕，認為「風」是情的發越，若進一步討論或可視為作者個人情志、生活經驗等總體發顯形成作者的人格特質，由於這對作家而言是具有恆常

〔註 17〕徐復觀認為「風」是「彥和說『意氣駿爽，則文風清焉。』此處之『意氣』指的是經過反省以後的感情（意），結合生理的生命力（氣），亦即彥和所說的『情與氣偕』。『駿爽』事由反省以後所得到的照明，與情感自身的鼓蕩狀態；將這種狀態表達出來，這便形成文章中的風了。」參見徐復觀著：《中國文學論集》，頁 313。李正治認為「風屬情志思理，但不是情志思理本身，而是情志思理形成活潑流動力的表現。」詳見顏崑陽先生著：《六朝文學觀念叢論》，頁 109。

性，且以之入文，因此可以視爲材料因。「情」與「風」都是作者從主觀情性而來，是材料中之主觀性質者，因此作爲文體創作時的材料並無太大適用上的問題。然對於「事」、「義」二者在內涵意義上則可有不同的思考空間。

在元雜劇中無法單純的將「事」、「義」歸於「客觀材料」。因爲《文心雕龍》文體架構是籠罩在宗經的觀念下，所以會提出「事信而不誕」、「義直而不回」的標準，既然「事」具備歷史事實、「義」具備普遍性的特徵，自然可以歸於「客觀材料」。這正是「詩史」敘事以見義的特徵，陳巖肖於《庚溪詩話》卷上云：「杜少陵子美詩，多紀當時事，皆有據依，古號詩史。」〔註 18〕在此一理路下，「事」即爲客觀事實。而「詩史」又必須要能夠「透顯歷史的意義和批判」〔註 19〕，這種批判除了包含個人主觀的感情，更含有作者的「價值意向」，這個「價值意向」須是本於經術、合乎禮義的，李復在〈與侯謨秀才書〉中就云：「杜詩謂之詩史，以斑斑可見當時。至於詩之敘事，亦若史傳。……若欲解釋其意，需以禮義爲本，蓋子美深於經術，其言多止於禮義。」〔註 20〕其中「經術」、「禮義」正是代表中國傳統一種普遍性的道德「價值意向」，因此可以視爲「客觀材料」。

然而在元雜劇的「文體」構成因素中，並無法以「客觀材料」完全含括「事」、「義」二個因素。先就「事」言，元雜劇的本事多可考其依據，雖然多源於史傳雜說中的記載，然已經不具備「記當時事，皆有據依」的詩史特徵，但其「事」仍是主體之外既存的歷史事實或記載，因此仍然具備相對客觀性。但戲曲、小說不一定具備宗經的觀念，因此某些所書之事未必爲眞，若所言之「事」爲作者虛設不符合文獻記載的就不能歸於「客觀材料」。但是在元雜劇中我們並沒有直接的證據可以說明某劇本之本事不載於典籍就爲作者所脫空之作，如秦簡夫《東堂老》之本事雖史無記載，羅錦堂則云：「按本劇當是取民間傳聞寫成，他無可考。」〔註 21〕認爲《東堂老》應有所本。然而同樣的，史無記載之事，也無法遽此判斷其爲眞，因爲亦有可能爲作者無

〔註 18〕語見（宋）陳巖肖著：《庚溪詩話》，收於嚴一萍選輯：《百部叢書集成——百川學海（第 1 函第 3 種）》（台北：藝文印書館，1966 年。據明無錫華氏翻宋本覆刻校勘），頁 6。

〔註 19〕參見龔鵬程著：《詩史的本色與妙悟》，頁 25。

〔註 20〕參見（宋）李復著：《潏水集》，收於紀昀等編纂：《景印文淵閣四庫全書》集部 60 別集類（台北：台灣商務印書館，1985 年）。

〔註 21〕參見羅錦堂著：《現存元人雜劇本事考》（台北：中國文化事業公司，1960 年），頁 271。

本的脫空之作，而不能歸於「客觀材料」。爲了避免這種質疑與困難，因此在元雜劇文體架構中，「事」不限制於「客觀材料」，但仍屬於「材料因」。

至於「義」，顏崑陽先生認爲「『義』指理」〔註22〕，這個「義」或爲「天理」或爲「道德」，都是一個由普遍主觀出發，落實在具體事物或行爲上的客觀的「義」概念，因此可以視爲「客觀材料」。這也就是「詩史」中所具備「本乎經術」、「止乎禮義」的「價值意向」。曾永義先生將之稱爲「主題嚴肅」，並認爲「優良的劇作家往往在娛樂之中，寄寓某些嚴肅的思想」〔註23〕，曾永義先生認爲的「寄寓某種嚴肅的思想」是「屬於全民的思想情感，所以主題是很嚴肅的」〔註24〕，近同於顏崑陽先生所說之「義」，具有普遍性的特質。然而在元雜劇劇本中所呈現的「價值意向」並不一定都合乎此一普遍性的主觀，所以曾永義先生又提出說元雜劇劇本並非全都符合「義直而不回」、「嚴肅的思想」的要求，並舉出《看錢奴》與《小孫屠》兩本不合要求的元雜劇劇本，其云：

> 如果事涉迷信有如看錢奴雜劇，滅絕人倫有如小孫屠雜劇；至多只能反映一時一地的觀念和風俗，於世道固然無補，於人心亦無抒發的作用，都不足以列入佳作之林。〔註25〕

曾先生認爲二劇反映的只是一時一地的觀念和風俗，於世道無補，於人心無抒發。不過《看錢奴》中輪迴報應的迷信思想與《小孫屠》中焚子祭神以救母的風俗，雖不合今時普遍的價值觀，但卻反映出該時、該地的「義」與「嚴肅的思想」，是屬於該時、該地的全民思想，因此雖然不一定符合於該時、該地以外的道德觀念，但仍在「一時」或「一地」中具有普遍主觀，而形成客觀的「義」概念。由是「義」仍然存在者限定條件下的客觀性，因爲就作者而言，他企圖表達的仍是一個普遍性的客觀「義」。不過這個客觀的「義」僅是限定條件下的客觀，然與《文心雕龍》中所指涉的「天理」、「道德」有普

〔註22〕周振甫對此云：「意義正確而不枉曲」；趙仲邑云：「義理正確而不歪曲」，皆與顏崑陽先生說法同。周氏之說參見周振甫譯注：《文心雕龍譯注》（台北：五南圖書出版有限公司，1993年），頁42。趙氏之說參見趙仲邑譯注：《文心雕龍譯注》（台北：貫雅文化事業有限公司，1991年），頁20。顏崑陽先生說法參見《六朝文學觀念叢論》，頁109。

〔註23〕參見曾永義先生著：《中國古典戲劇的認識與欣賞》（台北：正中書局，1991年），頁313。

〔註24〕同上註。

〔註25〕同上註。

遍與限定普遍的差別。

又元初儒家並不受重視，被歸類爲道、佛等宗教中的一種，又未如道、佛兩家受到重視。儒家較被注意約始於窩闊台汗十年（1238），也就是在戊戌之試後，開始有了儒戶的設立。〔註 26〕雖然儒者在元代的地位雖然不高，但也不像宋遺民謝枋得與鄭思肖所言「九儒十丐」的那麼卑下〔註 27〕，不過仍然是不被重視，在這種不重視儒家的時代背景中，儒士失去唯我獨尊的地位，儒家思想也只是許多宗教中的一種。〔註 28〕在這種特定的時代背景、社會環境下，儒家思想就不是文人「價值意向」唯一的內涵，因此在元雜劇中有《范張雞黍》的范巨卿嚮往仕進，也有《任風子》的馬丹陽與任風子道化遁世；有《㑇梅香》的樊素恪守孔孟之道，也有《西廂記》的紅娘公開聲討封建禮教的罪惡等不同的「價值意向」。所以說元雜劇作家處於儒家思想勢微的特定時代背景、社會環境中，儒家所建立的道德、禮義觀念不再爲最高且普遍的「價值意向」，所以在劇作中也不一定呈現儒系詩學的文學觀。因爲作者主觀文心的「價值意向」不一定會具有普遍性的客觀義，所以若以「義」指涉元雜劇中「價值意向」的呈現，則無法像《文心雕龍》的指涉一樣具有普遍性，所以「義」在元雜劇的文體架構中不限於「客觀材料」，但仍爲「材料因」。

參、元雜劇的形式因素

「形式因」包括了「體」與「文」。「體」指「體製」，包括格律與章句結構；「文」指修辭、辭采。「元雜劇」的「體製」基本上是固定的，在曾永義先生的〈元雜劇體製規律的淵源與形成〉一文中有對元雜劇的「體製」內容作一界說：

> 從現存元雜劇觀察，其體製規律非常嚴謹：每一單位叫一本或一種。

〔註 26〕詳見蕭啓慶著：《元代史新探》（台北：新文豐出版公司，1983 年），頁 1～41。

〔註 27〕謝枋得〈送方伯載歸三山序〉云：「滑稽之雄、以儒爲戲者曰：『我大元制典，人有十等，一官二吏，先之者，貴之也；貴之者，謂有益於國也。七匠八娼、九儒十丐，後之者，賤之也；賤之者，謂無益於國也』。嗟乎！卑哉！介乎娼之下，丐之上者，今之儒也。」參見（宋）謝枋得著：《謝疊山先生集》，收於嚴一萍選輯：《百部叢書集成——正誼堂全書（第八函）》（台北：藝文印書館，1966 年。影印清康熙張伯行輯編同治左宗棠增刊正誼堂全書本），頁 3。又鄭思肖〈大義略敘〉云：「一官、二吏、三僧、四道、五醫、六工、七獵、八民、九儒、十丐。」參見（宋）鄭思肖著：《鐵函心史》收於楊家駱編：《民族正氣叢書（第一冊）》（台北：世界書局，1956 年），頁 78。

〔註 28〕詳見蕭啓慶著：《元代史新探》，頁 1～41。

> 每本分四段，有時還可以加上一兩個「楔子」。劇本開頭有個「總題」，結尾有個「題目正名」。每一段由一套北曲加上賓白和科範組成，有時在套曲中還用上插曲，在劇末另有「散場曲」。每段宮調大體一定，如首段必用仙呂宮；二段多數用南呂和正宮；三段、四段大致用中呂、雙調。套數的組織相當嚴密，那些曲牌該在前，那些曲牌該在後，那些必須連用，那些可以互相借宮，都有一定的規矩。每套曲限押一個韻部；一本四段更由一人獨唱到底，幾無變例，由正末獨唱的叫末本，正旦獨唱的叫旦本。角色除旦末兩行外，還有淨行。〔註29〕

從上可歸納出元雜劇「體製」的十一項因素：分四段、楔子、總題、題目正名、宮調、北曲、賓白、科範、散場曲、插曲、腳色、一人獨唱。要透過元雜劇這個「文體」進行「敘事」，就必須受限於這個形式架構，這些固定的「體製」就會影響到「敘事」的表現，由此形成元雜劇「敘事」的特色。對於元雜劇體製的討論很多，如日本學者吉川幸次郎在《元雜劇研究》一書中亦對元雜劇體裁有界說，其認爲元雜劇體裁有四折、獨唱兩個特殊限制，在此二限制下以賓白、歌曲來表演故事，此外有定場詩、科、宮調、曲牌、楔子，〔註30〕吉川幸次郎的界說與曾永義先生相近，不過以曾先生之說較爲詳盡，故此處採用曾先生之說。

至於「文」（修辭、辭采）在《文心雕龍》的文體架構中指的是文辭的修辭、辭采，在元雜劇中則可直接對應到曲文與賓白的修辭表現。王國維認爲元雜劇文章之妙在於意境：

> 其文章之妙，亦一言以蔽之，曰：有意境而已矣。何以謂之有意境？曰：寫情則沁人心脾，寫景則在人耳目，敘事則如其口出是也。〔註31〕

這是說元雜劇的抒情、寫景、敘事都達到不假雕飾而又「語語明白如畫，而言外有無窮之意。」〔註32〕這還體現在大量運用俗語，王國維續云：

〔註29〕參見曾永義先生著：〈元雜劇體製規律的淵源與形成〉，收於國立台灣大學中文系編：《台大中文學報》，第3期（1989年12月），頁203。

〔註30〕以上吉川幸次郎說法，詳見（日）吉川幸次郎著，鄭清茂先生譯：《元雜劇研究》（台北：藝文印書館，1987年，四版），頁9～17。

〔註31〕參見王國維著：《王國維戲曲論文集——〈宋元戲曲考〉及其他》（台北：里仁書局，1993年），頁124。

〔註32〕同上註，頁125。

古代文學之形容事物也，率用古語，其用俗語者絕無。又所用之字數亦不甚多。獨元曲以許用襯字故，故輒以許多俗語或以自然之聲音形容之。此自古文學上所未有也。〔註33〕

從王國維的說法可以歸納出元雜劇修辭、辭采的特徵，就是不假雕飾、多用俗語，而這種修辭方法雖然明白如畫，卻蘊有無限之意。

然而由於元雜劇的獨特文體特徵，使得「文」所包含的意義擴大，不止於文字部分，因爲元雜劇是曾經在舞臺上實際演出的，演出即是元雜劇劇本的再創造，因此如舞臺設計、宮調套式的搭配、腳色的扮飾等都可視爲另一個層次的體製，而演員在這個體製的限制中，各有不同的表演、詮釋方式，就各自呈現出不同的「文」。雖然某些元雜劇劇本會規定演員之穿關，如《騙英布》劇末：「第二折，英布：四縫子笠盔、蟒衣曳撒、袍、項帕、直纏褡膊、帶、帶劍、猛髯」、又如「楚使命：一字巾、補子圓領、帶、三髭髯。」這即是劇本對腳色的扮飾進行規定，爲一種體製〔註34〕，但不同的演員穿戴相同服飾也會產生不同風格的外在形相，再創造出另一種「文」。又演員表演亦會產生一種「文」，包括演員容貌、唱曲、身段等表現，如《青樓集》中所載演員唱曲的表現藝術部分，如「聶檀香」條云其「姿色嫵媚，歌韻清圓」與「米里哈」條云其「歌喉清宛、妙入神品」〔註35〕中他們歌藝表現即爲演員演出的「文」之一。〔註36〕又如中國古典舞臺上一桌二椅的佈置亦爲一種體製，但透過演員虛擬動作之不同動作表演，就會各自呈現不同的「文」。〔註37〕又

〔註33〕同上註，頁127。

〔註34〕參見《全元雜劇外編·第一冊》，頁359～360。

〔註35〕參見（元）夏庭芝著：《青樓集》，收於中國戲劇研究院編校重排：《中國古典戲曲論著集成·第二冊》（北京：中國戲劇出版社，1959年。以清末葉德輝輯《雙景楳闇叢書》之刊本爲底本，另以明萬曆《説集》内之鈔本、清道光元年酉山堂重刻明陸楫輯《古今説海》本、明萬曆三十年鹿角山房刻明梅鼎祚編《清泥蓮花記》中所引錄部分等校勘），頁21、34。

〔註36〕關於演員表演之「文」，可以詳見李惠綿先生著《元明清戲曲搬演論研究》（台北：文史哲出版社，1998年）中的〈色藝論〉，該文從「色藝之品評」、「藝道與仙致」、「聲容與聲色」等角度對古典曲論中批評演員色與藝。（頁27～50）又如葉長海在〈明清戲曲演藝論〉中從演員技術、表演美學、鑑賞等角度討論古典曲論中批評演員技藝的相關論述。收於葉長海著：《中國藝術虛實論》（台北：學海出版社，1997年），頁57～82。

〔註37〕對於古典戲曲舞台空間藝術的內在意涵與其審美特質，黃在敏舉出現代戲曲舞台空間造型的三種類型：傳統型、寫實型、虛實結合型，此三種類型各有其美學意義。其中傳統型即是詮釋中國以「虛」爲主的空間造型，這種造型

元雜劇宮調套式各有其情感、功能，因此對於宮調套式的安排措置，亦呈現出一種「文」，如曾永義先生所言：

> 雜劇和傳奇有所謂的「宮調」，每一種宮調都有它們的「調質」，如仙呂清新綿邈、南呂感嘆傷悲等；皮黃的各種腔調，也有他們各自的「聲情」；如二黃宜於莊重典雅，西皮宜於瀟灑快樂等。加上各種音響效果，如皮黃吹打曲牌。於是只要音樂一演奏，便能使觀眾感到其所具有的特殊意味。〔註 38〕

在此且不論芝庵對於宮調聲情的看法是否正確〔註 39〕，仍都顯示在戲劇中音樂有表達情感或營造氣氛的作用，因此音樂如何安排，所形成的藝術表現亦是一種「文」。最後是腳色的扮飾，古典戲劇中人物的臉譜、衣著都有固定的藝術特徵與形相，因此這在舞臺上演出時，亦呈現出一種「文」。〔註 40〕

由此可知元雜劇作爲可演可讀的作品時，其體製可以從劇本與演出進行思考，其體製所呈現出藝術形相性，亦可從文字劇本與舞臺表演兩方面進行思考，所以會觀察出與古典詩文中的「體」、「文」非常不同之處，此獨特的「體」、「文」即形成元雜劇獨特的文體特徵。由此可將「體製」視爲一種「體」，而「文」是一種「用」，「體製」這個「體」通過作者或演員匠心的「用」，所呈現出外在的藝術形相即是「文」。

肆、元雜劇的體要

元雜劇劇本是由「材料因」的「情」、「風」、「事」、「義」和「形式因」

有兩項美學意義：一是方便表現戲劇時空流轉；二是最大限度發揮演員的表演技能。其缺點亦有二：一是視覺形相過於單調；二是功能過於單一。詳見黃在敏著：《戲曲導演藝術論》（台北：文津出版社，1999 年），頁 101～119。

〔註 38〕參見曾永義先生著：《中國古典戲曲的認識與欣賞》，頁 283。

〔註 39〕如許子漢先生認爲芝庵《唱論》的宮調聲情說雖非完全空穴來風，就各宮調之套式觀之，頗有相合之處，然有些地方亦有參差。詳見許子漢先生著：《元雜劇聯套研究——以關目排場爲論述基礎》（台北：文史哲出版社，1998 年），頁 216～221。又云：「由《唱論》所傳部分內容來看，芝庵當爲一深諳曲理之人無疑，則芝庵之宮調聲情說即令並非與元曲宮調完全一致，亦當有密切關連。」參見許子漢先生著：《元雜劇的聲情與劇情》（台北：里仁書局，2003 年），頁 124。

〔註 40〕如畫紅臉者，有其特別的象徵，乃表現男子血性之意，大致皆赤膽忠心之人如關羽、姜維等，在元明之際已有紅臉之畫法，惟當時乃稍稍揉染後來方越染越深。以上說法詳見齊如山著《臉譜》，收於齊如山著，齊如山全集編印委員會編：《齊如山全集‧第一冊》（台北：聯經出版社，1979 年），頁 656。

的「體」、「文」等文體要素，與作者的主體文心之間作主客融合所構成的。這其中就必須含括作者的動機與目的，這個動機與目的是存於作者主體文心之中，外顯於形式因與材料因的組構關係中，這就是元雜劇創作的動力因與目的因。從〈詩大序〉所言：「詩者，志之所之也，在心爲志，發言爲詩。情動於中而形於言……」〔註 41〕可以看出詩歌創作的動力因，就是內在的情、志想要外顯表達的動力，而目的因也就是抒發內心的情感與表達心中的價值意向。在此且先不論在儒系詩學下情志所被規範的意義，僅從發生意義的角度類比思考，可以說元雜劇的動力因與目的因也是作者內在的情、志的活動與外顯，此即是元雜劇的自體性功能。

然而元雜劇除了自體性功能外尚有具備衍外性功能，當作者欲向他人傳達情志時元雜劇這個文體就具備了衍外性功能。也就是元劇作者具備了在社會情境中指向他人的社會行動，這個社會行爲的「特定動機」就是抒情與言志，然而僅有抒情與言志並無法完成這個社會行爲，因爲元雜劇具有特定觀眾群爲「眞正屬於市井小民的『公眾劇場』」〔註 42〕，所以像修辭就必須考慮到觀眾的接受度，清代徐大椿在《樂府傳聲》「元曲家門」條云：

> 若其體則全與詩詞各別，取直而不取曲，取俚而不取文，取顯而不取隱，蓋此乃述古人之言語，使愚夫愚婦共見共聞，非文人學士自吟自詠之作也。〔註 43〕

這段文字說明瞭作者必須考量到元雜劇被觀賞時觀眾的接受度。然而這種表現方式必須規範在劇中的人與事，所以徐大椿在其下又云：

> 又必觀所演何事，如演朝廷文墨之輩，則詞語仍不妨稍近藻繪，乃不失口氣；若所演街巷村野之事，則鋪述竟作方言可也。〔註 44〕

徐大椿從作家創作的角度道出元雜劇修辭的特徵必與事中人物相因應，另一方面，又從演員的角度說明演員的唱曲之情也需符合劇中之人、事，其在「曲

〔註 41〕參見（漢）毛亨傳，（漢）鄭玄箋，（漢）孔穎達等正義：《毛詩正義》（台北：藝文印書館，影印清嘉慶二十一年阮元校刻《十三經注疏》本，2000 年）頁 13。

〔註 42〕參見姚一葦著：《戲劇與文學》（台北：聯經出版社，1989 年），頁 5。

〔註 43〕參見（清）徐大椿著：《樂府傳聲》，收於中國戲劇研究院編校重排：《中國古典戲曲論著集成．第七冊》（北京：中國戲劇出版社，1959 年以清乾隆十三年豐草亭原刻本爲底本，另以清咸豐九年眞州吳桂重刻本與光緒年間崇文書局輯刊正覺樓叢書本補），頁 158。

〔註 44〕同上註，頁 158～159。

情」條云：

> 唱曲之法，不但聲之宜講，而得曲之情爲尤重。蓋聲者，衆曲之所盡同，而情者，一曲之所獨異。不但生旦丑淨，口氣各殊，凡忠義奸邪，風流鄙俗，悲歡思慕，事各不同，使詞雖工妙，而唱者不得其情，則邪正不分，悲喜無別，即聲音絕妙，而與曲詞相背，不但不能動人，反令聽者索然無味矣。然此不僅於口訣中求之也。〔註45〕

這段文字說明演員必須得劇中之情，得其情而唱之方能感人動神，劇中之情之所由乃「事」之所在。然「忠義奸邪，風流鄙俗，悲歡思慕，事各不同」，因此情各有殊異。由此「事」的鋪述、人物的安置都必須經過作者有意的安排，所以如何敘事，是如何合乎人情，也就是劇作家所要思考的部分。由此曲論家往往對「敘的『事』」、「『事』如何『敘』」極爲重視，如李贄在評《紅拂記》時就提出「關目好，曲好，白好，事好」作爲劇本創作的基本要求。〔註46〕又如孫鑛所提出戲曲創作的十大藝術標準「南戲十要」，其中就包括了「事佳」、「關目好」。〔註47〕由曲論家對於「敘的『事』」與「『事』如何敘」的重視，可以推想當劇作家使用戲劇作爲傳達情志的載體時，應是將如何選一件好事來敘與如何敘一件好事作爲創作時所重視的部分之一。由此可以進一步肯定「敘事」在元雜劇中爲重要且不可少的一環，因爲事緊扣劇中人物情之所由，人物的情必須合乎該時、該事所應該有之情，合理的事才有合理的情，不然情事不一，近若矯情（至於如何改編史傳舊聞、社會時事方使其能盡顯其情、動人感神，即是本文討論的一個重點，在本文的第三章、第四章皆有論之）。

另一方面，元雜劇主要是在城市勾欄中發展起來的〔註48〕，可想而知元雜劇的創作、表演也是以獲得經濟上的實際利益爲目標，因此如何娛樂觀眾，以吸引觀眾觀看也是創作元雜劇的動力因與目的因。爲了吸引、娛樂觀眾，

〔註45〕同上註，頁173～174。

〔註46〕引自程炳達、王衛民編著：《中國歷代曲論釋評》（北京：民族出版社，2000年），頁137。

〔註47〕參見（明）呂天成著，吳書蔭校注：《曲品校注》（北京：中華書局，1990年。以乾隆辛亥1791年迦蟬楊志鴻鈔本爲底本，校以清初鈔本、清河本、暖紅室刻本、吳梅校本、曲苑本、中國古典戲曲論著集成本，並參校祁彪佳《遠山堂曲品》等），頁160。

〔註48〕參見張庚、郭漢城等著：《中國戲曲通史（上）》（台北：大鴻圖書有限公司，1998年），頁327。

除了要在舞臺藝術、表演藝術與劇本文辭上著力外，故事情節的吸引力也是不可缺少的一環。從獲得實際經濟利益的角度來看，作家爲了要吸引觀眾所以要敘事，如《博望燒屯》一劇，主要敘述劉備三顧茅廬請出諸葛亮，諸葛亮火燒博望坡一事，此劇從劉備第三次顧茅廬請出諸葛亮開始，第二折與第三折都在敘述火燒博望坡，並以夏侯淳的敗逃爲故事高潮。〔註 49〕全劇以故事情節的敘述發展爲主，因而在第三折中只用了【雙調·新水令】、【風入松】、【雁兒落】、【得勝令】、【鴛鴦煞尾】五支曲牌，內容也是作爲對話之代用，並無情感的抒發，所以在此劇中較察覺不出作家所寄寓的個人情志。又此劇劇名在元刊本中，加了「新刊關目」四字指該劇情節創新編撰〔註 50〕，兩者合觀可以看出元雜劇作家即是以敘述新的故事吸引觀眾爲創作的目的。又如《鎖魔鏡》一劇，其旨也在敘述二郎神因宴飲酒醉射破鎖魔鏡，誤放金睛百眼鬼、九首牛魔鬼，後與那吒將功贖罪抓回二怪一事〔註 51〕，這段劇情中也比較無法明顯察覺出作者所欲表達的情志，反而是欲以新鮮、神怪變化的故事情節吸引、滿足觀眾對於神魔鬼怪世界的想像的企圖較爲明顯。

總合上述所言，我們認爲創作元雜劇的動力因與目的因包括了抒情、言志與吸引觀眾等，然此皆與敘事脫離不了關係，劇作家爲了要達到吸引、娛樂觀眾、抒發情志等目的，所以自覺的在劇本中敘事，並通過敘事綰合抒發內在情志與吸引觀眾兩個目的。由此可知敘事雖然不是創作的動力因與目的因，但仍是作者主觀文心中連結各動力因與目的因的主要結構關係，所以它無法單純歸於體製、文采或主客材料，而是存在於主觀文心的體要中。

伍、元雜劇的體貌與體式

「體貌」是就個別作品的風格而言，所謂的作品風格指的是「一種非實質聲色的美感印象，是形式、內容等一切因素有機構造之後的總體表現」〔註 52〕，因此單從語言使用的角度所提出的「語言風格」一詞，並無法含括作品體貌的內涵。然而論者一般多將「語言風格」等同於作品之體貌，如徐復觀在〈文心雕龍的文體論〉一文中所云：「體貌之體，以辭的聲色爲

〔註 49〕參見《全元雜劇外編》，頁 725～747。

〔註 50〕關於「新刊（新編）關目」的定義，可以參考李惠綿先生著〈戲曲關目論之興起與發展〉一文，收於吳雪美編輯：《宋元文學學術研討會論文集》（台北：東吳大學中文系，2002 年），頁 183～184。

〔註 51〕參見《全元雜劇外編》，頁 961～970。

〔註 52〕參見顏崑陽先生著：《六朝文學觀念叢論》，頁 140。

主。」〔註 53〕這或許是因爲古典詩、詞、文都是以文字作爲主要、唯一的表現載體，因此從文字修辭或格律音響的運用上探求，也就是從「語言風格」的角度就大致可以掌握作品的體貌，所以討論詩、詞、文作品的體貌往往即是討論該作品的「語言風格」，因此徐復觀在該文結論認爲司空圖《二十四詩品》均係形容詩的體貌〔註 54〕，但是就一個文體的理想典型而言，作品體貌是文體構成各有機要素圓合後的總體表現，並不只「語言風格」一點，因此顏崑陽先生反對徐復觀直截的將文字與聲律所形成的藝術形相性視爲「體貌」的說法，認爲不能將「體貌」偏執爲外在的、分解的、物質的元素——聲、色。由眾多「體貌」所進一步歸納出具有規範性的文體「體式」爲文體構成各有機要素圓合後的總體表現。〔註 55〕不過就顏崑陽先生認爲《文心雕龍》所舉出的典雅、遠奧、精約、顯附、繁縟、壯麗、新奇、輕靡等八個文體體式也是語言藝術形相性的外在表現。因爲其中雖然包含文體要素的材料因與形式因，但仍然也只是以語言文字爲唯一的表現載體，所呈現出的風格也是以語言文字的表現爲主。簡言之，就理論層次而言，體貌、體式應是文體各要素圓合後的總體形相；但就實際批評的表現而言，體貌、體式多半僅於對語言文字藝術形相性的探討，也就是討論作品或文體的「語言風格」。

以上是說明詩、詞、文的體貌、體式多以「語言風格」的角度論之，然而在戲曲中這種以「語言風格」爲主的文體批評進路則會產生問題，因爲在詩、詞、文中體貌、體式是通過語言文字呈現的，所以可以說「語言風格」約等於文體的體貌、體式。但戲曲並不一定以語言文字呈現，戲曲外在表現的載體雖然是以曲文與賓白爲主，但從舞臺表演的層次上言，還包括了科諢、音樂、化妝、服飾、唱工等等不同的載體。正因爲戲曲是個綜合性的藝術類型，所以在討論元雜劇的體貌與體式時，就不能僅從「語言風格」的角度來看，而必須從各個不同表現載體作綜合性的判斷。

然古典曲論在論及元雜劇個別作家時，也多隻從「語言風格」的角度言之，如朱權在《太和正音譜》中列出元代一百八十七位作家，描述其中八十二人的個人風格皆各不相同，如「紀君祥之詞如雪裡梅花」、「秦簡夫之詞如

〔註53〕參見徐復觀著：《中國文學論集》，頁 32。

〔註54〕同上註，頁 76。

〔註55〕參見顏崑陽先生著：《六朝文學觀念叢論》，頁 140。

峭壁孤松」、「石君寶之詞如羅浮梅雪」等等。〔註 56〕王國維在〈元刊雜劇三十種序錄〉一文裡，推定《元刊雜劇三十種》中《嚴子陵垂釣七裏灘》的作者時也採用「語言風格」認定的區分方法，其云：「此劇文字雄勁遒麗，有健鶻摩空之致，與《范張雞黍》定出一手，故定爲宮大用之作。」〔註 57〕王國維此段即是單從「語言風格」的角度進行批評，然這種批評方式往往會受到批評者主觀判斷的影響，所以不同的批評家會有不同的認定標準，如王驥德在《曲律》中就對朱權的評價持否定的看法，其云：「《正音譜》中所列元人，各有品目，然不足憑。涵虛子於文理原不甚通，其評語多足付笑。又前八十二人有評，後一百五人漫無可否，筆力竭耳，非眞有所甄別其間也。」〔註 58〕古典曲論對於元劇作家作品的「體貌」多半只從劇本文字的角度言之，這或許是因爲要評論一個劇作家或作品最明確的方式就是以「語言風格」爲進路進行批評，也或許是古典曲論中舞臺與演員的批評往往與劇本文字藝術表現的討論分開。

不過就算是分開討論也可以從中提出一個整體性的概念，歷來論者對於元雜劇乃至於古典戲曲體式的討論通常集中在「本色」或言「當行本色」上，如李開先在〈西野春遊詞序〉中云：

> 詞與詩意同而體異，詩宜悠遠而有韻味，詞宜明白而不難知。以詞爲詩，詩斯劣矣；以詩爲詞，詞斯乖矣。……傳奇與戲文雖分南北，套詞、小令雖有短長，其微妙則一而已。悟入之功，存乎作者之天資學力耳；然俱以金元爲準，猶之詩以唐爲極也。何也？詞肇於今而盛於元。元不戍邊，賦稅輕而衣食足，衣食足而歌詠作，樂於心而聲於口，長之爲套，短之爲令，傳奇、戲文於是乎侈而可準也。……國初劉東生、王子一、李直夫諸名家，尚有金元風格，迺後分而兩之，用本色者爲詞人之詞，否則爲文人之詞矣。〔註 59〕

〔註 56〕參見（明）朱權著：《太和正音譜》（台北：學海出版社，1991 年，再版。此版本爲影印民國九年上海商務印書館輯印之涵芬樓密笈第九集所收之「太和正音譜」，即是根據影寫洪武間刻本，用照相石印之版本），頁 22～23。

〔註 57〕參見王國維著：《王國維戲曲論文集——〈宋元戲曲考〉及其他》，頁 393。

〔註 58〕參見（明）王驥德著：《曲律》，收於中國戲劇研究院編校重排：《中國古典戲曲論著集成．第四冊》（北京：中國戲劇出版社，1959 年。以讀曲叢刊本爲底本，據明天啓原刊本校補），頁 165。

〔註 59〕引自陳多、葉長海編著：《中國歷代劇論選注》（長沙：湖南文藝出版社，1987 年），頁 107～108。

李開先所謂「金元風格」即指金元雜劇之體式，云「俱以金元爲準」即是將「金元風格」提出作爲戲曲之體式，其後進一步使用「本色」一詞說明「金元風格」。這是將「本色」視爲戲曲的體式，又往往將元雜劇視爲戲曲的理想典型之一，「當行本色」與元雜劇二者往往是劃上等號的。但是「當行本色」一詞的內涵卻不是單一的，李惠綿先生在〈當行本色論〉一文中，將歷來論「當行本色」的說法分成作品、作家、演員、觀眾等四個部分，作品下又分體正、造語、賓白、音律、關目、品第、妙境等七部分〔註 60〕，並細分「當行」與「本色」的差別，會產生這種多元的差異，主要有兩個原因：

首先，就是如上所言「批評往往會受到批評者主觀判斷的影響，所以不同的批評家會有不同的認定標準」，批評標準的提出反映了批評家中心思想，也就是其「標準」設立背後所依據原則的外顯。例如《文心雕龍・明詩》中：「四言正體，雅潤爲本；五言流調，清麗居中。」〔註 61〕其中的「雅潤」、「清麗」的提出就代表了劉勰對四言詩、五言詩應有「體式」的看法，而這個看法的形成絕非憑空而至，而是他經過一觀察、歸納的過程所得，誠如顏崑陽先生所說：「文體的知識乃是後驗反省的知識，故所謂「文體」必須通過對文學歷史的觀察、歸納，而不是批評家憑空的假定。」〔註 62〕這個觀察與歸納的過程就隱含了批評家個人思考、判斷，批評家的中心思想是直接影響到他的思考角度與判斷方式，又如眞德秀在《文章正宗・序文》所言：

> 正宗云者，以後世文辭之多變，欲學者識其源流之正也。自昔集錄文章者眾矣，若杜預、摯虞諸家，往往堙沒弗傳。今行於世者，惟梁昭明《文選》、姚鉉《文粹》而已。由今眡之，二書所錄，果皆得源流之正乎？夫士之於學，所以窮理而致用也。文雖學之一事，要亦不外乎此。故今所輯，以明義理切世用爲主。其體本乎古，其指近乎經者，然後取焉，否則辭雖工亦不錄。〔註 63〕

眞德秀從「窮理而致用」的文學觀點出發，因此提出了「明義理」、「切世用」與「其體本乎古」、「其指本乎經」的選文與批評標準，這個文學觀點的形成，

〔註 60〕參見李惠綿先生著：《戲曲批評概念史考論》（台北：里仁書局，2002 年），頁 79～133。

〔註 61〕參見周振甫譯注：《文心雕龍譯注》，頁 82。

〔註 62〕參見《六朝文學觀念叢論》，頁 178。

〔註 63〕參見眞德秀編著：《文章正宗》，收於《景印文淵閣四庫全書》集部 8 總集類（台北：台灣商務印書館，1985 年）。

是承自宋代道學家論文的傳統〔註 64〕，這個傳統影響到他認定文學作品的地位，也自然影響到他提出選擇文章的「標準」，因此由此一「標準」所建立的文體觀念自然帶有道學家的色彩。又如湯顯祖在〈宜黃縣戲神清源師廟記〉中討論到戲曲之功能時云：

> 可以合君臣之節，可以浹父子之恩，可以增長幼之睦，可以動夫婦之歡，可以發賓友之儀，可以釋怨毒之結，可以已愁憒之疾，可以渾庸鄙之好。然則斯道也，孝子以事其親，敬長而娛死；仁人以此奉尊，享帝而事鬼；老者以此終，少者以此長。外户可以不閉，嗜欲可以少營。人有此聲，家有此道，疫癘不作，天下和平。豈非以人情之大竇，爲名教之至樂也哉。〔註 65〕

湯顯祖認爲戲劇具備安定五倫、安定社會的作用，這種說法強調戲劇的社會性功能，對此鄭傳寅認爲：「封建統治階級及其正統文人的戲曲功能觀無疑是承襲儒家文藝觀的，古代進步的戲曲藝術家、批評家的戲曲功能觀其實也是如此。」〔註 66〕由此可以看出一個批評家的文學背景是直接影響到他批評標準的提出，所以要完整說明批評家的批評概念時，除了考慮他的「標準」爲何，更必須考慮到他設立「標準」的原則。這種從各個批評家不同主體性的角度出發，所產生對體式不同的看法，是同一文體體式有不同標準的第一個原因。

第二個原因，文體本就是由多元要素所構成，因此每種要素都會作用在文體體貌的構成，又「體式」是由眾多作家的「體貌」所歸納得出的，而「體貌」是作者主觀文心有機統合「材料因」與「形式因」之後作品整體的藝術形相，所以必須在各個文體要素都合乎「體式」的規範下，才有可能總體呈

〔註 64〕宋代道學家論文的傳統大致如下：「宋代道學家論文，重視所謂『發揮義理，有補世教』（眞德秀《跋彭忠肅文集》語），輕視文學作品的藝術意義。北宋程頤說：『作文害道』是『玩物喪志』（語見二程遺書）。南宋朱熹說：『古文之與時文，其使學者棄本逐末，危害等爾。』（語見朱熹《答徐載叔》）這種觀點，到朱熹的再傳弟子眞德秀而到達極端。他編選《文章正宗》，有意識地貫徹道學家的文論主張，與昭明《文選》相對立，並企圖取而代之。」參見郭紹虞主編：《中國歷代文學論著精選中冊》（台北：華正書局，1991 年），頁 165。

〔註 65〕參見（明）湯顯祖著，徐朔方箋校：《湯顯祖全集・第二冊》（北京：北京古籍出版社，1998 年），頁 1188。

〔註 66〕參見鄭傳寅著：《傳統文化與古典戲曲》（台北：揚智文化事業股份有限公司，1995 年），頁 153。

現出「體式」。以戲曲而言，曲論家分別在文體的各個不同要素如造語、賓白、音律、關目……等等角度提出他們所認爲達到本色應有之「標準」，結合各標準作一個總體性的觀照，此就是元雜劇乃至於戲曲的體式，也就是除了作者主體性外，亦結合了客觀文體的規範。而這個體式又進一步對構成文體各要素有著規範或評價的作用，也成爲曲論家批評該文體構成要素的標準，二者相互作用。

由此一進路可以思考敘事作爲元雜劇體式內涵之一的可能性，既然敘事是構成元雜劇的要素之一，所以敘事也成爲構成元雜劇體式的一部分，因此有曲論家就論及了元雜劇在敘事上應該有的範式，沈德符《顧曲雜言》中有從體製、情節結構等與敘事相關的角度言元雜劇的「當行」，在「雜劇」條中云：

> 北雜劇已爲金元大手擅勝場，今人不能復措手。……。近年獨得王辰玉太史衡所作《眞傀儡》、《沒奈何》諸劇，大得金元本色，可稱一時獨步。然此（應作「北」字）劇但四折，用四人各唱一折，或一人共唱四折，故作者得逞其長，歌者亦盡其技。王初作《鬱輪袍》乃多至七折，其《眞傀儡》諸劇，又只以一大折了之，似尙隔一塵。〔註67〕

沈氏這段話提出了「本色」與「當行」的差別在於文字與體製，李惠綿先生在詮解此段文字時即指出沈德符之意：「本色」爲語言風格的蒜酪質樸；「當行」爲體製四折，在情節結構、關目佈置上方足以使作者盡展其才，在場上搬演亦才足夠演員發揮其技藝。因此七折、一折之劇作皆隔一塵要非當行。〔註68〕雖然沈氏以金元的「當行本色」規範明雜劇的說法未必允當〔註69〕，然卻仍可從其提出元雜劇的「當行本色」作進一步思考，沈氏將元雜劇的體式析爲「本色」與「當行」，「本色」是就語言風格言，「當行」則是就體製

〔註67〕參見《中國古典戲曲論著集成・第四冊》，頁214。

〔註68〕參見李惠綿先生著：《戲曲批評概念史考論》，頁101。

〔註69〕如曾永義先生便認爲：「所謂『金元蒜酪本色』，也說得很中肯。但若以辰玉諸劇不依元人用四折，便認爲『似隔一塵』，則僅是沈氏個人的感覺。因爲在那個時代，實在不必，也不能以元人的體例爲衡量標準了。」參氏著：《明雜劇概論》（台北：學海出版社，1979年），頁327。又如李惠綿先生云：「筆者也認爲經過蛻變轉型的明雜劇，自不必再以元雜劇的當行本色規範之，明雜劇自成格局、自成特色亦即其當行本色，沈德符的評論顯然缺乏通變觀。」參見氏著：《戲曲批評概念史考論》，頁102。

言，因此要「本色當行」就必須兼合語言風格與體製，這種說法指出元雜劇的體式並非如詩文是以語言風格爲主，而是有語言風格以外的要素可以作爲元雜劇文體體式內涵要素的可能性，因此自然也不能排除以某種敘事表現或風格作爲元劇文體體式的可能性，本文以下亟欲通過討論敘述表現、用事表現後，進一步思考元雜劇體式與敘事之間的關係。

第二節　元雜劇文體要素的敘事功能與特徵

上節所述，元雜劇的體要是通過敘事綰合抒發內在情志與娛樂、吸引觀眾兩個目的，體要中既有敘事的存在，則其材料因與形式因必與之相應，因此本節就從材料因、形式因兩部分討論其中與敘事相關之要素。

本節所討論的具敘事性質的文體要素爲文體中客觀的存在，與第三章進一步討論敘述的實際表現不同，敘述的實際表現可視爲「用」，敘事性質的文體要素則可視爲敘事表現之「體」，「體」爲「用」之本，「用」爲「體」之現。

壹、曲、白、科的敘述功能

曾永義先生在〈中國古典戲劇的舞臺藝術〉一文中提出了推動劇情的要素，其云：

> 眞正構成搬演要素的，卻是樂曲與科白。所謂科白就是科汎和賓白：科汎是指舞臺上的動作而言，樂曲則包括音樂成分和曲辭。樂曲和科白的密切結合，於是推動了戲劇情節的進展。〔註 70〕

曾永義先生認爲科汎、賓白、曲文、音樂是推動劇情的要素，較王國維所說的「戲曲者，謂以歌舞演故事也」〔註 71〕、「雜劇之爲物，合動作、言語、歌唱三者而成」〔註 72〕等語，更清楚呈現了曲、白、科、樂與劇情之間的關係。

然若以敘述功能爲討論進路，則賓白和曲文的功能性較科汎、音樂明顯。因爲在元雜劇中曲文、賓白與科汎、音樂是相配合的。曲文與賓白除了各自單獨具備敘述功能外，曲與白亦時常相互搭配，這種情形在元劇中極爲常見，如《勘頭巾》第一折中劉員外與王小二之間的對答：

〔註 70〕參見曾永義先生著：《中國古典戲劇的認識與欣賞》，頁 242～243。
〔註 71〕參見王國維著：《王國維戲曲論文集》，頁 233。
〔註 72〕同上註，頁 118。

（正末云）你到我家狗咬著你，眾街坊試看咱，若是我家狗咬他，我便與你寫保辜文書，若不曾咬著你，你便陪我缸來。（街坊云）員外說的是，俺看他這條腿不曾咬著。（王小二云）不是這條腿，是那一條腿。（街坊云）也不曾咬。（正末唱）

【醉中天】請小二哥休心困，覷兩條腿辨清渾。羞的那廝一柄臉通紅似降雲，他慌遮掩，忙身褪。瞞不過相識街坊眾親，定眼覷認，並無些咬破牙痕。

（云）原來不曾咬著，這弟子孩兒這等圖賴人。（王小二云）這等惡狗你養他怎的。（正末唱）

【金盞兒】俺這犬吠柴門，和月待黃昏，只除是盜賊不敢來相近。（帶云）若是閒人呵。（唱）無過是搖頭擺尾弄精神，他可也能熬鞭打，不棄主人貧。我則理會妻賢先嫁主，這的是惡犬護三村。

（王小二云）員外，你輕呵輕君子，重呵重小人，怎將狗比我？（正末云）我這富漢打死你這窮漢苦了幾文錢……。〔註73〕

此例中王小二、劉員外和街坊就著狗是否咬著王小二一事進行對話，其中就交互使用曲文與賓白來敘述。又如《岳飛精忠》第一折：

（秦檜云）文臣不愛財，武人不怕死，此乃便是忠臣。我掌著大權，好歹官高似你，你怎生小看我也。（按：本劇爲正末扮岳飛唱）

【金盞兒】我比你有何低，你比我有何高？（秦檜云）我乃宋國忠臣豈有順全之意也？（唱）你一箇奸臣賊子無忠孝。（秦檜云）我乃安邦定國之臣，你怎敢毀罵我也。（唱）你可甚安邦定國建功勞。（秦檜云）我論文呵，背講蒙求，甚麼不如那一箇。（唱）你可也文不及唐李杜。（秦檜云）論我立國那裡數那蕭何、曹參也。（唱）你辱麼殺漢蕭曹。（秦檜云）我的功勞久以後，名標青史，姓入凌煙也。（唱）久以後名書奸佞，典不能勾青史內把名標。〔註74〕

此例爲岳飛斥責秦檜，秦檜反駁的一段對話，也是曲文與賓白搭配使用。以上兩個例子都是曲與白相互配合進行敘述，爲元雜劇中進行敘述最常見的形式。

至於曲、白與科的配合，如曾永義先生云：「元雜劇的動作表情必與曲辭

〔註73〕參見《元曲選・第二冊》，《勘頭巾》頁2。
〔註74〕參見《全元雜劇外編・第六冊》，頁2765～2766。

內容相配合。」〔註 75〕曾先生指出曲與科之關係，但除此之外賓白亦會與科相配合，由是可將曲、白與科之關係分為三：

一、曲文與科汎相配合者：

此指曲文與科汎配合使用，使曲文內容與科汎表演能夠相對應。如《風光好》第三折：

> （韓熙載云）弱蘭，你與學士把盞者。（正旦云）理會的。（唱）【滾繡球】這酒是斟八分，學士索是飲一巡，則不要滴留噴噀。（陶穀云）靠後些。（正旦唱）學士這玳筵間息怒停嗔。你則待點上燈，關上門，那時節舉杯豐韻。（陶穀云）小官不吃酒，但吃一口，昏睡三日。將過去。（正旦唱）這裡酒盞兒不肯沾唇。卻不道相逢不飲空歸去，這明月清風也笑人。常索教酒滿金樽。（陶穀接杯科）〔註 76〕

此例中正旦秦弱蘭一邊進行斟酒、遞酒給陶穀的動作，而一邊又以曲文唱出敬酒動作，兩者相互搭配。又如《漢宮秋》第四折【蔓青菜】、【白鶴子】、【么篇】【上小樓】、【么篇】五支曲子中，出現了三次「鴈叫科」，此五支曲子也都與這三次的「鴈叫科」相對應。〔註 77〕此二例都是都是曲文與科汎相配合。

二、賓白與科汎相配合者：

此指賓白與科汎配合使用，使賓白內容與科汎表演能夠相對應。如《陳州糶米》第四折中：

> （正末云）張千選大棒子將王粉蓮去棍決打三十者。（打科）（正末云）打了搶出去。（搶出科）（王粉蓮下）（正末云）張千將楊金吾採上前來。（做採楊金吾上科）〔註 78〕

這段引文中出現「打」、「搶出」、「採楊金吾上」等三個科，皆與賓白相對應，且未與曲文配合，以此敘述粉蓮被打、楊金吾被抓上堂的情況。又如《殺狗勸夫》第三折中：

> （孫大云）兩個兄弟他還家去了，這早晚大嫂敢關了前門，我也徑往後門去咱。（做絆倒科，云）是什麼物件絆我這一交？待我看波。（做看科，云）呀！是一個人。敢是家中使喚的保兒？這廝每少吃

〔註 75〕參見《中國古典戲劇的認識與欣賞》，頁 248。
〔註 76〕參見《元曲選・第二冊》，《風光好》，頁 6～7。
〔註 77〕參見《元曲選・第一冊》，《漢宮秋》頁 7～8。
〔註 78〕參見《元曲選・第一冊》，《陳州糶米》頁 13。

些酒麼，這裡睡倒。（做推科，云）起來！可怎生不動那？（將手抹科，云）抹我兩手，都是這廝吐下的。有些朦朧月兒，我試看咱。（做看驚科，云）怎生是兩手鮮血？是誰殺下一個人在這裡？（做叫門科，云）大嫂開門？（旦開，孫大作慌科）（旦云）員外你慌怎麼？〔註 79〕

這段引文中孫大一共做了「絆倒」、「看」、「推」、「手抹」、「看驚」、「叫門」、「慌」等七個科，正旦做了「開門」一個科，這八個科都與賓白文字相配合，也未與曲文相配合，以此敘述孫大回家踩到狗屍體導致雙手鮮血的狀況。

三、曲文、賓白、科汎三者相配合者：

此指曲文、賓白與科汎三者相互配合，使曲文與賓白的內容能與科汎表演相對應。如《陳州糶米》第四折中：

（正末云）張千，拿過劉得中來，就著小懺古也將那金鎚，將這廝打死者。（張千云）理會得。（正末唱）

【沽美酒】小衙內做事歹，小懺古且寧奈。也是他自結下冤仇怎得開？非咱忒煞，須償還你這親爺債。

【太平令】從來人命事關連天大，怎容他殺生靈似虎如豺。紫金鎚依然還在，也將來敲他腦袋，登時間肉折血灑，受這般罪責，呀，才平定陳州一帶。（小懺古做打衙內科）（正末云）張千，打死了麼？（張千云）打死了也。……。〔註 80〕

此段引文中包拯（正末）唱道「紫金鎚依然還在，也將來敲他腦袋」，與包拯和張千以賓白對話所言：「打死了麼」、「打死了」之內容，皆和「小懺古做打衙內科」相互配合。又如《破天陣》第三折中：

（顏洞賓云）不妨事還有二十八星宿陣里，擺開青龍白虎陣者。（都骨林土金宿云）得令（擺開科）（按：正末扮楊景唱）

【鮑老兒】喊一聲撲入垓心兩陣，交左右肋追風道。（正末云）岳勝、孟良你與我打這青龍白虎陣去。（岳勝、孟良同云）得令。（打陣科）（孟良云）打了這青龍白虎陣也。（韓延壽云）軍師又打了這青龍白虎陣了。……。〔註 81〕

〔註 79〕參見《元曲選・第一冊》，《殺狗勸夫》頁 8。
〔註 80〕參見《元曲選・第一冊》，《陳州糶米》頁 13。
〔註 81〕參見《全元雜劇外編・第六冊》，頁 2614～2615。

在此段引文中先是顏洞賓說道「擺開青龍白虎陣者」，有「擺開（陣）科」加以配合；接著楊景唱道「喊一聲撲入坱心兩陣，交左右肋追風道」，與賓白「岳勝、孟良你與我打這青龍白虎陣去」，此時有「打陣科」加以配合，最後由孟良與韓延壽說出打陣的結果爲「打了這青龍白虎陣」、「軍師又打了這青龍白虎陣了」，爲曲、白、科三者相互配合。又如《哭存孝》劇末：

> 【太平令】也是你爭弱，拿住你該剮該敲，聚集的人員好鬧，準備著車馬繩索，把這廝綁了，五車裂了，可與俺李存孝一報還一報。（李克用云）小番，將兩賊子五裂了者。（番卒子做殺李存信、康君立科云）理會得。〔註82〕

此段引文中先是鄧夫人唱出要李存信、康君立血債血償，接著李克用命小番殺二人，小番做出「殺科」，曲、白、科三著相互搭配。

然而並不是所有的科汎都與曲文、賓白配合，如在戰爭場面時科汎有時是單獨使用，不和曲文、賓白相配合，如《莊周夢》第一折末：「四仙女推莊生下澗科」〔註83〕，就以此一動作結束該折，並未與曲白相配，但通過此一科汎仍然表現出被推下澗的劇情。又如《樂毅圖齊》第三折中：

> （正末云）則我是齊國田單，我去了東海龍王處，請了五千隻毒龍與你交鋒，休叫走了這廝。（戰科）（騎劫云）我死也近不的他逃命走了罷。（下）（正末云）他走了也，更待幹罷，不問那裡，趕將去。（下）（騎劫二人慌上）（正末又同眾趕上）（又戰科）（騎劫又下）（正末同眾趕下）〔註84〕

這段引文中，騎劫第二次上場所發生的戰爭場面並沒有曲文、賓白相配，眾人只在舞臺上進行動作的表演，但這個戰爭場面由動作即可看出勝負，因此也是敘述的手法之一。又照例開科、調陣子科等亦是，如許子漢先生在〈論元人戰爭劇與戰爭場面的喜劇精神〉中云：

> 《西廂記》第二本楔子中之戰爭就僅有科介的說明。「引卒子上開」，指的當是孫飛虎引其部眾上場，沖開場面；接著「將軍引卒子騎竹馬調陣拿綁下」，則指杜將軍引救兵來到，與孫飛虎交戰獲勝，綁縛孫賊下場。此處戰爭應爲一獨立場面，但劇本似乎以「照例開科」

〔註82〕參見《元曲選外編》，頁57。
〔註83〕參見《元曲選外編》，頁383。
〔註84〕參見《全元雜劇外編·第一冊》，頁217。

的方式處理。〔註 85〕

在調陣子科、某些照例開科〔註 86〕或類似照例開科的情形中，場上人物的動作都有著敘述的功能，但是卻沒有曲文與賓白，觀者通過場上人物的動作，就可以瞭解其所敘述的內容。

通過以上對於曲、白、科、樂在敘述功能上的討論，大致可以將四者在敘述功能上的重要性劃分如下：曲、白＞科＞樂。因為就敘述功能的角度來看，科汎所具備敘述的功能性和曲文與賓白有部分重疊，且科汎單獨出現用以敘述劇情的情形較少，使得科汎在敘述的重要性上不如曲文、賓白。元雜劇的音樂與曲文更是緊密結合，曲文的表現方式就是配合音樂來唱，因此音樂的敘述功能就與曲文重疊。所以從敘述功能的角度而言，在元雜劇中是以曲文與賓白較為重要，為推動劇情的主要成素。

貳、腳色與人物所具備的敘述功能與特徵

曲文與賓白是元雜劇中敘述的主要成素，但卻不是唯一成素，從「敘」的角度來看，以曲文、賓白為中心所共同支撐元雜劇敘述的文體要素尚有腳色。要說明腳色在元雜劇敘述上的功能必須先定義腳色，曾永義先生在〈中國古典戲劇腳色概說〉一文中對中國古典戲劇的腳色下過定義：

> 中國古典戲劇的「腳色」只是一種符號，必須通過演員對劇中人物的扮飾才能顯現出來。它對於劇中人物來說，是象徵其所具備的類型和性質；對於演員來說，是說明其所應具備的藝術造詣和在劇團中的地位。〔註 87〕

這段定義是說演員擁有特定技藝並到達一定的水準才能擔任某一腳色，由此腳色進一步扮飾劇中人物，而劇中人物的性格反映該腳色的特徵。元雜劇中的腳色有末、旦、淨三行，演員通過這三個腳色去扮飾劇中人物，再藉由劇中人物的互動推動劇情，而劇中人物的互動就是通過曲文、賓白與科汎三者完成的，因此腳色人物是劇中重要的敘述者。以敘述的角度言之，則又以曲文與賓白為主要敘述、互動的載體。由此可以進一步分出兩層關

〔註 85〕本文收於東華大學人文社會科學學院主編：《東華人文學報》，第 3 期（2001 年 7 月），頁 220。

〔註 86〕雖然在劇本中只註明「照例開科」，但在真實演出時有些劇本可能會有賓白，有些則否。

〔註 87〕參見曾永義先生著：《說俗文學》（台北：聯經出版事業公司，1980 年），頁 291～292。

係：一為人物與曲文、賓白、科汎等載體；二為人物與人物。第一層關係指的是人物通過「代言體」與「敘事體」的方式說唱曲文與賓白，以及表演動作；第二層關係指的是人物與人物之間通過對話或動作互動，而對話與動作的基礎就在於第一層關係。由於人物以「代言體」與「敘事體」為主要敘述方式，因此以「代言體」與「敘事體」兩種敘述方式發言為腳色人物敘述的重要特徵。

簡言之，元雜劇是藉由劇中人物說唱曲文與賓白以及人物的肢體語言來表情達意，並與其他人物進行對話、互動，因此「代言體」就成為元雜劇人物表情達意的主要表現方式，但元雜劇中並不全為「代言體」，如王國維即云「元雜劇於科白中敘事，而曲文全為代言」〔註 88〕。以下即討論元雜劇中的「代言體」、「敘事體」與人物、曲文、賓白之間的關係。

一、代言體

曾永義先生在定義「中國古典戲劇」時，其中一項即是「運用代言體」。〔註 89〕關於「代言體」的定義，學界多將之視為一般常識使用，如曾永義先生論述「中國古典戲曲逐漸形成的過程」中云：

> 「優孟衣冠」可以說是啓俳優妝扮之端，只是他載歌載舞之際還是就本人口胳來述說的，並非作孫叔敖之言，也就是敘述方法尚非是「代言體」。而楚辭九歌中的巫覡，不只妝扮靈神具有「優孟衣冠」相等的意義，其載歌載舞，更具代言意味。若以「山鬼」為例，則巫覡所扮演的女山鬼和人間的公子，其各自口胳，甚為顯然。〔註 90〕

雖然曾永義先生於此並未直接定義「代言體」，但從文意中仍可知對「代言體」的界義，必須是妝扮成欲代言之對象，以該人物的口胳述說。又如李軍於〈代言體辨識〉一文中在說明何謂「代言體詩歌」時為「代言體」所下的定義，其云：「所謂『代言體』即指詩人代人設辭，假託他人的身份、口吻創作詩篇。」〔註 91〕此段文字說明「代言體」的特色在「代人設辭，假託他人的身份、口吻」，這種說法基本上與曾永義先生相同。在《中國曲學大辭典》「代言體」條中也云：「（代言體）主要指表演者以第一人稱身份扮演或模擬節目中的人

〔註 88〕參見王國維著：《王國維戲曲論文集——〈宋元戲曲考〉與其他》，頁 82。

〔註 89〕參見曾永義先生著：《中國古典戲曲的認識與欣賞》，頁 2。

〔註 90〕同上註，頁 4。

〔註 91〕參見李軍著：〈代言體辨識〉，收於《鄂州大學學報》第七卷第一期（2000 年 1 月），頁 7。

物。」〔註92〕又陳多定義云：「當演員出現在舞臺上的時候，是在『扮演角色』，用劇中人的身份來行動、說話，因而他所用的語言是第一人稱的，並被稱為『代言體』。」〔註93〕以上四者說法的共同點都在於模擬他人身份、口吻進行敘述，這就是「代言體」的基本內涵。只是劇本除了文字書寫外，還扮演具體的形相。

王國維雖云「元雜劇於科白中敘事」，然此為一個非全稱的概念，元雜劇中人物除曲文會以「代言體」的方式述說外，賓白以「代言體」的方式表現的例子在元雜劇中亦俯拾即是，如李好古《張生煮海》第一折中：

> （張生云）你去報復長老，道有箇閒遊的秀才，特來相訪。（行者做報科，云）門外有一秀才探望師父。（長老云）道有請。（做見科，長老云）敢問秀才何方人氏？（張生云）小生潮州人氏，自幼父母雙亡，功名未遂。偶然閒遊海上，因見古剎清涼境界，望長老借一靜室，與小生溫習經史，不知長老意下如何？。〔註94〕

這個例子中張生與行者、長老對話時，皆以該人物之口吻發言，是明顯的「代言體」形式。

由上可知中國古典戲劇「代言體」的基本內涵就是：扮演某人物，並以該人物的口吻述說曲文與賓白。

二、敘事體

劉熙載（1813～1881）在《藝概・詞曲概》中云：

> 曲只小令、雜劇、套數三種。小令、套數不用代字訣，雜劇全是代字訣。不代者品欲高，代者才欲富。此亦如「詩言志」、「賦體物」之別也。〔註95〕

劉熙載此段話以「依類辨體」的方式分別出雜劇和小令、套數之間的差異，舉出雜劇和小令套數不同之處在於代言與否，這點觀察基本上是不錯的，但他說雜劇全是代字訣則就與現實情況有所出入，因為如元雜劇中就有許多以「敘事體」進行敘述。「敘事體」在《中國曲學大辭典》「敘事體」條所下的定義為：

〔註92〕參見齊華森、陳多、葉長海主編：《中國曲學大辭典》（杭州：浙江教育出版社，1997年），頁889。
〔註93〕參見陳多著：《戲曲美學》（成都：四川人民出版社，2001年），頁11。
〔註94〕同上註。
〔註95〕參見（清）劉熙載著：《藝概》（台北：華正書局，1988年），頁128。

> （敘事體）主要指戲曲扮演者以和劇中腳色有一定距離的敘事者身份進行表演，曲藝演唱者以第三人稱口吻說唱。……元雜劇以及後世戲曲中的「自報家門」和某些引子、上場詩、旁白、獨白等有以敘事者身份介紹戲劇內容的敘事性質，即其實。〔註96〕

此說扼要的定義了「敘事體」一詞，主要指戲曲扮演者只要是脫離劇中人物的身份以敘事者身份介紹劇情的即爲「敘事體」。陳多承此一定義，但又進一步對上場詩或開門有評價性自述部分給予新的定義，他認爲：如竇娥冤中賽盧醫上場所念「行醫有斟酌，下藥依本草，死的醫不活，活的醫死了。」形式上近於內心獨白，內容上是別人對其內心黑暗面之解剖，本人不應當無緣無故作此獨白，故既非「代言體」，也不是正常的「敘述體」（即敘事體），故從曲藝借一術語，謂之「批講」。〔註97〕陳多此說將具評價性意義的獨白別屬一類，但此類仍然不出「和劇中腳色有一定距離的敘事者身份進行表演」、「以第三人稱口吻說唱」兩種定義之範圍，因此陳多之說可視爲「敘事體」下之次類，而無法與「代言體」、「敘事體」並舉成爲第三種演述方式。故本文對「敘事體」內涵的指涉是以《中國曲學大辭典》之說爲主。

雖然「敘事體」在元雜劇中被大量使用，但仍有學者採用寫實主義戲劇的看法，認爲戲劇中不能有「敘事體」，如蘇國榮云：「戲劇體詩在本質上是排斥旁述的」〔註98〕、吳戈（1958～）云：「敘事與戲劇表現手段是相矛盾的」、又云「從直觀性來說，戲劇的形式特點排斥人物用語言來敘述事件」〔註99〕，這種說法雖然在寫實主義戲劇的觀點下是能夠成立的，但卻無法解釋元雜劇劇本中大量使用「敘事體」的現象，因此我們不能將西方戲劇觀硬套在元雜劇上，並直斥其非，而是必須融入元雜劇本身結構，從元雜劇的內在結構去考量它的用意。以下就討論元雜劇中的「敘事體」。

王國維說「元雜劇於科白中敘事」，雖然無法清楚指出元雜劇於科白中代言的內涵，但仍指出元雜劇在賓白中採「敘事體」的表現方式。元雜劇中多

〔註96〕參見《中國曲學大辭典》，頁888。

〔註97〕參見陳多著：《戲曲美學》，頁12～13。

〔註98〕參見蘇國榮著：《中國劇詩美學風格》（台北：丹青圖書有限公司，1987年），頁17。

〔註99〕參見吳戈著：《戲劇本質新論》（昆明：雲南大學出版社，2001年），頁245、246。

在賓白的部分採用「敘事體」，如自報家門、上場詩、旁白、獨白等都可以賓白來表現。如《勘頭巾》第一折云：

> （旦上，云）妾身乃劉員外渾家。正在家中閒坐，門外怎生大呼小叫的？我是看咱。開了著門，什麼人打破這尿缸來？〔註100〕

此例中旦上場時，即先以「敘事體」的方式介紹自己的身份，以及場上的情況。又如《李逵負荊》第一折云：

> （淨扮宋剛、丑扮魯智恩上）（宋剛云）柴又不貴，米又不貴，兩個油嘴，正是一對。某乃宋剛。這個兄弟叫做魯智恩。俺與這個梁山泊較近，俺兩個則是假名託姓，我便認作宋江，兄弟便認作魯智深。來到這杏花莊老王林家買一鍾酒吃。（見王林科云）老王林有酒麼？（王林云）哥哥，有酒，有酒，家裡請坐。〔註101〕

此段引文中宋剛、魯智恩一上場就先表明自己的身份與現在的狀況（來到這杏花莊老王林家買酒吃），其發言已經和劇中人物產生一定距離，所以不是「代言體」，而是「敘事體」。到了見到王林後才又以「代言體」的方式接合劇情。同樣在《李逵負荊》第一折中：

> （沖末扮宋江同外扮吳學究、淨扮魯智深領卒子上。宋江詩云）澗水潺潺遶寨門，野花斜插滲青巾，杏黃旗上七個字，替天行道救生民。某姓宋名江，字公明，綽號順天呼保義者是也。曾爲鄆州鄆城縣把筆司吏，因帶酒殺了閻婆惜，迭配江州牢城。路經這梁山過，遇見晁蓋哥哥，救某上山。後來哥哥三打祝家莊身亡，眾兄弟推某爲頭領。某聚三十六大夥，七十二小夥，半垓來的小僂儸，威震山東，另行河北。某喜的是兩個節令：清明三月三，重陽九月九。如今遇這清明三月三，放眾弟兄下山上墳祭掃。三日已了，都要上山，若違令者，必當斬首。（詩云）俺威令誰人不怕？只放你三日嚴假。若違了半個時辰，上山來絕無幹罷。（下）……。〔註102〕

以上這些宋江所說的部分，是一種類似前情提要般的敘述，作者藉宋江之口交代並未演出的情節，這是場上未發生，觀眾或讀者也未參與過的劇情，

〔註100〕參見《元曲選・第二冊》，《勘頭巾》頁1。
〔註101〕參見《元曲選・第四冊》，《李逵負荊》頁1。
〔註102〕同上註。

劇本中「敘事體」大部分即是在自報家門時使用。此段引文中藉由宋江的回憶，交代人物、事件的過去，並埋下往後事件發展的伏筆，其與接下來的老王林並無劇情上的連結，因此這是作者利用宋江之口敘述故事，做抽離劇情的發言，而非藉由晁蓋、閻婆惜等人物分別敷演其情節所共同組成。這種用法有利於觀眾快速進入劇情、瞭解人物，是元雜劇劇作的一大特點。

筆者認為除了上述的方式可以判別為「代言體」或「敘事體」外，二者尚有另外一項差異，也就是接受敘述的對象為誰？雖然戲劇演出是由觀眾觀看，劇本是由讀者觀看，但觀者（觀眾與讀者）不一定會成為劇中人物發話的對象，因為劇中人是會相互對話，或自言自語。也就是說無論是用「代言體」或「敘事體」說話的人或敘事的人都會有一個接受其發出訊息的對象，就算是自言自語也會有個對象，或許是自己、也或許是天。「代言體」是以該人物的口吻、立場敘說事情，因此是無法意識到觀者的存在，因為如果意識到觀者的存在，其口吻、立場就不會是劇中人物當時所應有的，如上述《梁山泊李逵負荊・第一折》中的宋江，其一上場就自報家門，將自己的生平敘述一次，並且在場上並無受述對象，自己也並非為自己的受述對象，由此可判斷此處宋江敘述為「敘事體」。當「敘事體」預設了觀者作為敘述的對象，其口吻、立場有可能脫離該人物。通過上述分辨「代言體」或「敘事體」的方法，我們可以進一步觀察曲文是否會採「敘事體」的方式敘事，陳建森在〈元雜劇戲劇形態引論〉一文中，認為王國維所言「曲文皆為代言」不盡符合事實，他所提出的論點有二：一、有些全劇已終但仍有隻曲；二、有些唱曲已非劇中人物視界所應有。〔註103〕陳氏此說點出了曲文敘事的兩種情況，不過從上述區分「代言體」或「敘事體」的方法，我們可以進一步提出第三點：「有些唱曲在場上並無受述對象」，如《臨潼鬥寶》第二折楔子中伍員與來皮豹對壘時唱：

> 【賞花時】我則見霧罩煙籠百尺山，勒馬橫槍兩陣間，將去路緊遮攔，也不用前追，也那後趕。〔註104〕

在這段曲文中，伍員利用唱曲描述眼見之景物、己身之動作，這段曲文在場上並無明顯的受述者，也不應有受述者，因為同在場上人物皆可看到伍

〔註103〕參見《華南師範大學學報（哲學社會科學版）》，第36卷第2期（2000年6月），頁61。

〔註104〕參見《全元雜劇外編・第一冊》，頁39。

員眼見之景物、己身之動作，所以我們合理推斷這段曲文是場上人物向觀者介紹虛擬之景物與演員之動作。在元雜劇中，這種通過演員唱曲向觀者介紹場上之景物、演員之動作者亦多，如《伐晉興齊》第三折中田穰苴唱云：

> 【雙調．新水令】彩霞飄霧映旌旗，蕩寒風，滿天殺氣。銅鑼鳴秋水，畫鼓動春雷。劍戟光輝，赳赳雄威，衝散九霄內。

又如《題橋記》第一折司馬相如唱云：

> 【么】（云）您眾人皆醉，（唱）惟我獨醒。（云）您眾人皆混，（唱）惟我獨清。（云）您眾人皆睡，（唱）這其間惟我獨行，只聽的竹韻丁丁，花影層層，月色盈盈，落得箇更深夜靜。〔註105〕

以上主唱人物唱這兩段曲文時，雖然場上都有其他人物，但都不是受述者。第一段曲文是田穰苴描述其眼見景物，第二段曲文中「只聽的竹韻丁丁，花影層層，月色盈盈，落得箇更生夜靜。」亦是司馬相如描述眼見耳聽之事物。這些描繪場上景物或主唱人物己身動作之曲文，雖未脫離主唱人物應有之視界，但從其受述之對象來看，都應是替觀者描繪出場上虛擬之景物，因此可視為「敘事體」。而此種「敘事體」因為多夾雜在「代言體」之中，不易被察覺，往往一起被視為「代言體」，故王國維有「曲文皆為代言」之語。

正由於「代言體」與「敘事體」有此差異，所以當其同時出現在劇本中時，便會產生「視角」、「聚焦」與「人稱」、「受述者」的不同，而本文的目的之一也在討論其中之不同表現形式，以及交互使用所產生的變化，在下一章即會從「代言體」、「敘事體」這兩個敘述要素對「敘事角度」進一步的討論。

通過以上的討論，可以將元雜劇文體要素的敘述功能作一簡圖如圖一。

〔註105〕同上註，頁494～495。

圖一：元雜劇文體中敘述要素關係圖

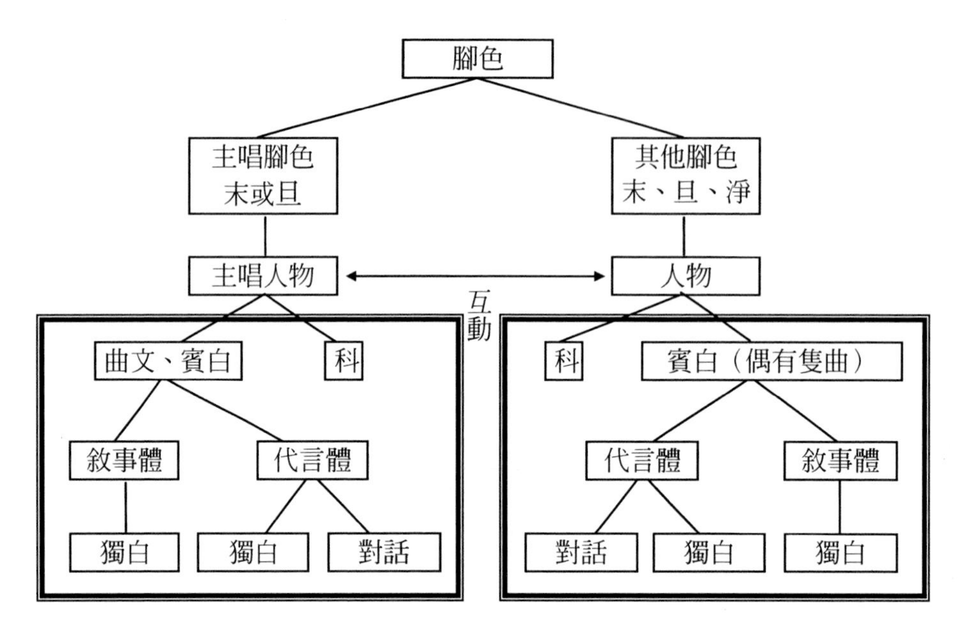

這個圖式簡單呈現以元雜劇的文體要素爲主的敘述架構。主要呈現出以下三點意義：

一、元雜劇通過腳色扮飾劇中的主唱與非主唱人物，主唱人物通過曲文賓白、非主唱人物通過賓白以「敘事體」的方式進行獨白，這時的獨白脫離該人物的發言層位。

二、主唱人物與非主唱人物的賓白也會以「代言體」的方式進行獨白，然而主唱人物亦較非主唱人物多了曲文這種表達方式。

三、主唱人物與非主唱人物除了會以「代言體」進行獨白外，亦會以「代言體」進行對話，使人物之間發生關係。而除了對話外，不同的人物之間有時亦會通過科汎產生聯繫。

以上三點說明元雜劇敘述的基本架構，這個敘述架構的目的就是敘事，以下就繼續說明這個敘述架構的對象——「事」。

參、元雜劇文體要素中「事」的特徵

「事」爲文體的構成要素之一，然而由於文類的不同，致使構成文體要素的內涵也不盡相同，本文是以敘事爲主要討論方向，因此須進一步分辨元雜劇文體架構中「事」的內涵。以下先就元雜劇「事」的情節特性來說明其與敘事詩之間的差異，其次討論「事」與情、志在材料概念層級上相即不離的關係，以清楚呈現元雜劇「事」的內涵，釐清元雜劇敘述對象的明確指涉。

一、「事」的情節特性

元雜劇中「事」是作爲文體構成的材料因，這個「事」是由敘事理論中的「故事」（story）通過進一步措置「情節」所構成的。〔註 106〕元雜劇劇本在劇本開頭的「總題」和在劇末的「題目正名」會概略的標示出該劇「故事」。如《圯橋進履》雜劇其總題也就是劇名爲「張子房圯橋進履」，題目正名爲「黃石公親受兵書。張子房圯橋進履」，從總題、題目正名就可看出該劇的「故事」是改編了《史記・留侯世家》中張良與黃石公相遇的記載〔註 107〕，此劇「故事」的內容除「黃石公親受兵書。張子房圯橋進履」外尙包括破申陽後封爵一事，合觀之就是該劇所要敘述的「故事」。而此「故事」的完整呈現必須要通過各個「戲劇性情節單位」〔註 108〕加以貫串鋪敘，如游宗蓉先生分析《圯橋進履》一劇共有十九個情節單位〔註 109〕，在這十九個情節單位中有一個「非戲劇性情節單位」、十八個「戲劇性情節單位」，《圯橋進履》即是由此十九個情節單位所組成，而《圯橋進履》的「事」則是由十八個「戲劇性情節單位」所組成的「戲劇性情節鍊」。「戲劇性情節鍊」一詞與現今戲曲研究中「情節線」一詞概念內涵相近，而「情節線」一詞使用的較爲普遍，並有固定之內涵，指的是「在故事的框架之下分配場次，設定各腳色主場之齣數，而將這些場次相連，及形成所謂的『情節線』」。〔註 110〕本文在此採用「情節鍊」而

〔註 106〕「故事」指的是敘述性或戲劇性文學體裁的基礎，作品中按時間順序發生一連串事件所形成的概要。「情節」則是指不從時間次序角度而從因果關係進行取捨、整理、排列、展現。此是引用佛斯特對於故事與情節的定義，參見（英）佛斯特（E.M. Forster，1879～1970）著，李文彬譯：《小說面面觀》（台北：志文出版社，2002 年，新版），頁 116。

〔註 107〕參見（漢）司馬遷撰，（宋）裴駰集解，（唐）司馬貞索隱，（唐）張守節正義：《史記》（北京：中華書局，1997 年），頁 2034～2035。

〔註 108〕游宗蓉先生在《元雜劇排場研究》中云：「『情節單位』係以一個中心事件爲內容。」又「元雜劇排場的劃分以具備一個中心事件的情節單位爲基本標準，從對劇本的分析中，發現就各情節單位的中心事件與全劇情節的連繫關係來看，有的確實爲構成全劇情節的有機成分，可稱爲『戲劇性情節單位』；有的卻和全劇情節無甚關連，可稱爲『非戲劇性情節單位』。」詳見游宗蓉先生著：《元雜劇排場研究》（台北：文史哲出版社，1998 年），頁 35～48。

〔註 109〕此十九個情節單位詳見《元雜劇排場研究》，頁 294。

〔註 110〕此一定義參見許子漢先生《明傳奇排場三要素發展歷程之研究》，該書中並進一步將情節線區分爲「主情節線」、「次情節線」、「反面情節線」、「武鬧情節線」等，詳見許子漢先生著：《明傳奇排場三要素發展歷程之研究》（台北：

不用「情節線」是因爲「情節鍊」一詞較能夠突顯串連各個「戲劇性情節單位」之義，而「情節線」一詞表現的是一個線性結構，因此「情節鍊」一詞則可突顯本文所欲呈現由情節單位所組成的鍊狀結構。

由此可以重新思考王夢鷗認爲戲劇性情節文學作品中都具備「敘事」本質的說法。王夢鷗的說法是認爲文學作品皆「託事以言情」，所以都具備「敘事」本質。這種說法即是將「故事」與「戲劇性情節鍊」所構成的「事」等同視之，一個文體有意識的將「故事」析離出「戲劇性情節」並重新安置，與一個文體以「故事」作爲創作內容是兩個層次的創作方式。就以前舉杜甫〈詠懷古蹟〉之三爲例，在這首詩中並無法清楚呈現昭君出塞一事的前因後果，這首詩的「事」僅具備了合乎時間序列的「故事」，並未具備具有因果關係的「戲劇性情節鍊」。陳平原在〈說「詩史」〉一文中就認爲敘事詩是選擇一個戲劇性的場面，結合寫人、記言、敘事，將詩人的情感、理想、滲透在故事的客觀敘述中，以突顯出詩歌的敘事功能。並不著力在複雜的故事情節的鋪排穿插，而是通過扣人心弦的細節與語言表現，以意勝，以情勝，不以事見長。〔註 111〕但馬致遠的《漢宮秋》就不同了，在《漢宮秋》一劇中有十個「戲劇性情節單位」，包括「單於欲和親」—「下詔選女」—「毛延壽惡計」—「初遇昭君」—「毛延壽獻圖」—「佳人臨鏡」—「索親驚變」—「灞橋送別」—「昭君投江」—「長夜聞雁」—「毛延壽伏法」等〔註 112〕，由這十個具有因果關係的「戲劇性情節單位」構成昭君出塞的「戲劇性情節鍊」，這個「情節鍊」就是《漢宮秋》的「事」，作者有意的編排情節明矣。由此可以將王夢鷗所謂的「敘事」再進一步區分爲兩種類型：其一爲托多羅夫所謂的「描寫」〔註 113〕，僅是合乎時間前後序列的故事；其二爲由「戲劇性情節鍊」所

國立台灣大學出版委員會，1999 年），頁 30～36。另林鶴宜先生之碩士論文《阮大鋮石巢四種研究》即以此法研究劇本，大致將情節線分爲主線、旁線、輔線三種，詳見林鶴宜先生著：《阮大鋮石巢四種研究》（東海大學碩士論文，1986 年）。又李曉在《古劇研究原理》中亦是以情節線的概念進行研究，但所用術語不同，其分爲「基本動作線」、「對位動作線」、「對立動作線」、「穿插動作線」等，參見李曉著：《比較研究：古劇研究原理》（北京：中國戲劇出版社，1989 年）。

〔註 111〕參見陳平原著：《中國小說敘事模式的轉變》（台北：久大文化，1990 年），頁 324。

〔註 112〕同上註，頁 229。

〔註 113〕法國的茨韋塔・托多羅夫（Tzvetan Todorov）在〈敘事的兩項原則〉一文中提到了「描寫」與「敘事」的差異，他說：「描寫與敘事都是以時間性爲前提；

構成具有因果關係之事，此即是元雜劇中的「事」。

由於「事」是文體構成的要素，所以我們可以在大部分的文學作品中察覺到「事」的存在，而構成「敘事」的要件是必須將「事」以有因果關係的情節鍊加以鋪排，因此王夢鷗所說文學作品皆「敘事」，是對「敘事」採較寬泛的定義，如果對「敘事」採較嚴格的定義，就可以區別出元雜劇的「敘」與「事」與一般文學作品的「敘」與「事」的基本差別。

二、「事」與情、志在材料意義上的相即不離

以上我們提出元雜劇中的「事」爲「情節單位」所組構的「戲劇性情節鍊」的基本特徵，然而這僅是從作者有意識編排情節的角度說明元雜劇中處理「事」的基本原則，並不能完滿作爲「事」的內涵。要說明元雜劇「事」的內涵則需先討論其取材與題材的運用狀況，這部分可參照羅錦堂的《現存元人雜劇本事考》、《錦堂論曲》與游宗蓉先生的《元雜劇排場研究》、《元明雜劇之比較研究——以題材爲核心之探討》等書，在這些書中已有全面性的研究，成果亦豐，所以在此不再贅述。本文以上述研究爲基礎，進一步思考元雜劇中「事」與情、志的關係。

「事」與情、志同爲構成元雜劇的材料因素，且元雜劇是通過劇中人物的聚散離合、喜怒哀樂組構出一段段動人的故事情節，元雜劇作家往往不會像小說作家一樣現身在劇中來一段評論或感想，故劇作家所欲抒之情、志必須通過劇中人物之口述說，又元雜劇的「事」亦是透過劇中人物的對話、獨白來表現，所以劇本在抒情、言志時也在進行敘事。由此可知「事」的完整性必須包括劇中人物的情、志，就這層意義來說情、志是在「事」中。

不過元雜劇中的「事」是由許多「情節單位」構成，每一個「情節單位」都是一個中心事件，因此可以說元雜劇的「事」是由許多事件所構成，而劇中人物的情、志即是由這些情節單位的事件所引發，劇中人物的情、志也會進一步主導往後的事件。就這層意義來說，情、志是不能脫離「事」來單獨看待，情、志與事在元雜劇的劇情推動上互爲因果。因爲元雜劇的「事」包含了劇中人物之情、志，而劇中人物之情、志又與劇中情節單位的事件互爲

不過，這是兩種性質不同的時間性。起初的描寫確實處於時間中，但這是連續時間；而敘事特有的變化將時間分隔成斷續的單位；純連續時間不同於敘述事件的時間。僅描寫不足以產生敘事，但敘事並不排斥描寫。」參見（法）茨韋塔・托多羅夫（Tzvetan Todorov）著，蔣子華、張萍譯：《巴赫金對話理論及其他》（天津：百花文藝出版社，2001 年），頁 41。

因果，因此在元雜劇的文體架構中雖然是分立的文體構成要素，但經過體要的有機融合之後，三者互相關連在元雜劇中交融合一，無法獨立視之。

第三節　元雜劇本質中的敘事、抒情與言志

關於戲劇本質爲何的問題已經反覆爭論不休，在西方戲劇有動作說、情境說、模仿說、衝突說、激變說……等等不同說法〔註114〕，分別從不同角度思考戲劇本質，這些說法都指出戲劇有別於其他文體的某一特殊面向，因此不斷的被引用討論，也有學者概括歸納說道「戲劇的本質就是人類群體意識的對外宣洩」〔註115〕。在本文緒論提到中國戲曲本質的前行研究中，大多認爲「抒情」是中國古典戲曲的本質內涵。〔註116〕這些研究成果在其解釋系統中都具有某程度的解釋效力，因此我們不能全盤的否定這些的研究成果。不過依前述後驗之研究方法具體分析元雜劇文本後，可以發現元雜劇的本質特徵並非限於抒情，而別有其獨特的文體本質內涵，因此雖然研究成果已豐，但在此仍然從後驗的角度思考元雜劇這個文體，提出其獨特的本質內涵，而直接不援引既有成果。

我們固然可以從元雜劇的音樂結構討論其抒情特質〔註117〕，但也可以從元雜劇的文體架構分析出「敘事」特質，因爲元雜劇所擁有的抒情功能、特質和敘事的存在並不衝突。所以我們可以承認元雜劇抒情性很強的說法，但是元雜劇並不因爲高度的抒情性與敘事性存在有所衝突。而除了抒情與敘事外，元雜劇中還有「言志」的功能、特徵，在元雜劇的本質內涵中抒情、言志與敘事三者是相互因依並存，而此種本質的形成原因與元雜劇本身特殊的文體架構關係密切。

元雜劇爲一文體是無庸置疑的事實，因爲這些被歸類在元雜劇中的作品有著相同的文體特徵，其中以體製相同爲最明顯的文體特徵，所以討論元雜

〔註114〕關於這些不同定義的戲劇本質的說法，可參考姚一葦著：《戲劇原理》（台北：書林出版有限公司，1992年）。孫文輝著：《戲劇哲學——人類的群體藝術》（長沙：湖南大學出版社，1998年），頁35～40。

〔註115〕參見孫文輝著：《戲劇哲學——人類的群體藝術》，頁34。

〔註116〕如前引傅謹《戲劇美學》、顏天佑《元雜劇八論》，及蘇國榮著：《中國劇詩美學風格》等。

〔註117〕關於從音樂結構來討論元雜劇的抒情性，可參見傅謹著：《戲劇美學》，頁75～79。

劇的本質可從作為歷史事實的元雜劇劇本中探尋。當本論文以「元雜劇敘事」為題時，是先預理解的肯定元雜劇中具備了敘事的特徵，這個預理解是通過歸納所有元雜劇劇本都在「言事」而得的，以此進一步分析元雜劇文體架構，提出了元雜劇敘事結構。此即是掌握元雜劇「言事」的外在形相，對元雜劇本質內涵所做出的基本描述。本章即以此為起點，並以既有的抒情、言志理論的研究成果為支撐性論點，進一步討論敘事與抒情、言志成素所構成的本質內涵。釐清此一本質內涵，除了可以重新思考既有對元雜劇本質內涵的幾種說法，還可以重新建構元雜劇本質作為討論元雜劇敘事表現、敘事藝術特質的基礎。

壹、情事相依

言志與抒情是歷來論詩的兩大主題，其中「言志」往往作為學者論儒系詩學本質的進路，與由晉代陸機〈文賦〉歷經六朝所建構的「詩緣情」觀念相對。〔註118〕從陳世驤提出〈中國的抒情傳統〉一文後，「中國抒情傳統」就開始了一波波的討論，張淑香在〈抒情傳統的本體意識——從理論的「演出」解讀「蘭亭集序」〉中討論了抒情傳統研究的脈絡，張氏從〈蘭亭集序〉提出抒情的本體意識的觀念，認為抒情傳統完全建立在人類超越時空集體交存共感的本體意識上，其所抒發之「情」是完全針對人類生命與存在本身而生發的一種最基本的感情，其抒情的特質在強調抒情主體當下瞬刻之內心活動，能夠融合物我內外為一體，並以此反省既有的「緣情」論和「物色」論。〔註119〕而從朱自清《詩言志辨》〔註120〕以後，確立「詩言志」的傳統後，論者多將「言志」、「緣情」視為兩種不同的批評進路。不過也有學者將二者結合論述，如龔鵬程的〈從「呂氏春秋」到「文心雕龍」——自然氣感與抒情自我〉〔註121〕與顏崑陽先生的〈從〈詩大序〉論儒系詩學的「體用」觀——建構「中國詩用學」三論〉。顏先生文中清楚指出了從先秦到漢代、六

〔註118〕顏崑陽先生云：「後世常將『詩言志』與『詩緣情』分立為兩個完全不同的系統。『言志』所言之志乃是特別指政教上的意志，而『緣情』所緣之情則指個人的感情經驗。」參見顏崑陽先生著：《李商隱詩箋釋方法論》（台北：台灣學生書局，1991年），頁40。

〔註119〕參見張淑香著：《抒情傳統的省思與探索》（台北：大安出版社，1992 年），頁41～62。

〔註120〕詳見朱自清著：《詩言志辨》（台北：臺灣開明書局，1964年），頁1～46。

〔註121〕詳見龔鵬程著：《文學批評的視野》，頁68～71。

朝「詩言志」、「詩緣情」、「物色」的內涵及彼此之間的關係。〔註 122〕不過包括顏先生在內有關「詩言志」、「詩緣情」的論述多以先秦、漢魏六朝爲中心，並以此形成一理論架構來詮釋中國的詩歌。有些戲曲學者即稟其中抒情詩論來說明元雜劇中的抒情特質，如傅謹在〈戲曲的抒情本質〉中所言：

> 從戲曲的結構與表現功能上看，向中國其他傳統文學形式一樣，戲曲作者在抒情方面的努力要遠遠超過了它敘事性的追求。實際上至少到清末，戲曲的抒情功能都一直要重於它的敘事功能。因而在美學意義上說，具有抒情本質的戲曲主要是中國本土的抒情文化產物。〔註 123〕

傅氏的說法以詩歌的抒情性特徵削弱元雜劇中敘事的地位，是從敘事性詩歌的角度思考元雜劇的本質〔註 124〕，然此一說法過於強調詩歌在戲劇中所佔的位置，將戲劇稱爲劇詩或詩劇，雖然凸顯出古典戲劇與古典詩歌的聯繫，但不能因此忽略掉戲劇不同於敘事詩的敘事文體架構。如前引《漢宮秋》與杜甫〈詠懷古蹟〉之三的例子，我們在此例中可以明顯分辨元劇作家與敘事詩作者在安排情節上的不同，雖然敘事詩作家以事作爲創作的材料，卻不以敘

〔註 122〕顏崑陽先生主要認爲：儒系詩學發展到漢代，以〈詩大序〉爲總結，在「詩體」的構成要素上，明確建立「情志融合」的觀念。「詩體」就其內容分解說明，則指涉作詩者意圖或主題之「志」，與指涉反應政教環境之感性經驗或題材之情，二者概念是有區別的，但二者必然要辯證合一，才能構成詩的有機之體。〈詩大序〉所言：「詩者，志之所之也，在心爲志，發言爲詩」中的「志」爲一有價值判斷之意向，但這意向乃是指涉詩人已將「情」的經驗題材與「志」的意圖主題辯證融合之後所完成的那一有機性詩體的內涵。準此，則「志」有兩層義。第一層義指詩歌未完成之前，與「情」爲對而可區別之價值意向；而第二層義則指詩歌已完成之後，與「情」辯證融合所形成的價值意向。六朝「詩緣情」的觀念從消極面說不必然與「政教」經驗有關；從積極面說，所指的是感於與「政教」無關的人事與自然物色的經驗，也就是一個個別的「審美主體」指向一個具體的「審美對象」，而以此「審美對象」創造個人抒情詩。其中縱有理性反思之「志」，亦可與政教諷諭的意圖無涉。以上詳見顏崑陽先生的〈從〈詩大序〉論儒系詩學的「體用」觀——建構「中國詩用學」三論〉，此文收於國立政治大學中國文學系主編：《第四屆漢代文學與學術思想研討會論文集》（台北：國立政治大學中文系，2003 年 4 月），頁 287～324。

〔註 123〕參見傅謹著：《戲劇美學》，頁 63。

〔註 124〕顏崑陽先生在論述敘事詩的特質時認爲：詩歌的創作與鑑賞，基本上是主觀內在的心靈活動，其意義的構成，也在於主觀的情意，至於「事」只是依託的手段，借它來生情繪狀，他本身並不是詩歌終極意義之所繫，對於敘事性詩歌的意義而言，只能說是充分條件而非必要條件。詳見《李商隱詩箋釋方法論》，頁 50～58。

事爲主要的表現內容，而是以抒情爲主要的表現內容，這與元劇作家有意識的將敘事作爲創作的主要表現內容之一是明顯有異的。然而這並不是說元雜劇中抒情的地位不重要，我們認爲抒情也是元雜劇創作表現的重要內容，更是元雜劇創作的動力因與目的因。因此元雜劇中敘事與抒情的關係就成爲值得探討的議題。

不過在進行討論前，我們必須先確定元雜劇中抒情、言志的載體與主體爲何。通過劇本的閱讀，可以知道曲文是元雜劇劇本中抒情與言志表現的主要載體。「抒」與「言」都是指涉作者將內在情志外顯的一種方法。詩歌是以文字作爲表現的載體，具體而言就是詩句；在元雜劇劇本中則是透過劇中人物的說唱，形之於劇本亦以文字爲載體，具體而言就是曲文與賓白，形之於舞臺爲歌唱、動作，因此元雜劇除了在曲文與賓白中「敘事」外，也透過曲文與賓白來「抒」心中之情與「言」胸中之志，曾永義先生在說明曲辭的用途時云：

> 曲辭的用途，則（一）爲對話之代用。（二）表白劇中人物的心意，用爲抒情、願望、抱負、企圖、想像的寫照。（三）表明事態，或用之表示事件的過去、現在，或爲他人之形容，或說明自己的現狀及動作等。（四）用以描寫四周的景象。這四種作用中，以作一種內心的語言爲主要。〔註125〕

曾永義先生所指出曲文的第二項用途即是抒言情志。〔註126〕在元雜劇中以曲文作爲抒發內在情志的載體的例子極多，如《牆頭馬上》第三折李千金唱道：

> 【折桂令】果然人生最苦是離別。方信到花發風篩，月滿雲遮。誰更敢倒鳳顛鸞。撩蜂剔蠍，打草驚蛇？壞了咱牆頭上傳情簡帖，拆開咱柳陰中鶯燕蜂蝶。兒也咨嗟，女又攔截，既瓶墜釵折，咱恩斷義絕。〔註127〕

李千金在裴少俊的軟弱與裴父的威迫下，被迫與裴少俊分離，在此就使用了曲文作爲表現內在激動情緒的載體。

然而元雜劇中除了曲文外，尚以賓白作爲表現「抒」情與「言」志的載體，就其表現「抒」情與「言」志的主體可以是主唱人物或非主唱人物。主

〔註125〕參見《中國古典戲曲的認識與欣賞》，頁248。

〔註126〕曾永義先生指出的「願望」、「抱負」、「企圖」可以視爲劇作家的「價值意向」，因此可以稱之爲「志」。

〔註127〕參見《元曲選．第一冊》，《牆頭馬上》頁8。

唱人物者如《㑳梅香》中的樊素、《合汗衫》中的張義即同時爲劇中抒情、言志與主唱之主體。此種情況賓白多作爲曲文的附屬，也就是說賓白抒情、言志的功能會與曲文重疊，而以曲文爲主要的表現方式，元雜劇中抒情與言志的表現方式多屬此種。除此之外，抒情與言志的主體也可以是非主唱人物，此種情況賓白中的抒情與言志則多爲配合主唱人物。如《范張雞黍》第二折初張元伯向卜兒、旦兒的對話云：

(張元伯云) 母親，我死之後，多留幾日，待巨卿哥哥來主喪下葬，我靈車動口眼閉，若哥哥不到，休想我靈車動……。〔註 128〕

此段話可以看出張元伯對范巨卿的信任，正是引出范巨卿守信諾結果的一個關鍵，因爲張元伯的重情重信，更突顯的范巨卿的守信諾，張元伯所吐露之情、信實即爲范巨卿之情、信。由於賓白的抒情、言志功能多配合曲文，又元雜劇中曲文大部分是由同一腳色獨唱，所以由主唱腳色所扮飾的人物所表達的情志往往是劇本主要要表達的情志，相關、附和或導引於劇中人物抒發情志的曲文下的賓白，也可一體視爲該劇本之情志。〔註 129〕

以上肯定主唱與非主唱人物皆可爲抒言情志的主體，而又以主唱人物爲主。在確定元雜劇中抒情、言志的載體與主體後，我們就可以進一步分析元雜劇本質內涵中敘事與抒情、言志的關係。

人本具氣性的「情」是個殊而普遍、普遍而個殊的。《荀子・正名》云：「性之好惡喜怒哀樂謂之情」〔註 130〕、《禮記・禮運》云：「何謂人情，喜怒哀懼愛惡欲，七者弗學而能。」〔註 131〕這是說明人本具的氣性之情。氣性之情是人人生而即有，爲人類所共同具有的普遍特徵，由此「情」即具有個殊而普遍的特性。不過雖然這種氣性之情是人生而即有，但所處時代背景、社會環境的不同會使之有所偏，即如蔡英俊所云：「造成魏晉名士特殊生命情調最重要的原因，更在於漢魏之際生死問題的愴痛所帶給人自我生命的醒悟與

〔註 128〕參見《元曲選・第三冊》，《范張雞黍》頁 5。

〔註 129〕一部分劇作是會換人主唱，如《黃鶴樓》、《單刀會》、《柳毅傳書》等等，故有時主唱人物所表達的情志不一定是劇本主要情志，甚至根本沒有情志的內容，如《柳毅傳書》中探子所唱之曲，即不帶有情志內涵。故此處所言並非通例，但仍是元劇中所呈現的大部分情況。

〔註 130〕參見梁啓雄著：《荀子簡釋》(台北：木鐸出版社，1988 年)，頁 310。

〔註 131〕參見 (漢) 鄭玄注，(唐) 孔穎達等正義，(清) 阮元校勘：《禮記正義》(台北：藝文印書館，影印清嘉慶二十一年阮元校刻《十三經注疏》本，2000 年)，頁 431。

自覺。」〔註 132〕又如先秦兩漢受儒學的作用，論詩就強調情志必須繫乎政教，這就展現「情」由普遍而個殊的特性。由上所言，我們肯定情是人內具的本質，具有共同時代背景、社會環境下的一群人，其內具之情受到外在一連串社會事件或社會思潮的作用會有所偏，因此具同一背景的人往往呈現出相近的生命情調。不過這些人的生命情調又會受到個人際遇或外在景物所感，而呈現出更細膩的差別。

據此觀點審視元雜劇中的情，我們可以從人稟氣性之情的角度說明劇作家本具之情。這個情內具在劇作家的心靈中，受到時代背景、社會環境的作用而有所偏重。而所謂的時代背景、社會環境就是由一連串當時的社會事件所組成。例如就元代吏治不振這一點而言，並不是由單一事件所構成的社會問題，在《元史・成宗本紀》就記載元成宗大德七年（1303）十二月在全國二十二道中的七道，罷免了一萬八千四百七十三名贓吏，起出贓銀四萬五千八百六十五錠，處理了五千一百七十六件冤獄。〔註 133〕這還是被發現處理的部分，或許還有其他更多的貪官汙吏並未被揪出，不過就此數字已經顯示了元代吏治的惡化。在《元典章・卷十二》〈吏部六・書吏〉「書吏奏差避籍」條記載一則詔書云：

> 近爲江西行省所轄路府州司縣司吏，多係吏業不通，行止不廉，苟非上司分付，即係買屬承充。又與所部之民，非其親故，則是讎嫌，假公行私。縣吏暗分鄉，都州吏分縣，府吏分州，起滅訟詞，久占衙門，敗壞官事，殘害良民。〔註 134〕

又在《元典章・卷四十》〈刑部二・刑獄〉「不得法外枉勘」條中云：

> 今之官吏不體聖朝恤刑之意，不思仁恕，專尚苛刻，每於鞫獄問事之際，不查有無贓驗，不審可信情節。或懼不獲正賊之責，或貪昭察之名，或私偏徇或挾宿怒，不問重輕，輒加拷掠，嚴刑法外，淩虐囚人，不勝苦楚，鍛鍊之詞，何求不得？致令枉死無辜，幸不致命者，亦爲殘疾。〔註 135〕

〔註 132〕參見蔡英俊著：《比興物色與情景交融》（台北：大安出版社，1990 年），頁 36。

〔註 133〕參見（明）宋濂等著：《元史》（北京：中華書局，1997 年），頁 546。

〔註 134〕參見無名氏著：《大元聖政國朝典章》，收於《四庫全書存目叢書》・史部 263 冊（濟南：齊魯書社，1996 年。影印元刻本），頁 427。

〔註 135〕同上註，頁 672。

這兩段文字描述當時吏治上下包庇、把持衙門的惡行，以及官吏執法用刑之殘酷嚴苛。劇作家在耳聞目睹一件件受到不合理對待的審判待遇後，引發或怒、或怨、或哀的情緒，因此具備類似經驗的劇作家就在劇作中呈現出相近的生命情調。如《勘頭巾》第二折中王小二受到官府冤枉時云：

> （王小二云）我那裡受的這般拷打，我屈招了罷。大人是我殺了劉員外來。（令史云）他既招了，上了枷，下在牢中去。（王小二云）天那，教誰人救我也？〔註 136〕

在此提出官府冤枉人民屈打成招的相同情境。又如關漢卿藉竇娥事抒發對社會不公義事件的憤慨與哀傷，在《竇娥冤》第二折中竇娥被官府冤枉且嚴刑拷打時唱：

> 【感皇恩】呀！是誰人唱叫揚疾，不由得我不魄散魂飛。恰消停，才蘇醒，又昏迷。捱千般拷打，萬種淩逼，一杖下，一道血，一層皮。
>
> 【採茶歌】打的我肉都飛，血淋漓，腹中冤枉有誰知。則我這小婦人，毒藥來從何處也？天那，怎麼的覆盆不照太陽暉？〔註 137〕

竇娥在此唱出了酷吏的兇殘、官府的無道、自身的受到不合理待遇的哀傷、怨懟。這是劇作家藉由劇中人物的口來描繪酷吏的兇殘，並以此表達怨、怒、哀的情緒。

然而就劇中人物而言，當他們面對事件時也會產生相應之情，故也是具備了「即事生情」的特質，如《竇娥冤》中的竇娥就是因爲受到張驢兒父子與官府迫害這件事，才引發了怨、怒、哀等情緒。

當然構成元代時代環境的不僅僅只有吏治黑暗一項，一個時代環境是由一連串的社會事件所構成，因此在面對不同的事件或社會現象時，自然也會引發元劇作家其他不同的情緒。如權豪勢要的欺淩，在《元典章・卷三十九》〈刑部一・遷徙〉「豪霸兇徒遷徙」條云：

> 驟富豪霸之家，內有曾充官吏者，亦有曾充軍役雜職者，亦有潑皮兇頑，皆非良善，以強淩弱，以重害寡，妄興橫事，羅摭平民，騙其家資，奪佔妻女，甚則害傷性命，不可勝言。交結官府，視同一家，小民既受其欺，有司亦爲所侮，非理害民，從其奸惡，亦由有

〔註 136〕參見《元曲選・第二冊》，《勘頭巾》頁 3。
〔註 137〕參見《元曲選・第四冊》，《竇娥冤》頁 6。

司，貪猥馴致。〔註 138〕

此條記載了當時江西省胡光弼等成群結黨、起滅訟詞，以及當時權豪勢要欺壓地方的情況，在元雜劇中就有許多關於暴徒逞兇的控訴，如《後庭花》第二折中就有對於受到官家中的僕役倚勢迫害，說不出冤屈的苦處的描述：

【黃鍾尾】早則這沒情腸的凶漢衠跋扈，更打著有智量的婆娘更狠毒。難分說，怎分訴？做納下，廝欺負。要行處，便行去，由得你，愛的做。似這般，倚官府，生有地，死有處。奪了俺妻子送了俺子父。揉碎胸脯，磕破頭顱。我把那不會雪恨的孩兒覷一覷，我見他手掿著劇毒，把我這三思台搯住。（帶云）我好冤屈也！（唱）兀的不沒亂殺我這喉嚨，我其實叫不出這冤屈。〔註 139〕

這種類似的情節、控訴也出現在其他元劇劇本中。這說明瞭類似經驗的劇作家會呈現出相近的生命情調。此外像愛情與親情這類與人類密切的情感也會藉由劇作加以抒發。〔註 140〕

不過元劇作家即事生情的「事」不一定是親身經歷，眼見、耳聞、書記之事都會引發內心的種種情緒，當劇作家想要「抒發」這些被引發的種種情緒時，就會透過劇作藉事抒情。雖然劇作家之情與劇中人物之情相同，但劇中人物與劇作家即事生情的「事」不同，劇中人物的即事生情的「事」都是劇中人物的親身經歷，爲劇中人物因自身遭遇而引發內在情緒。如《梧桐雨》中的唐明皇即是因爲親身遭遇馬嵬坡之變，經歷貴妃之死引發內心的傷感，這種傷感或是由事件當下引發，如第三折：

【鴛鴦煞】黃埃散漫悲風颯，碧雲黯淡斜陽下；一程程水綠山青，一步步劍嶺巴峽，唱道感歎情多，悽惶淚灑。早得升遐，休休卻是今生罷。這個不得已的官家，哭上逍遙玉驄馬。〔註 141〕

〔註 138〕參見無名氏著：《大元聖政國朝典章》，頁 667。

〔註 139〕參見《元曲選・第三冊》，《後庭花》頁 7。

〔註 140〕張淑香在〈元雜劇中的愛情表現與其社會意義〉中就提出愛情與人類的深刻關係，其云：「男女愛情自古就是人類最強烈的一種情感，也是人類最密切的一種關係，這是人生最重要的主題，許多偉大的文學作品都是透過這個主題來表現人生的。因爲只有在這種最切身最強烈的情慾關係中，才能表達人性最微妙深邃的本質，接觸人性最隱密潛伏的底奧。而文學的有效機能乃在於表現生命，探究人生，洞察世界，反應世相，故透過生命最強烈深刻的愛情課題自然更能引發出人性最深切最眞實的表現。」參見張淑香著：《元雜劇中的愛情與社會》（台北：大安出版社，1991 年），頁 40。

〔註 141〕參見《元曲選・第一冊》，《梧桐雨》頁 8。

或是本身內具已有所偏之情緒，再受到外在景物所引發，如《梧桐雨》第四折【雙鴛鴦】至【黃鍾煞】。〔註 142〕不過不管劇中人物的情緒是由當下之事引發或再受到外在景物引發，對於作者來說劇中人物即事生情的整個過程都是藉事抒情中的事，也是作者即事生情之情，情、事在這層關係上融合為一體，情即事，事即情，這是就情與事言。

羅錦堂有一副對聯的下聯為「戲劇似人生，有貴賤，有榮辱，有喜怒，有哀樂，曲折演出，不外悲歡離合」〔註 143〕，在此聯中就隱含有元雜劇「即事生情」、「藉事抒情」「情事相依」的特質，因為「戲劇似人生」所以劇中所演為現實生活的投射，情在作者心中也在劇中。「貴賤榮辱」與「離合」是「即事生情」、「藉事抒情」之「事」，「喜怒哀樂」與「悲歡」是「即事生情」、「藉事抒情」之「情」，喜怒哀樂因貴賤榮辱、悲歡由離合，然而這些都包含在作家曲折的營造與演員曲折的「演出」的情節中。

總而言之，就發生意義而言：作者所感之「事」是引發作者情感的因，若無現實之「事」則情無所生；而劇中人物所感之事是引發劇中人物情感的因，若無劇本之「事」則情無所因依，也就是說事是構成元雜劇的必要條件。但缺少情的元劇作品，其事也難以動人無法成為佳作。所以說在元雜劇中情、事是相互依存的。情、事與抒情、敘事的差別在於情、事本身在藉事言志的劇本創作過程中只是材料因，從劇中人物即事生情的整個過程都是作者藉事抒情中的事這點，可以看出情與事的材料意義，這也就是元雜劇文體架構材料因中的「情」與「事」。而抒情是元雜劇的動力因與目的因，敘事則是抒情與吸引觀眾這兩個動力因與目的因的綰合點。

但對於詩歌而言，事只是可有可無的條件，也就是說詩歌「或」可以「即事生情」，而不一定要以事作為表現的媒介或內容，但情卻是不可缺少的條件，若少了情的成素，即便是敘事詩亦會如王夫之在《古詩評選》「上山採蘼蕪」條所云：「一用史法，則相感不在詠言和聲之中，詩道廢矣。」〔註 144〕也就是說少了情的成素，則敘事詩與史無異。然而一個缺少情的元劇劇本不一定會被視為史，而仍是一個元劇劇本，因為劇本是作者有意識的編排情節，

〔註 142〕同上註，頁 10～11。

〔註 143〕參見羅錦堂著：《錦堂論曲》（台北：聯經出版社，1977 年），頁 9。

〔註 144〕參見（明）王夫之著，船山全書編輯委員會編校：《古詩評選》，收於《船山全書》第十四冊（長沙：嶽麓書社，1996 年校勘民國六年湖南船山學社據清初抄本排印之本），頁 651。

所以戲劇情節往往會加以渲染，因此有時與史相去甚遠，誠如刪掉抒情部分的《漢宮秋》其雖關歷史卻幾無一處相合。〔註 145〕

貳、志事相依與情志融合

除「情」外，劇本中仍有某種「價值意向」作爲支撐劇本的動力因與目的因。這個「價值意向」就是「志」。〔註 146〕「志」在先秦兩漢的儒系論詩系統下是緊密結合政治教化，蔡英俊認爲〈詩大序〉中所強調的「志」是「上以風化下，下以風刺上」這種本於政治教化的社會群體共同的情志，因此「詩言志」便蘊含有「以藝術媒介表達整體的社會公眾的志意」的內涵意義。〔註 147〕所以有些論者就站在「詩言志」這種政教角度來看待戲曲，如高則誠在《琵琶記》題目的副末開場中就云「不關風化體，縱好也徒然。」〔註 148〕王驥德在《曲律・雜論》中也有相同觀點：

> 古人往矣，吾取古事，麗今聲，華袞其賢者，粉墨其慝者，奏之場上，令觀者藉爲勸懲興起，甚或扼腕裂眥，涕泗交下而不能已，此方爲有關世教文字。若徒取漫言，既已造化在手，而又未必其新奇可喜，亦何貴漫言爲耶。此非腐談，要是確論。故不關風化，縱好徒然，此《琵琶》持大頭腦處。《拜月》只是宣淫，端士所不與也。〔註 149〕

又如王陽明在《傳習錄》卷下也強調戲曲的教化功用：

> 聖人一生實事，俱播在樂中，所以有德者聞之，便知他盡善、盡美與盡美未盡善處。若後世作樂，只是做些詞調，於民俗風化絕無關涉，何以化民善俗！今要民俗反樸還淳，取今之戲子，將妖淫詞調

〔註 145〕曾永義先生就云「『王昭君』是個膾炙人口的故事，而就其發展的過程來看，漢宮秋所佔的地位非常重要。中國古典戲劇的「本事」，幾乎都有所根源，也有所渲染。漢宮秋事關歷史，自然更不例外；而若衡諸歷史，則大謬乖舛，幾無一處相合。」參見《中國古典戲劇的認識與欣賞》，頁 419。

〔註 146〕「志」在儒家思想體系下指的是「禮義」的道德價值意向，但在元代則不一定。關於「志」這個「價值意向」在儒家思想以及儒系詩學中的指涉，可參見顏崑陽先生著：《李商隱詩箋釋方法論》，頁 42。

〔註 147〕參見蔡英俊著：《比興物色與情景交融》，頁 24。

〔註 148〕參見（元）高明著，錢南揚校注，李殿魁補校注：《琵琶記》（台北：里仁書局，1998 年），頁 1。

〔註 149〕參見（明）王驥德著：《曲律》，收於中國戲劇研究院編校重排：《中國古典戲曲論著集成・第四冊》，頁 160。

俱去了，只取忠臣、孝子故事，使愚俗百姓人人易曉，無意中感激他良知起來，卻於風化有益。〔註 150〕

清人劉獻廷在《廣陽雜記》卷二中也說：

余嘗與韓圖麟論今世之戲文小說，圖老以爲敗壞人心莫此爲甚，最宜嚴禁者。余曰先生莫作此說。戲文小說，乃明王轉移世界之大樞機，聖人復起，不能舍此而治也。〔註 151〕

這些批評者不約而同的指出教化功能或具備道德的價值意向在戲曲中的重要性，但弔詭的是在元雜劇中宣揚倫理道德或政治教化的作品卻也不一定就受到讚賞。〔註 152〕這種情況的發生就必須以情志融合與即事生志的角度來看，〈詩大序〉說：「傷人倫之廢，哀刑政之苛，吟詠情性，以風其上」，「人倫之廢」與「刑政之苛」是外在的時代環境、社會現象，是有一連串的社會事件所構成，這些事件引發作家心中「傷」、「哀」的情緒，透過詩加以抒發〔註 153〕，在抒發情緒的同時也必須含有某種「價值意向」也就是「志」，在儒系詩學中指的是「政治教化」，因此除「吟詠情性」爲內在情感的抒發外，也需「以風其上」完成「價值意向」之所歸，在此情志是融合爲一的。有些元雜劇論者秉此「情志融合」觀念，才會對於元代後期或明代一些只具政治教化或其他「價值意向」卻缺少內具之情的劇作給予較負面的評價，如曾永義先生即云：「明代以後，中國古典戲劇變成倫理教化的工具，旨在勸善懲惡，社會庶民的鮮活生命力逐漸從戲劇中消失。……。」〔註 154〕由是，不具抒情的言志，雖然也可以單獨通過敘事與吸引觀眾相綰合，但卻往往無法構成一個被公認的佳作，因此情志融合是構成一個優秀劇作的必要條件。在肯定內在情志融合後，接下來就是如何表達的問題。在元雜劇中，「情」的表達是透過「事」，

〔註 150〕參見（明）王陽明著：《精校斷句王陽明傳習錄》（台北：廣文書局，1994 年，三版），頁 17～18。

〔註 151〕參見（清）劉廷獻著，汪北平、夏志和點校：《廣陽雜記》（北京：中華書局，1957 年），頁 107。

〔註 152〕如耿湘沅在〈元雜劇後期所反映的時代精神〉中云：「在元代後期……出現了一批宣揚倫理道德、迷信和愚忠愚孝的作品，窒息了元劇的生命，喪失了元劇固有的特性。」參見耿湘沅著：《元雜劇的時代精神》（台北：文史哲出版社，1987 年），頁 117。

〔註 153〕儒系詩學在論抒發情緒時必須受到禮義的規範，且此情也必須是反映「政教」情境的經驗感覺（詳可參見本章頁 57，註 118），但戲劇則不然，所以在此就省略這部分的論述。

〔註 154〕參見曾永義先生著：《中國古典戲曲的認識與欣賞》，頁 313。

「志」的表達也一樣是透過「事」。與「情」一樣，若無現實之「事」則「志」或無所生；若無劇本之「事」則「志」無所因依，這說明瞭元雜劇志事相依與藉事明志的本質特徵。在此也必須區別「志」與「言志」的差別，雖然是作家即事生志並藉事言志，但「志」本身在「藉事言志」的劇本創作過程中只是材料因，「言志」才是動力因與目的因。

當然在此會衍生一個質疑，就是既然在元雜劇中情志皆由「事」生，情志皆由「事」明，較好的作品也必須建立在情志融合的基礎上，那麼爲何不直接將情志視爲一個整體加以論述。〔註 155〕這是因爲抒情、言志雖然同樣可以被視爲元雜劇的動力因，但是抒情與言志在元雜劇敘事表現上的作用不同，言志是透過敘事加以表達，爲元雜劇的動力因，也爲元雜劇的目的，並未在敘事表現技巧上起重大的作用；不過抒情雖與言志一樣爲元雜劇的動力因與目的，但抒情更進一步與敘事技巧作結合，於推動元雜劇劇情中有重要的地位，在本文第三章中即會對抒情在元雜劇敘事中所產生的作用，如抒情的「深化」、「蓄勢」及「抒情時間」等特徵進行討論。

第四節　小　結

本章以元雜劇的文體架構爲論述起點，因爲筆者認爲元雜劇的本質、敘事表現是受到文體架構的作用，因此就元雜劇的文體架構說明其中與敘事相關的文體組成要素，並進一步說明其內涵，再從這個內涵進一步探討元雜劇的本質內涵。以下就概述本章心得。

一、元雜劇的文體架構

首先，我們先界定「文體」一詞的概念內涵，將本文使用的「文體」界定在中國文學批評的範圍中，並採用顏崑陽先生對於「文體」的定義，顏先生從《文心雕龍》出發將「文體」析爲「材料因」（包括「主觀材料」、「客觀材料」）、「形式因」（包括「體製」、「修辭」）、「體要」、「體貌」、「體式」等五

〔註 155〕如晉代摯虞〈文章流別論〉:「夫詩雖以情志爲本。」參見（宋）李昉等奉敕撰:《太平御覽．第五冊》（台北：台灣商務印書館，1956 年，台一版。爲上海涵芬樓影印中國學藝社借照日本靜嘉堂文庫藏宋刊本），頁 2769。。又如孔穎達《左傳正義》昭公二十五年:「在己爲情，情動爲志，情志一也。」等都是未對情志做出區分，並賦予特殊意義。參見（晉）杜預注，（唐）孔穎達正義:《左傳正義》（台北：藝文印書館，影印清嘉慶二十一年阮元校刻《十三經注疏》本，2000 年），頁 891。

項構成因素。雖然是採用顏先生的定義，但仍然必須以此對元雜劇的文體內涵作進一步的分析，原因有二：一是因爲顏先生所揭示的「文體」架構，爲文體普遍理論的闡述，當落實到元雜劇這個文體進行具體分析時，方能顯出元雜劇獨特的文體內涵；二是因爲顏先生是據《文心雕龍》提出理論，然由於文體的歷時變化，《文心雕龍》的文體架構已經不能完整詮釋元雜劇的文體內涵。

（一）材料因

元雜劇的「材料因」中，「主觀材料」的「情」、「風」沒有太大適用問題，但是「客觀材料」中的「事」由於有作者脫空杜撰的可能，「義」不一定具有普遍性的特徵，因此「事」與「義」並無法像《文心雕龍》一樣完全歸入客觀材料。

（二）形式因

「形式因」中，「體製」以曾永義先生之說分爲：分四段、楔子、總題、題目正名、宮調、北曲、賓白、科汎、散場曲、插曲、腳色、一人獨唱等十一項形式架構。此一體製架構爲「體」，而「文」爲「用」，「文」除指文詞的修飾外，在元雜劇中所包含的意義更涉及了舞臺設計、宮調套式的搭配、腳色的扮飾等等，由此可知元雜劇作爲可演可讀的作品時，其體製可以從劇本與演出進行思考，其體製所呈現出藝術形相性，亦可從文字劇本與舞臺表演兩方面進行思考，所以會觀察出與古典詩文中的「體」、「文」非常不同之處，此獨特的「體」、「文」即形成元雜劇獨特的文體特徵。由此可將「體製」視爲一種「體」，而「文」是一種「用」，「體製」這個「體」通過作者或演員匠心的「用」，所呈現出外在的藝術形相即是「文」。

（三）體要

「體要」中，元雜劇劇本是由「材料因」的「情」、「風」、「事」、「義」和「形式因」的「體」、「文」等文體要素，與作者的主體文心之間作主客融合所構成的。這其中就必須含括作者的動機與目的，這個動機與目的是存於作者主體文心之中，外顯於形式因與材料因的組構關係中，這就是元雜劇創作的動力因與目的因。我們認爲創作元雜劇的動力因與目的因包括了抒情、言志與吸引觀眾等三者，此三者都與敘事密切相關，劇作家爲了要達到吸引、娛樂觀眾、抒發情志等目的，所以自覺的選擇劇本進行敘事，並通過敘事綰合抒發內在情志與吸引觀眾兩個目的。由此可知，敘事雖然不是創作的動力因與目的因，但仍是作者主觀文心中連結各動力因與目的因的主要結構關係的重要部分，所以它無法單純歸於體製、文采或主客材料，而是存在於主觀文心的體要中。

（四）「體貌」和「體式」

最後是「體貌」和「體式」，戲曲外在表現的載體雖然是以曲文與賓白爲主，但戲曲並不一定以語言文字作爲唯一的載體，從舞臺表演的層次上言，還包括了科諢、音樂、化妝、服飾、唱工等等不同的載體，這與詩詞以文字作爲主要載體有所不同。正因爲戲曲是綜合性的藝術類型，所以在討論元雜劇的體貌與體式時，就不能僅從「語言風格」的角度來看，而必須從各個不同表現載體作綜合性的判斷。曲論家分別在文體的各個不同要素如造語、賓白、音律、關目……等等角度提出他們所認爲達到本色應有之「標準」，結合各標準作一個總體性的觀照，此就是元雜劇乃至於戲曲的體式，也就是除了作者主體性外，亦結合了客觀文體的規範。而這個體式又進一步對構成文體各要素有著規範或評價的作用，也成爲曲論家批評該文體構成要素的標準，二者相互作用。此處主要目的在指出有語言風格以外的要素可以作爲元雜劇的體式內涵，後文則會對元雜劇的體式爲何、體式與敘事之間的關係等問題作進一步的討論。

二、元雜劇文體要素的敘事功能與特徵

本章第二節主要就前一節分析出的文體內涵，進一步提出這些文體內涵中與敘事相關的部分，並說明其功能與特徵。

（一）曲、白、科的敘述功能

曾永義先生認爲科汎、賓白、曲文、音樂是推動劇情的四要素，然若以敘述功能爲主，則賓白和曲文的功能性較科汎、音樂明顯，因爲在元雜劇中曲文、賓白與科汎、音樂是相配合的。曲文與賓白不但各自具備敘述功能，曲與白亦會相互配合進行敘述，爲元雜劇敘述最常見的形式。至於曲、白與科的配合，元雜劇的動作表情必與曲辭內容相配合，賓白亦會與科相配合，由此可將曲、白與科之關係分爲三：一爲曲文與科汎相配合；二爲賓白與科汎相配合；三爲曲文、賓白、科汎三者相配合。

然若就科汎、賓白、曲文、音樂四者在敘述功能上的重要性，則是曲、白＞科＞樂。因爲就敘述功能的角度來看，科汎所具備敘述的功能性和曲文與賓白有部分重疊，且科汎單獨出現用以敘述劇情的情形較少，使得科汎在

敘述的重要性上不如曲文、賓白。又元雜劇的音樂與曲文是緊密結合的，曲文的表現方式就是配合音樂來唱，因此音樂的敘述功能就與曲文重疊。所以從敘述功能的角度來看，在元雜劇中是以曲文與賓白較爲重要，爲推動劇情的主要成素。

（二）腳色與人物所具備的敘述功能與特徵

曲文與賓白是元雜劇中敘述的主要成素，但卻不是唯一成素，從「敘」的角度來看，以曲文、賓白爲中心所共同支撐元雜劇敘述的文體要素尚有腳色。元雜劇中的腳色有末、旦、淨三行，演員通過這三個腳色去扮飾劇中人物，再藉由劇中人物的互動推動劇情，而劇中人物的互動就是通過曲文、賓白與科汎三者完成的，因此腳色人物是劇中重要的敘述者。又元雜劇是藉由劇中人物說唱曲文與賓白以及人物的肢體語言來表情達義，並與其他人物進行對話、互動，因此「代言體」就成爲元雜劇人物表情達義的主要表現方式，但元雜劇中並不全爲「代言體」，尙有「敘事體」，「代言體」與「敘事體」是元雜劇劇中人物敘述的主要方式。「代言體」、「敘事體」與元雜劇文體要素的關係主要有三：一是元雜劇通過腳色扮飾劇中的主唱與非主唱人物，主唱人物通過曲文賓白、非主唱人物通過賓白以「敘事體」的方式進行獨白，這時的獨白脫離該人物的發言層位。二是主唱人物與非主唱人物的賓白也會以「代言體」的方式進行獨白，然而主唱人物亦較非主唱人物多了曲文這種表達方式。三是主唱人物與非主唱人物除了會以「代言體」進行獨白外，亦會以「代言體」進行對話，使人物之間發生關係。而除了對話外，不同的人物之間有時亦會通過科汎產生聯繫。這三點呈現出元雜劇敘述的基本架構，這個敘述架構的目的就是敘事。

（三）元雜劇文體要素中「事」的特徵

元雜劇中「事」是作爲文體構成的材料因，這個「事」是由敘事理論中的「故事」（story）通過進一步措置「情節」所構成的。「故事」的完整呈現必須要通過各個「戲劇性情節單位」加以貫串鋪敘，「戲劇性情節單位」貫串後即組成「戲劇性情節鍊」。「事」爲「情節單位」所組構的「戲劇性情節鍊」，是元雜劇「事」的基本特徵，然而這僅是從作者有意識編排情節的角度說明元雜劇中處理「事」的基本原則，還不是「事」的完整內涵。元雜劇的「事」是透過劇中人物的對話、獨白來表現，所以劇本在抒情、言志時也在進行敘事。由此可知「事」的完整性必須包括劇中人物的情、志，就這層意義來說情、志是在「事」中。不過元雜劇中的「事」是由許多「情節單位」構成，每一個「情節單位」都是一個中心事件，因此可以說元雜劇的「事」是由許多事件所構成，而劇中人物的情、志即是由這些情節單位的事件所引發，劇中人物的情、志也會進一步主導往後的事件。就這層意義來說，情、志是不能脫離「事」來單獨看待，情、志與事在元雜劇的劇情推動上互為因果。「事」、情、志經過體要的有機融合之後，三者互相關連在元雜劇中交融合一。

三、元雜劇本質中的敘事、抒情與言志

元雜劇的本質內涵中抒情、言志與敘事三者是相互因依並存，作者所感之「事」是引發作者情感的因，若無現實之「事」則情無所生；而劇中人物所感之事是引發劇中人物情感的因，若無劇本之「事」則情無所因依，也就是說事是構成元雜劇的必要條件。但缺少情的元劇作品，其事也難以動人無法成為佳作。所以說在元雜劇中情、事是相互依存的。情、事與抒情、敘事的差別在於情、事本身在藉事言志的劇本創作過程中只是材料因，從劇中人物即事生情的整個過程都是作者藉事抒情中的事這點，可以看出情與事的材料意義，這也就是元雜劇文體架構材料因中的「情」與「事」。而抒情是元雜劇的動力因與目的因，敘事則是抒情與吸引觀眾這兩個動力因與目的因的綰合點。「情」的表達是透過「事」，「志」的表達也一樣是透過「事」。與「情」一樣，若無現實之「事」則「志」或無所生；若無劇本之「事」則「志」無所因依，這說明瞭元雜劇志事相依與藉事明志的本質特徵。又情與志必須要融合方能成為優秀劇作，不具抒情的言志，雖然也可以通過敘事與吸引觀眾相綰合，但卻往往無法構成一個被公認的佳作，因此情志融合是構成一個優秀劇作的必要條件。

抒情、言志雖然同樣可以被視為元雜劇的動力因，但是抒情與言志在元雜劇敘事表現上的作用不同，言志是透過敘事加以表達，為元雜劇的動力因，也為元雜劇的目的，並未在敘事表現技巧上起重大的作用；不過抒情雖與言志一樣為元雜劇的動力因與目的，但抒情更進一步與敘事技巧作結合，在推動元雜劇劇情中有重要的地位。

通過本章的論述可以將元雜劇文體架構中的敘事相關要素與本質內涵作一結合，提出元雜劇的敘事內在結構，即劇作家受到外在事物的作用，引發內在的情、志，選擇以敘事為主要特徵的元雜劇作為抒發的媒介，情、志、事的關係有情事相依、志事相依與情志融合。而以敘事作為綰合吸引、娛樂

觀者與抒情、言志這兩個動力因與目的因的方式。藉由腳色的安排決定劇中人物，劇中人物通過曲文與賓白來對話或獨白，在此對話或獨白一過程中，人物與人物之間就產生互動，這個互動就構成了戲劇性情節，在「戲劇性情節」中就蘊含有作者的情、志，而此情、志會影響到後來情節的發展，二者互爲因果，串連爲「戲劇性情節鍊」，此一「戲劇性情節鍊」即爲元雜劇的「事」，此「事」中有事，亦有情、志。此外尚有一些作品是不含情、志的，如前述的《博望燒屯》、《鎖魔鏡》等，不過其仍然具備吸引、娛樂觀者的動力因與目的因，且以敘事爲表現方式。

從這個敘事結構可以觀察到敘事爲綰合元雜劇不可或缺的方式，事與情、志又同構成元雜劇的「事」，因此只從抒情的角度是未能涵蓋元雜劇的本質，自然也無法對其文學表現作較爲全面的觀察，因此以下就以此敘事結構爲思考基調，作爲討論元雜劇敘事表現的基礎。

第三章　元雜劇的敘述表現

上一章所提出了元雜劇的敘事結構，從元雜劇的文體角度與本質內涵兩方面進行討論，爲的就是說明事、情、志以及敘事與抒情、言志在元雜劇中密不可分的關係，本章討論「敘述表現」與下章討論「用事表現」就以此爲論述的基礎，因爲敘事文本的外在敘事表現，必有內在結構與之相應，此內在結構即是敘事作品的本質內涵以及文體架構，以此內在結構爲基礎即可更深層的思考外在的敘述表現。此外本文援用敘事理論是作爲切入進路或是支撐性論點使用，故雖然西方敘事理論所對治的是小說，但在中國戲曲劇本中仍有效力。

在元雜劇敘述表現的相關議題中，首先需釐清元雜劇中的敘述主體與敘事角度，因爲在元雜劇中劇情的推展是倚賴劇中人物的對話與獨白，因此是誰在對話、獨白，是誰在接受訊息，就成爲首要說明的問題，由此本章第一節即針對元雜劇中的敘事角度進行討論，其中主要從代言體與敘事體如何在元雜劇中同構敘事角度，並由此討論敘述人稱、受述者、視角與聚焦等相關問題。

在敘述主體的相關問題釐清後，即可進一步思考元雜劇中「事」的構成的相關問題，因爲劇本各個戲劇性情節單位即是由敘述者與受述者的互動所構成，甚至有些劇本劇情的推展即是由連接各個人對一件事不同看法所組成。這些戲劇性情節單位再以因果關係加以組合，構成完整的故事，然而這些情節是如何推展安排的，在討論敘述表現中就極爲重要，故本章第二節即針對元雜劇在情節推展上的特徵進行討論，主要從「『敘事體』在情節推展上的效用」、「敘述的鋪張與重複」、「二分敘述」等三方面進行討論。以上是討論情節推展的特徵，除此三特徵外，我們還可以發現元雜劇的抒情特質亦會影響敘述表現，其在情節上有影響衝突表現的「深化」功能，讓情節發展合理化的「蓄勢」功能，本章第三節即討論元雜劇抒情特質在敘述表現上的兩種功能。然討論元雜劇的情節發展就不能忽略情節所依附的時間，元雜劇中的「事」是具時間先後、因果關係的「戲劇性情節鍊」所構成的，因此本章第四節即針對元雜劇劇本中的時間表現進行討論。

第一節　代言體與敘事體同構的敘事角度

「誰在說話」——一個結構與解構主義者不斷在討論的議題，他們站在小說的角度討論誰是「敘述主體」〔註1〕、「敘述者」、「敘事的接受者」，而這三者是經常被混淆的，如熱奈特（1930～）所提出的批評：

> 敘述主體與「寫作」主體，敘述者與作者，敘事的接受者與作品的讀者又被等同起來。如果是歷史性記敘或眞實的自傳，這種混淆或許情有可原，但如果是虛構的敘事作品，這種混淆就不合情理了。因爲在這類作品中，敘述者本身就是個虛構的角色，即便它由作者直接承擔，而且假設的敘述情境可能與有關的寫作（或聽寫行爲）大相逕庭……一篇虛構作品的敘述情境當然永遠不會和他的寫作情境相吻合。〔註2〕

這種混淆情形在中國古典戲劇中似乎得到消解，因爲中國古典戲劇是以一種「代言體」的方式「敷演」一個故事。〔註3〕即演員通過某種腳色扮演劇中人物，以第一人稱的方式進行故事情節的發展，這種敷演故事情節的方式彷彿

〔註1〕敘述學理論認爲，「敘事主體」及敘事活動中的主觀因素承擔者。敘事主體在敘事文本中以兩種形式存在：一是敘事主體等於作者，二是敘事主體等於隱含的作者。參見韓麗霞著：〈試論明清傳奇顯在敘述特性和敘事策略〉，收於《河南教育學院學報（哲學社會科學版）》，第3期總第65期（1998年），頁21。

〔註2〕參見（法）熱拉爾・熱奈特著，王文融譯：《敘事話語　新敘事話語》（北京：中國社會科學出版社，1990年），頁147～148。

〔註3〕如曾永義先生對「中國古典戲劇」所下的定義：「中國古典戲劇是在搬演故事，以詩歌爲本質，密切結合音樂和舞蹈，加上雜技，而以講唱文學的敘述方式，通過俳優妝扮，運用代言體，在狹隘的劇場上所表現出來的綜合文學和藝術。」參見曾永義先生著：《中國古典戲曲的認識與欣賞》（台北：正中書局，1991年），頁2。

避免了熱奈特所批評的混淆現象。其實不然，誠如上章所云元雜劇並非是完全由「代言體」來敷演劇情，在劇作家選擇以「代言體」來敷演劇情時，仍自覺或不自覺加入了「敘事體」的敷演方式。這種以「代言體」爲主，雜以「敘事體」的方式，除了可能會造成熱奈特所說的混淆之外，也可能會造成敘事角度上的改變。

因此本節企圖就元雜劇中的「代言體」與「敘事體」來討論二者所呈現「敘事角度」的差異。所謂「敘事角度」是指一個由某一人物觀看、敘述世界的角度，董小英對「敘述角度」（即敘事角度）的構成因素說：「敘述的角度由人稱，包括專名、人稱代詞兩類，和觀察問題的立場構成，即是由誰來敘述，由什麼樣的人來說話的問題。〔註4〕」在董小英的定義中「敘述角度」包含了「人稱」與「視角」兩個部分，本文則在董小英所言的「敘述角度」再加上「受述者」的觀念，即誰是敘述的接受者、誰在接受演員所發出的訊息。以下就先分別討論「代言體」與「敘事體」的人稱、受述者與視角、聚焦，接著討論「代言體」與「敘事體」的「敘事角度」所呈現出的敘事意義；最後觀察其是否造成熱奈特所言之混淆現象，及其所呈現出的意義爲何。

陳建森在其〈元雜劇「演述者」身份轉換與「代言性干預」〉、〈元雜劇形態引論〉、〈試論元雜劇的演述形式〉等多篇文章中〔註5〕，提出劇作家「干預」的觀念企圖解決元雜劇敘述角度、敘述者的相關問題，其論述已經極爲清楚。不過其「干預」的觀念，其實並不脫「敘事體」概念的籠罩，因爲「敘事體」即是人物以與劇中人物身份有一定距離之發言位置進行敘述，當人物脫離劇中身份時，當然就會呈現作者之作用。因此儘管陳氏論述已多，筆者仍企圖從「代言體」與「敘事體」兩者爲進路思考元雜劇的敘事角度。

壹、「代言體」與「敘事體」的敘事人稱與受述者

在進行討論以前，先說明本節相關詞語以及概念內涵。首先是「代言體」、「敘事體」與敘述主體之間的關係，無論是以「代言體」或「敘事體」發言，都是在進行某種敘述行爲。然而有學者認爲以「代言體」敘述構成劇

〔註4〕參見董小英著：《敘述學》（北京：社會科學文獻出版社，2001年），頁52。

〔註5〕〈元雜劇「演述者」身份轉換與「代言性干預」〉，收於《華南師範大學學報（哲學社會科學版）》第6期（2001年6月），頁61。〈元雜劇形態引論〉，收於《華南師範大學學報（哲學社會科學版）》第36卷第2期。〈試論元雜劇的演述形式〉，收於《暨南學報（哲學社會科學版）》第21卷第5期（1999年9月）。

情一環，可以稱爲「第一敘事」，此爲戲劇敘事性之表現；若是以「敘事體」方式直接說明事件，則稱爲「顯在敘事」（二度敘事），爲小說之特徵，並認爲戲劇中沒有敘述者。〔註6〕筆者以爲戲曲並非沒有「敘述者」，因爲所有的發言都是在進行一種敘述，只是這種敘述不一定構成「敘事」。在此所應該要注意的是一個人物的發言，是否因爲「敘事」或「敘述」而失去了應有的口吻，或在劇中進行抽離劇情的發言，而失去了「代言體」的特色，也就是雖然演員進行所謂的「顯在敘事」，但只要他又接合回劇情與人物口吻，他仍然是處於「代言體」的狀態。所以「代言體」與「敘事體」二者的混雜情形，可能會造成一些敘事技巧上的轉變，如前幾句話是「敘事體」，後幾句話是「代言體」，即會造成視角、人稱或受述者的遊移或轉換，以下就從此出發論述。

其次爲「人稱」。「人稱」——是一個對敘述主體的基本認識，「人稱」是小說作者與批評者都都極爲關注的部分，如羅鋼云：「小說家提筆時遇到的第一個問題，便是究竟應該採用第一人稱還是第三人稱。」〔註7〕羅鋼將人稱問題的重心放在第一人稱與第三人稱。而董小英有更仔細的分法，董小英認爲「專名」即是「人名特稱」，「人稱代詞」則包括「你」、「我」、「他」三種。〔註8〕在元雜劇中我們觀察到劇本敘述者所使用的人稱多爲「人稱代詞」中的「我」〔註9〕，即是以「第一人稱」的方式來敘述事件，就算是劇本中的「敘事體」也仍是以「第一人稱」進行敘事，這和劇本是由演員在舞臺上敷演劇情密切相關，因爲在元雜劇的舞臺上的搬演是不會有另一個旁白

〔註6〕如楊國政〈試論法國古典戲劇中的顯在敘事〉云：「敘事性在戲劇中表現爲由人物的行動所構成的情節，他不是靠某個人來講述，而是由演員在舞台上的直接表演。所以戲劇是一種沒有敘述者的『敘事』。然而，構成劇情某一環節的事件有時不是通過表演來展示給觀眾的，而是和小說一樣，通過某一人物之口講述出來，也就是說觀眾只能聽到關於這個事件的描述，而不能看到關於這個事件的場景，這便是戲劇中的顯在敘事。如果我們用第一『敘事』來指代戲劇中由表演方式來處理的主要情節，那麼由某個人物所承擔、通過講述方式來處理的顯在敘事就屬於二度敘事，即敘事中的敘事。」參見楊國政著：〈試論法國古典戲劇中的顯在敘事〉，收於《河南教育學院學報（哲學社會科學版）》，第1期總第63期（1998年），頁32。

〔註7〕參見羅鋼著：《敘事學導論》（昆明：雲南人民出版社，1994年），頁166。

〔註8〕參見董小英著：《敘述學》，頁66。

〔註9〕包括與「我」同義之第一人稱指稱詞，如「自家」、「老身」等。關於元雜劇中的人稱詞可參考黃麗貞著：〈元雜劇中的人稱詞〉，收於《中國語文》，第478期（1997年4月），頁21。

進行故事的鋪陳〔註 10〕，這是戲曲敘事的一項特徵。既然敘事者的人稱並無爭議，要辨別「代言體」與「敘事體」則就要從由「第一人稱」所區別出來的「第二人稱」或「第三人稱」，也就是從戲曲中的「受述者」來做進一步的推敲。

關於「受述者」，熱奈特認為受述者與敘述者一樣是敘述情境的組成部分，二者必然處於同一故事層。這就是說，受述者並不先天地與讀者（那怕是潛在的）相混，正如敘述者不一定與作者相混一樣。〔註 11〕受述者是與故事內的敘述者相對應，作品中有可能出現的「第二人稱」符號只是指他們，正如書信體小說中的第二人稱只能指通信者。我們讀者不能認為自己就是這些虛構的受述者，正如這些故事內的敘述者不能對我們講話，甚至不能設想我們的存在。〔註 12〕這是就文本中的「敘述情境」而言，認為讀者是無法成為「受述者」。然而董小英就一個讀者的角度出發認為：「無論說者對誰說話，什麼樣的說者在說話，聽眾永遠是讀者。不論誰告訴我們什麼秘密，知情者都是讀者。」〔註 13〕董小英的說法似與熱奈特相違，但其實二者是並不衝突的，其差別只是董小英站在比熱奈特更後設一層的角度看。若站在董小英的層位上看，「受述者」都是讀者，因此對於「受述者」的可討論空間也被壓縮、消失了，其在文本中的地位也會被忽略、模糊，因此筆者願意站在熱奈特角度，就劇本的敘述手法討論「受述者」的問題。在元雜劇中「代言體」與「敘事體」的混用，會導致「受述者」的轉移，「受述者」在理論上可以區分為：觀者（包括觀眾與讀者）與非觀者（此處指場上演員），以下分述之。

一、「代言體」的「受述者」

在元劇劇本中「代言體」的「受述者」基本上都是以「第二人稱」或「人名特稱」出現，也就是同為劇中之人物。這也是元雜劇中最為普遍的形式，敘述者透過曲文或賓白將訊息傳達給劇中「受述者」。如《東堂老》第一折：

> （正末云）揚州奴，你來怎的？（揚州奴云）我媳婦來見叔叔，我怕他年紀小失了體面。（二淨入見正末，施禮拜科）（正末怒科，云）

〔註 10〕在元雜劇中偶有後台幫腔，如《降桑椹》雜劇中有「外呈答云」，此乃後台幫腔，並非是進行敘述的旁白。

〔註 11〕參見熱拉爾・熱奈特著：《敘事話語　新敘事話語》，頁 184。

〔註 12〕同上註。

〔註 13〕參見董小英著：《敘述學》，頁 66。

這兩個是什麼人？（二淨云）俺們都是讀半鑑書的秀才，不比那夥光棍。（正末怒科，云）你來俺家何事？（柳隆卿云）好意與他唱喏，倒惱起來，好沒趣。（揚州奴云）是您孩兒的相識朋友，一個是柳隆卿，一個是鬍子傳。（正末云）我認的什麼柳隆卿、鬍子傳，引著他們來見我？揚州奴！（唱）

【油葫蘆】你和這狗黨狐朋兩個廝趁著。（云）揚州奴，你多大年紀也？（揚州奴云）您孩兒三十歲了。（正末云）噤聲！（唱）又不是年紀小，怎生來一樁樁好事不曾學？（帶云）可也不怪你的來。（唱）你正是那內無老父尊兄道，卻又外無良友嚴師教。（云）揚州奴，你有的叫化也！（揚州奴云）如何？且相左手，您孩兒便不到的哩。（正末唱）你把家私來蕩散了，將妻兒來凍餓倒。我也還望你有個醉還醒，迷還悟，夢還覺，剗地的可只與這等兩個做知交。〔註 14〕

此例中李茂卿與揚州奴的對話，二人互為「敘述者」與「受述者」，且皆用「第二人稱」或「人名專稱」指涉「受述者」，這就是在「代言體」中指涉「受述者」的方式。「受述者」於此因為有明確的指涉，必為揚州奴或李茂卿，也就是必為場上的演員、劇本中的人物，而絕對不會是觀眾，觀眾也不會自認為李茂卿所教訓的人為自己。

二、「敘事體」的「受述者」

元劇劇本中「代言體」明顯指出「受述者」為誰，但「敘事體」則否。在劇本中往往見不到「敘事體」的「受述者」，因為「受述者」是跳脫劇中人物之外的觀眾或讀者，有學者將這此歸為「插曲敘事」〔註 15〕。這種情形往往發生在報家門、上場詩時，如《陳州糶米》第一折：

〔註 14〕參見《元曲選・第一冊》，《東堂老》頁 4～5。

〔註 15〕如姜景奎在〈梵劇《沙恭達羅》的顯在敘事〉一文中即將此歸為「插曲敘事」，其云：「《沙恭達羅》中的插曲敘事講的都是已經發生過而又不便於或作者認為沒有必要表演的情節，這類敘事有對白也有獨白。……。這種插曲敘事在我國的戲曲中也存在，《西廂記》第一本和第三本正式開場前的「楔子」就屬於這種敘事。在第一本「楔子」中，老夫人向觀眾簡單交代了住到相國寺以前的事，如夫亡女未嫁等。第三本的「楔子」的插曲敘事色彩更濃：『（旦上云）自那夜聽琴後，聞說張生有病。我如今著紅娘去書院裡，看他說什麼？』只這樣的兩句話就道出了剛發生過的事及下文將發生的事！」參見姜景奎著：〈梵劇《沙恭達羅》的顯在敘事〉，收於《河南教育學院學報（哲學社會科學版）》，第 4 期總第 66 期（1998 年），頁 26。

> （小衙內同楊金吾引左右捧紫金鎚上，詩云）我做衙內眞個俏，不依公道則愛鈔。有朝事發丟下頭，拚著貼著大膏藥。小官劉衙內的孩兒小衙內，同著這妹夫楊金吾兩個，來到這陳州開倉糶米。父親的言語，著俺二人糶米，本是五兩銀子一石，改做十兩銀子一石；鬥裡插上泥土糠粃，則還他個數兒；斗是八升小斗，秤是加三大秤。如若百姓們不服，可也不怕，放著有那欽賜的紫金鎚哩。左右，與我喚將斗子來者。（左右云）本處斗子安在？〔註 16〕

此時爲只有獨白而沒有對話的「敘事體」，人物在場上都是沒有對話對象，有時甚至場上只此一人，如《救風塵》第一折剛開始時，只有周舍一人在場上，待周舍報完家門並敘述故事情節後，宋引章與卜兒才上場〔註 17〕，這就是獨白式的「敘事體」。這與梵劇《沙恭達羅》以暗場處理發生過而又不便演出的情節的方式不同之處，在元雜劇中這類的獨白不一定與劇情相關。但無論其表現形式爲何，都指出一項重要的觀念：場上人物會注意到觀眾，或者說是作者有意識的讓劇中人物察覺觀眾或讀者的存在，並以其爲敘述對象。〔註 18〕在元雜劇中，這種「敘事體」的內容多脫離劇情進行敘述，主要是說明作者生平或個性，或是說明劇情，如《金錢記》第一折王輔上場所云：

> （沖末扮王府尹領張千上）（詩云）束髮隨朝三十年，官居京兆有威權，可憐清操如秋水，不受人間枉法錢。老夫姓王名輔，字公弼，祖貫在京人氏。自中甲第以來，累蒙擢用，隨朝數載。因老夫廉能清正，口無惡言，心無妄慮，常孜孜於忠孝，不數數於功名，謝聖恩可憐，所除長安府尹之職。不幸夫人早亡，只有一女，小字柳眉兒，年長一十八歲，未曾許聘。聖人賜俺開元通寶金錢五十文，永爲家寶，老夫將金錢與女孩兒隨身懸帶，教他避邪驅惡，今奉聖人的命，明日三月初三，但是在京城裡外官員，市户軍民，百姓人家，

〔註 16〕參見《元曲選・第一冊》，《陳州糶米》頁 2～3。

〔註 17〕同上註，《救風塵》頁 1。

〔註 18〕陳建森認爲此一現象顯示出劇作家的「干預」，這個說法原則上是不錯的，但是他進一步認爲：「元雜劇的曲文與科白都存在著大量的劇作家『干預』現象，這是用『代言』和『敘事』都解釋不了的。」（《華南師範大學學報（哲學社會科學版）》，第 36 卷第 2 期，頁 61。）然筆者認爲「干預」與「代言體」、「敘事體」並沒有關連性，「干預」只是作者表達自身情志的一種呈現。

或妻或妾或女，都要赴九龍池賞楊家一撚紅，那九龍池周圍牽紅繩為界，紅繩裡是文武官員家妻妾女孩兒，紅繩外是軍民百姓家妻妾女孩兒，係是聖語非同小可，老夫叫將女孩兒出來，分付他明日去九龍池賞楊家一撚紅，孩兒那裡。……。〔註19〕

此例中王府尹先述說自己的性格與生平，後接當下之情境，除「孩兒那裡」一句外，皆為脫離劇情進行敘述。關於元雜劇中「敘事體」與情節發展的關係，在下一節會有更清楚的說明，而此處主要是討論「敘事體」與場上人物的關係的幾種形式，即體製上的表現為何，這可以依據人物在進行完「敘事體」的敘述後，是直接下場或續留場上兩種情況，而別為兩類。

一、直接下場

此指人物上場以「敘事體」敘述一段文字後，立刻下場，並沒有和其他人物有互動的情況。如《燕青博魚》第四折燕順上云：

（燕二上云）自家燕順便是，自與燕青分別之後，到於梁山泊上，投見宋江哥哥，就收留我作個頭領。聽知的俺哥哥燕和落在那婦人彀中，連兄弟燕青也絆了。我問宋江哥哥，告了一個月假限，背著一包袱金珠寶貝，救兩個兄弟走一遭去來。（詩云）拜辭了宋江哥哥，不辭憚碌碌波波。為兄弟忘生捨死，早救出地羅天網。（下）〔註20〕

此例中燕二以「敘事體」方式出來敘述生平以及劇情後，旋即下場。又如《黃鶴樓》第一折：

（沖末諸葛亮領卒子上，云）前次春花噴火，今日東籬菊綻金。誰似豫州存大志，求賢用盡歲寒心。貧道複姓諸葛，名亮，字孔明，道號臥龍先生，琅琊陽都人也，在於臥龍岡辦道修行。自玄德公請貧道下山，拜為軍師，頭一陣博望燒屯，殺夏侯惇十萬雄兵，片甲不回。不想曹操不捨，親率領八十三萬雄兵，來取新野。來至三江夏口，主公命某過江，向東吳借水兵三萬，周瑜為帥，黃蓋為先鋒。俺兩家合兵一處，拒敵曹操。貧道祭風，周瑜舉火，黃蓋詐降，燒曹兵八十三萬，片甲不回。今曹操敗走華容路，貧道領關張二將，追趕曹操。說與趙云眾將，緊守赤壁連城，休要有失。則今日追趕曹操走一遭去。施謀略平欺管樂，領雄兵密排軍校。先拿住百計張

〔註19〕參見《元曲選・第一冊》，《金錢記》頁1。
〔註20〕同上註，《燕青博魚》頁9。

遼，直趕上奸雄曹操。（下）〔註21〕

此例中諸葛亮亦是以「敘事體」的方式上場敘述生平，並且說明劇情與自己預計要作的事後就立刻下場。這類情形明顯表現出場上人物是以觀者爲敘述對象，而不是場上人物，因此在向觀者表達所欲傳達的內容後，人物也隨即下場，並不繼續和其他人物互動。

二、續留場上

此指進行完「敘事體」的敘述後，人物會馬上接回劇情繼續與場上人物對話，這種情況不一定是一人進行敘述，有時亦會兩人以上。一人如《梧桐雨》第一折楔子：

（沖末扮張守珪引卒子上，詩云）坐擁貔貅鎮朔方，每臨塞下受降王，太平時世轅門靜，自把雕弓數雁行。某姓張，名守珪，見任幽州節度使，幼讀儒書，兼通韜略，爲藩鎮之名臣，受心膂之重寄。且喜近年以來，邊烽息警，軍士休閑。昨日奚契丹部擅殺公主，某差抓生使安祿山率兵征討，不見來回話。左右，轅門前覷者，等來時報復我知道。（卒子云）理會得。〔註22〕

此例中張守珪是一人以「敘事體」開門，敘述自己的生平梗概，後轉與場上的卒子對話。又如《王粲登樓》楔子：

（正末扮王仲宣上，云）小生姓王名粲，字仲宣，高平玉井人也。先父曾爲太常博士，病卒於官，止存老母在堂。小生正在攻書，忽聽母親呼喚，不知有甚事，須索走一遭去。呀，母親拜揖。母親喚你孩兒那壁廂使用？（卜兒云）……。〔註23〕

此例中王粲登場後先以「敘事體」方式自述生平，以及當下所發生的事情，後在「呀」字後，轉回與王母對話，此時又爲「代言體」。兩人者如《東堂老》第一折云：

（淨扮柳隆卿、鬍子傳上）（柳隆卿詩云）不養蠶桑不種田，全憑馬扁度流年。（鬍子傳詩云）爲甚清晨奔到晚，幾箇忙忙少我錢。（柳隆卿云）自家柳隆卿，兄弟鬍子傳，我兩個不會作甚麼營生買賣，全憑這張嘴，抹過日子。在城有一個趙小哥揚州奴，自從和俺兩個

〔註21〕參見《元曲選外編》，頁834。

〔註22〕參見《元曲選・第一冊》，《梧桐雨》頁1。

〔註23〕參見《元曲選・第二冊》，《王粲登樓》頁1。

拜爲兄弟，他的勾當都憑我兩個，他無我兩個，茶也不吃、飯也不吃，俺兩個若不是他呵，也都是餓死的。（鬍子傳云）哥則我老婆的褲子也是他的，哥的網兒也是他的。（柳隆卿云）哎喲，壞了我的頭也。（鬍子傳云）哥我們兩個吃穿衣飯那一件兒不是他的，我這幾日不曾見，他就弄得我手裡都焦乾了。哥喒茶房裡尋他去，若尋見他，酒也有、肉也有，吃不了還包了家去，與我渾家吃哩。（柳隆卿見賣茶科云）……。〔註 24〕

此例中柳隆卿與鬍子傳一上場的詩云即是「敘事體」，後介紹兩人與揚州奴之關係亦是「敘事體」。而在介紹完後，兩人隨即又接回劇情，相互對話云「哥喒茶房裡尋他去，若尋見他，酒也有、肉也有，吃不了還包了家去，與我渾家吃哩」，此後再進一步與賣茶的對話。又如《暗渡陳倉》第一折中：

（淨丁么、雍齒上，丁么云）我做將軍委實強、強，閒來無事便跳墻。上陣不用槍和斧，拏著芝麻條兒糖。自家是楚霸王手下大將丁么，這箇是我姪兒雍齒。論我兩箇的武藝，所事不通，件件不曉。但凡上陣以准先跑躧著石頭，把我拌倒，走到營裡就去鍘草，這等手段哪裡去討。前日跟著我們大王伐秦去，都是我兩箇的功，若不是我們望家跑得快，便這早晚他怎麼成的。（雍齒云）你看這箇傻油嘴，若靠著我和你，把他好事都弄壞了。來到了，小校報復去說，有你兩個大叔來了也。（卒子云）……。〔註 25〕

此例中丁么與雍齒兩人先皆以「敘事體」的方式脫離劇情敘述，介紹自己的生平、能力，到了雍齒言「小校報復去說……」時方接回劇情，以「代言體」的方式進行敘述。這說明瞭雖然人物有意識到觀眾的存在，但並不是完全以觀眾爲受述對象，在跟觀眾敘述過後，觀眾這個「受述者」彷彿立刻從場上消失，取而代之的是第二人稱的場上人物爲「受述者」。

三、「代言體」與「敘事體」的結合

我們從元雜劇劇本的敘述表現中，發現「探子出關目」這個「關目」是個特殊的例子，並無法歸於「代言體」或「敘事體」其中一種。許子漢先生對於「探子出關目」的定義爲：

〔註 24〕參見《元曲選・第一冊》，《東堂老》頁 3。

〔註 25〕參見楊家駱主編：《全元雜劇外編・第一冊》（台北：世界書局，1974 年，再版），頁 370～371。

> 戲曲中有「探子出關目」之語，指的是於戰爭（或類似場面）之情節發生後，以探子回報戰果的方式演出一場戲。此種情形沿襲成模式後，稱爲「探子出關目」。此種演出例以探子主唱（多爲〔黃鐘·醉花陰〕套），經由探子之口對戰況加以描述，飾探子者除了透過唱曲的表現外，可以想見，必然也有大量的科汎上的表演，來配合曲文對戰況的描述。〔註26〕

由此可知，「探子出關目」主要是用於對戰爭場面的描述，不過探子所敘述之戰爭場面不一定皆曾在場上演出，有時探子所報之戰況是舞臺上未曾演出的。〔註27〕在已演出戰爭場面後探子回報的情況下，探子的曲文顯得多餘且重複，只是用探子之口鋪敘了戰爭過程、場面；在未演出戰爭場面後探子回報的情況下，探子更只是敘述一件未曾展示於觀眾或讀者的事件，這與前引《李逵負荊》宋江的開場性質相似，只是此處是由「曲文」所表現。

由此看來，因爲「探子出關目」只是在敘述一件已發生過的一件事，似乎可以簡單將之歸於「敘事體」，但在「探子出關目」中卻又有具備「代言體」的兩個特徵：一是具探子「口吻」；二是具場上「受述者」。使「探子出關目」無法單純歸於「敘事體」。如《柳毅傳書》第二折中的電母就是以一個探子的身份進行敘事，並以探子的口吻進行敘事；而電母（敘述者）在場上亦有「受述者」——涇河老龍〔註28〕，但這段「探子出關目」的「受述者」也可視爲觀眾，也就是電母的敘述同時有場上與場下的「受述者」，並藉一人之口、用探子口吻將戰爭劇情作總的鋪陳。又如《暗渡陳倉》第三折亦是以探子與張良的一問一答將戰爭劇情作總的鋪陳。〔註29〕因爲「探子出關目」同時表現出「代言體」與「敘事體」的特徵，所以認爲其是「代言體」與「敘事體」的結合。

貳、「代言體」與「敘事體」的敘事視角與聚焦

在確定「敘述者」與「受述者」的身份後，就可以進一步思考他們的「視

〔註26〕參見許子漢先生著：〈戲曲「關目」義涵之探討〉，收於《東華人文學報》，第2期（2000年7月），頁134。

〔註27〕如許子漢先生云：「以元雜劇爲例，共有十個劇本有此「關目」，其中九本皆在探子關目前先已演出戰爭之場面，只有《氣英布》一本並未演出戰爭，而只由探子回報來描述。」同上註。

〔註28〕參見《元曲選·第四冊》。

〔註29〕參見《全元雜劇外編·第一冊》，頁450～458。

角」問題，如董小英云：「在確定了人物的身份、人物說話的人稱代詞位置以後，我們就可以確定這個人物的敘事角度，如果這個說者是整部作品的敘述者，那麼我們就可以確定這部作品的敘事角度，我們稱敘事角度作視角。」〔註30〕在元劇以「代言體」爲主要表現方式的前提下，人物的「視角」多半呈現出限知的觀點，並是一個「個性視角」〔註31〕，這個「視角」有寬窄之別，這是由人物的身份背景、所知範圍所決定的。在元劇劇本中「限知視角」處處可見，甚至可以說在元劇中並沒有全知全能的「視角」，因爲即便是「敘事體」的敘事也是人物所曾經經歷過的事，不論此事件是否曾經展現在觀眾面前。不過韓麗霞在〈試論元雜劇的情節結構模式〉中認爲「元雜劇的敘事視角，從根本上是全知視角敘事。」〔註32〕韓氏所舉的思考方向大致如下：〔註33〕

一、角色本身的台詞敘述，也往往是作者的內心獨白。

二、劇中角色超越自己的敘事視角評古論今，說出與其身份或處境不相符的台詞，表現出角色的限知敘事視角向劇作家全知視角的轉換。

三、正面角色唱詞體現劇作家的主觀意圖，反面角色的自我嘲諷則是劇作家對他們的批判，表現出劇作家思想傾向的認同。

四、全部角色的限知視角加起來即劇作家的全知敘事視角，其間不存在差異。

在韓氏的四點思考方向中，第一點與第三點與視角是全知或限知沒有直接關係，因爲作家情志利用作品表現爲文學創作的普遍現象，並不能以劇中人物反應作者情志就說其爲全知視角。就第二點而言，也只能說其爲作者價值意向的呈現，在此一表現手法中也未呈現全知視角。至於第四點，從作者的創作過程而言所有的劇作、小說都是全知的，因爲作者在創作時已經設定了往後的情節發展，但這與劇中人物所呈現的限知視角的總和還是有差異的，因爲在劇本的表現中，人物還是依序出場，人物還是呈現限知視角，作者的全知是表現在創作的過程中，而不是在劇本表現上，說到底劇中人物的限知還

〔註30〕參見董小英著：《敘述學》，頁69。

〔註31〕董小英云：「個性視角就是所知等同於人物，人物知道多少，就敘述多少。」同上註，頁71。

〔註32〕語見韓麗霞著：〈試論元雜劇的情節結構模式〉，收於《許昌師專學報（社會科學版）》，第17卷第3期（1998年），頁46。

〔註33〕詳見同上註。

是限知，雖然可以說結合所有限知就是作者創作時的全知，但在劇本的表現終究還是分開的，不能混爲一物。

由此視角問題在元劇劇本中彷彿都是限知的而顯得單調，但筆者認爲元劇劇本的「視角」問題不在「全知」或「限知」，而是在於「聚焦」上。羅鋼在《敘事學導論》中對「聚焦」有一扼要的描述，並提出了「聚焦者」的概念，其云：

> 根據普林斯在《敘事學辭典》中所下的定義，所謂聚焦是指『描繪敘事情境和事件的特定角度，反應這些情境和事件的感性和觀念立場。』聚焦又分外部聚焦與內部聚焦，這種區別是相對於故事而言。外部聚焦近似於敘述，其聚焦者通常便是敘述者。內部聚焦的含意是指聚焦者存在於故事內部，聚焦者通常是故事中的某一個或某幾個人物。〔註 34〕

由「聚焦者」可以進一步延伸出「被聚焦者」的概念。〔註 35〕雖然熱奈特反對這種聚焦與被聚焦的看法〔註 36〕，但不可否認的各人物之視角（或視點）的確是在進行一種交集。「聚焦」是有人物在其中作用，並且包含施動者與被施動者方能構成。而在元劇劇本中多半是呈現出「內部聚焦」，也就是劇本內部即具備了「聚焦」的施動者與被施動者，這是由於「代言體」的特徵所致，在「劇本」或「舞臺」中人物進行對話而自成一個世界，不過由於「敘事體」的作用，使元劇中的「聚焦」不再單純。劇本中也會出現「外部聚焦」，如人物的開場、報家門表面上雖都是由「第一人稱」敘述，但其實都是由作者的視角敘述劇中人物，劇中人物在此時「被聚焦」了，而作者是進行「聚焦」的敘述工作。如上述所言「受述者」會在劇本中進行轉換，而這種轉換不是劇中人物的轉變，而是觀眾、讀者與劇中人物的轉換，這種情形會使得劇中

〔註 34〕參見羅鋼著：《敘事學導論》，頁 174～175。

〔註 35〕如史蒂文・科恩、琳達・夏爾斯合著的《講故事——對敘事虛構作品的理論分析》中云：「聚焦 focalization 是由敘述的施動者 narrating agent（誰在敘述）、聚焦者 focalizer（誰在看）和被聚焦者 focalized（誰在被看從而也就被敘述——就精神活動而言，是情感、認識或感覺）」。參見（英）史蒂文・科恩、（美）琳達・夏爾斯合著，張方譯：《講故事——對敘事虛構作品的理論分析》（北縣：駱駝出版社，1997 年），頁 104。

〔註 36〕熱奈特云：「對我而言沒有聚焦或被聚焦人物：被聚焦只適用於敘事，如果把聚焦用於一個人，那麼這只能是對敘事聚焦的人，即敘述者，而如果離開虛構慣例，這個人就是作者，他把聚焦或不聚焦的權力授與（或不授與）敘述者。」參見熱拉爾・熱奈特著：《敘事話語　新敘事話語》，頁 233。

出現「外部聚焦」，並轉爲「內部聚焦」的情形，試舉一個例子，如《薛仁貴》楔子中：

> （正末扮孛老同卜兒、旦兒上）（正末云）老漢是絳州龍門鎮大黃莊人氏，姓薛，人都叫我。嫡親的四口兒家屬，婆婆李氏。我有一個孩兒，是薛驢哥，學名喚做仁貴，媳婦兒柳氏。俺本是莊農人家，俺那孩兒薛驢哥，不肯做這莊農生活，每日則是刺鎗弄棒，習什麼武藝。婆婆，孩兒往哪裡去了也？（卜兒云）老的，孩兒往街市上去了。（正末云）等他來時著他來見俺咱。〔註 37〕

此例中正末所云：「老漢是絳州龍門……薛大伯。」這一段文字就是「外部聚焦」，作者以他的「視角」進行敘述、聚焦，而薛大伯則是一個被聚焦的人物，但這其中仍有一個需分辨的地方，就是雖然作者以他的「視角」進行敘事，但仍是受限於人物的身份、地位，而無法對故事進行全知的論述（即便作者是全知的）。而在「外部聚焦」後，通過薛大伯與李氏的對話轉爲「內部聚焦」，薛大伯這個原本被聚焦的人物，也轉爲「聚焦者」，同時「卜兒」也是「聚焦者」之一，而被聚焦的人物則變成「薛仁貴」。又如《魔合羅》之楔子：

> （沖末扮李彥實引淨李文道上，詩云）月過十五光明少，人到中年萬事休，兒孫自有兒孫福，莫爲兒孫作馬牛。老漢姓李名彥實，在這河南府錄事司醋務巷住坐。嫡親的五口兒家屬：這個是孩兒李文道，還有個姪兒李德昌，姪兒媳婦劉玉娘，姪兒跟前有個小廝，叫做佛留。姪兒如今要往南昌作買賣去，説今日要來辭我，怎生這早晚還不見來？〔註 38〕

在這個例子中，正末所云：「月過十五光明少，……在這河南府錄事司醋務巷住坐。」這一段文字就是「外部聚焦」，作者以他的「視角」進行敘述、聚焦，而李彥實是一個被聚焦的人物，而後轉「外部聚焦」爲「內部聚焦」，被聚焦的人物變成「李德昌」。

「代言體」與「敘事體」作用著這種「焦點」的轉移，因爲戲劇就是具備「代言體」的文類，而當出現「已經發生過而又不便於或作者認爲沒有必要表演的情節」時，作者就會藉由人物之口宣之而出，因此造成「內部聚焦」與「外部聚焦」的轉換。

〔註 37〕參見《元曲選・第一冊》，《薛仁貴》頁 1。
〔註 38〕參見《元曲選・第四冊》，《魔合羅》頁 1。

總結上述所言，「敘事體」與「代言體」在元劇中的表現媒介包括曲文與賓白。「敘事體」與「代言體」在元劇中的交錯使用引出「人稱」與「受述者」的問題。在「代言體」情形下的「受述者」基本上都是以「第二人稱」或「人名特稱」出現；「敘事體」則是以觀眾爲「受述者」。（在「探子出關目」的情況下，則會出現「代言體」與「敘事體」混淆的現象，本章第三節會對此作進一步討論，此處不作說明）。元劇以「代言體」爲主要表現方式的前提下，人物的「視角」多半呈現出限知的觀點，並且是一個「個性視角」，所以其「視角」問題較爲單純。藉由「視角」可以引出「聚焦」問題，當劇中「敘事體」轉爲「代言體」時，「外部聚焦」也會轉爲「內部聚焦」，原本被聚焦的人物，也轉爲「聚焦者」。

在眾多元雜劇劇作中，時被援引作爲元雜劇不重視敘事或敘事技巧不佳的例子就是關漢卿的《單刀會》，如傅謹在〈戲曲的抒情本質〉中就嚴厲的批評《單刀會》的敘事表現，認爲《單刀會》的前三折沒有任何變化的情節、沒有戲劇衝突，整本戲的核心只是關羽上場時所唱的【雙調・新水令】，並認爲這是研究元雜劇乃至於中國古典戲曲內部結構的絕好範例，從這齣戲可以看到元雜劇在情節結構上表現的非常鬆散，只要嚴守一本四折的規範，並有膾炙人口的優美唱段，就有可能成爲一齣好戲。〔註 39〕顏天佑在〈試論元雜劇體製對其結構之影響——以關漢卿作品爲例〉「遷就形式的塡塞雜湊」點中，也認爲《單刀會》的前兩折在情節的安排上失之拖遝，導致全劇結構的鬆散，影響人物的塑造與演出效果，爲元雜劇一本四折、一折一套曲限制下，部分劇本勉力湊足弊端的呈現。〔註 40〕傅、顏二人雖各有其理論依據，但《單刀會》一劇還可以從「敘事角度」的方向來思考它在敘事表現上的意義，以下就從「敘事角度」來討論《單刀會》的敘事表現。

《單刀會》的前兩折關羽雖然並未上場，但卻分別從喬國公與司馬徽的角度描繪關羽的英勇，此時的關羽是個被聚焦者，劇情焦點則在關羽的人格特質與英勇事蹟上。採用這種敘述方式有三個好處：一、能夠全面性的描述關羽的英勇事蹟與人格特質。如在第一折中，喬國老與魯肅的一問一答的目的就在凸顯關羽的英勇，從【油葫蘆】到【尾聲】短短的八支曲子就幾乎盡數關羽的英勇事蹟與人格特質，有效而快速的塑造出喬國老眼中具備智勇雙全形相的關

〔註 39〕詳見傅謹著：《戲曲美學》（台北：文津出版社，1995 年），頁 60～64。
〔註 40〕詳見顏天佑著：《元雜劇八論》（台北：文史哲出版社，1996 年），頁 157～160。

羽，這如果要轉爲場上演出就不是短短幾折能夠完成的。二、通過不同智者的角度來看關羽的英勇，能營造出一種普遍而正確的印象。在第一折已經通過喬國老之口塑造關羽的形相，但在第二折又透過司馬徽與魯肅的對話，加強刻畫關羽智勇雙全的形相，連續兩個智者共同認定關羽是一個智勇雙全的人，已經爲關羽的英雄形相營造出一種普遍且正確的印象。在第三折關羽出場時再通過關羽本人之口印證其英雄事蹟與人格特質，如【鮑老兒】一曲：

> 俺也曾撾鼓三冬斬蔡陽，血濺沙場上。刀挑征袍出許昌，嶮唬殺曹丞相。向單刀會上，對兩班文武小可如三月襄陽。〔註41〕

就展現出關羽的豪氣與無畏無懼的態度。三、製造懸念。通過喬國公與司馬徽的唱曲營造出了關羽智勇雙全的英雄形相，但魯肅卻不肯認同立基於關羽英雄事蹟所做出的不要冒犯關羽建議，執意要「設宴索荊州」〔註 42〕，在此就構成一個英雄事蹟的延續或挫敗的懸念。這個懸念在第四折解開，關羽維護了英雄形相，成功的化解危機。〔註43〕

雖然關羽在前兩折都未上場，但他都是被聚焦者，在第一、二折中魯肅與喬公、司馬徽是聚焦者，雖然關羽不在場上，但通過他們的敘述，使得他們以及觀者的焦點都聚在關羽身上。到了第三折關羽親自上場敘述自己英雄事蹟，因此仍然是聚焦在自己身上。到了第四折，魯肅與關羽之間產生衝突，焦點亦是集中在關羽身上。總而言之本劇旨在描述關羽之英勇，而不管關羽是否在場上，他都是一個被聚焦者，這是一個極特別的聚焦方式。

由上可以發現在《單刀會》中敘述的焦點都是集中在關羽英雄形相上，包括關羽本人在第三折的唱曲，第四折的焦點也在於關羽如何脫出危機，因此關羽英雄形相的塑造是本劇的重點與目的，本劇通過不同人物的角度敘述關羽的智勇雙全，的確成功刻畫關羽的英雄形相。先有對於英雄形相的塑造，第四折一開始關羽所唱的膾炙人口的【雙調・新水令】與【駐馬聽】才有深厚的內涵依據，不然茫然無知者會覺得該人物在自吹自擂，或是辭溢乎情。

〔註41〕參見《元曲選外編》，頁 66。

〔註42〕本句爲《單刀會》的正名，正名全文爲：「魯子敬設宴索荊州，關大王獨赴單刀會。」

〔註43〕陳建森在〈試論元雜劇的演述形式〉一文中提出了三點優點：一、從不同視角評述一個人物，即是從不同的側面來展現這個人物，可避免重複；二是一個人物的優點由他人說出來比自己說出來更能令人信服，避免了王婆賣瓜之嫌；三是巧設懸念激發觀眾強烈的審美期待。參見《暨南學報（哲學社會科學版）》，第 21 卷第 3 期，頁 15～16。本段即以陳氏之說爲本再加以敷衍。

第二節　元雜劇在情節推展上的敘述特徵

從上一節所舉單刀會的例子，可以進一步引出情節與戲劇關係的問題，也就是只摘出單折或某幾支曲子雖然可以演出，但也僅止於對於演員唱工與詞藻的欣賞，然而戲劇要動人單靠唱工與詞藻是不夠的，其背後必須蘊含著深刻的思想或動人的情感。或許有人會認爲所摘出的單折或支曲已經是濃縮情感的精華片段，但從敘事的角度來看，無頭無尾的折子戲並無法鋪陳出完整的事件，因此寄寓在事件中的情感與思想自然也無法完整呈現，除非觀者在觀賞折子前，已經先瞭解折子的前因後果，不過就算如此，就折子本身而言，在敘事、言志與抒情上仍然是有不足的，思想情感是在情節中蓄積、表現，因此須通過完整情節才能呈現出完整的事件與思想情感。由此可知情節在戲劇中具有極重要的地位，徐扶明對情節在戲劇中的地位有一扼要的說明，其云：

> 作爲戲曲作品，離不開情節，情節是元雜劇的基本要素。因爲：第一，戲劇情節的形成，正是基於劇中人物的性格發展，而劇中人物的塑造，又離不開戲劇情節，兩者相輔相成，不可分割。觀眾只有通過戲劇情節才能認識人物特有的性格。第二，戲劇情節還具有相對的獨立性，可以起著吸引觀眾娛樂觀眾的作用。如果一部劇作，只是乾巴巴地講大道理，而忽視戲劇情節，那麼，觀眾就會感到枯燥乏味，不高興看了。第三，我國人民群眾傳統的欣賞習慣，往往要求劇作，有故事，有情節，悲歡離合，有頭有尾，清楚明白，曲折動人。所以，重視戲劇情節，也是我國戲曲民族化、大眾化的要求。〔註 44〕

徐氏這段話從人物塑造、娛樂效果、觀者閱聽習慣三方面，說明情節與戲劇之關係，儘管其論述略不周延，如元雜劇中有些人物性格是通過「敘事體」的獨白所呈現的，不一定都是通過情節來塑造。但通過徐氏的論述，仍然能夠突顯情節在戲劇、元劇中的重要地位〔註 45〕。而不會因爲元雜劇由於劇本

〔註 44〕參見徐扶明著：《元代雜劇藝術》（台北：學海出版社，1997 年），頁 163～164。

〔註 45〕王唯（1930～）在《戲劇的原理與評析・戲劇的情節》中也對情節在戲劇中的重要地位有一扼要的說明，其云：「戲劇劇本因爲演出時間的限制，它不容許像小說一樣盡情去描寫，它也因爲再有限的大概兩小時左右演出過程中，必須把一個完整的故事，戲劇性（即衝突）而不失邏輯原則的剪裁、安排成爲情節，再給予精密的結構起來。因此吾人可以肯定，情節者除主題外也爲

篇幅不長、出場人物不多，無法像小說或者是明傳奇一樣有著較複雜的情節安排，就認爲元雜劇在情節安排上並無可觀之處。相反的，元雜劇的情節是極爲重要且不可缺少的一環，因此如何在有限的篇幅中讓情節合理、引人入勝反而更是值得玩味的。基於此，徐扶明進一步對元雜劇情節結構的安排有很好的討論，他主要的論點有四：

一、元雜劇劇本往往以一人一事作爲主要情節線索，有利達到集中、緊湊、簡練、清楚、主線鮮明、主題明確。

二、戲劇結構圍繞著主要情節線索發展，對場面作恰當的安排，場面可分爲明場、暗場，明場又可分爲正場、過場，場面安排會突顯人物性格、塑造人物、體現主題。

三、有些元雜劇劇本在情節結構密針線的安排上，採埋伏、照映，並利用舞臺空間和時間的特殊處理讓情節集中、結構緊密。

四、元雜劇劇本結構的弊病爲任意拼湊情節、沿襲舊套關目雷同、平鋪直敘缺乏剪裁、結尾無力強弩之末。〔註 46〕

這四點僅就情節結構論情節結構，並未緊密結合元雜劇敘事、抒情、言志的本質內涵，因此雖然呈現出元雜劇情節結構安排的優點與缺點，但也缺少與元雜劇這個文體內部的深刻關連。因此本節即企圖從元雜劇的本質內涵、敘事文體要素與情節結構的安排作一關連。

元雜劇因爲是以實際的場上演出爲主，故人物與人物之間的對話、互動爲推展情節的主要方式，這也是一般戲劇共通之特徵，這點我們並不多加著墨。而從「『敘事體』在情節推展上的效用」、「敘述的鋪張與重複」、「二分敘述」等三方面，討論元雜劇在情節推展上的敘述特徵。

壹、「敘事體」在情節推展上的效用

「敘事體」在情節推展上的效用，是指以用說不用演的「敘事體」式賓白在連結、推展劇情上會產生什麼效用。柯秀沈認爲使用「敘事體」是元雜劇的「敘述式的劇場藝術型態」，其特徵爲劇中人物向觀眾陳述戲劇背景、身份、心志與預告事件，爲說明而非搬演。其功能在於陳述戲劇背景和情節大

構成劇本的最基本成分之一，它也可被喻爲戲劇的軀幹，故其所負的責任既艱且大。」參見王唯著：《戲劇的原理與評析》（台北：小報文化，1997 年），頁 19。

〔註 46〕詳見徐扶明著：《元代雜劇藝術》，頁 163～184。

綱、預告整本雜劇主要劇情、說明人物內心意願、於劇情上承先啓後等，可以達成之效果爲於劇場運作收到「簡便」的功效、使觀眾易透視劇中人物內心而共鳴、豐富劇中人物塑造藝術等。〔註 47〕柯氏於書中已清楚論述元雜劇「敘述式的劇場藝術型態」的基本特徵，但對於元雜劇「敘事體」在情節推展上的效用，則還可作更完整的補充，本小節就進一步的說明元雜劇如何運用「敘事體」以利於情節之推展。

一、連結情節

柯秀沈云：「只要人物上場，照例往往來一段敘述式的說白；除了介紹自己的身份地位，亦簡略地陳述一些情節，這幾乎是元雜劇的通例。」〔註 48〕然柯氏所言「簡略地陳述一些情節」的「情節」內容可以再細分爲「敘述故事前情」、「敘述暗場」、「重敘前情」等三種類型。此三種類型的共同特徵爲劇中人物使用「敘事體」的敘述方式來陳述故事情節，而所敘之故事情節內容分別爲故事前情、暗場、場上已表演過之劇情等三項。除此三種類型外，劇中人物還會使用「敘事體」說明內心的盤算、動向，以此連結前後劇情。以下即從「敘述故事前情」、「敘述暗場」、「重敘前情」、「敘述盤算、動向」等四項，討論元雜劇劇本中如何使用「敘事體」來連結劇情。

（一）敘述故事前因

在元雜劇劇本中，人物初次上場時，有時會以「敘事體」的方式交代故事的前因，如《鴛鴦被》楔子：

> （沖末扮李府尹引從人上）……如今被左司家朦朧劾奏，官裡聽信讒言，差金牌校尉拿我赴京問罪。嗨！朝廷上多少爛官汙吏，一生榮華享用不盡，只有老夫忠勤廉正，替朝廷幹事的反倒受人談論，公道安在？〔註 49〕

此例中李府尹所說之內容，是在初次登場說完開場詩並介紹完自己與家人之後，他所言遭爛官汙吏陷害，將被解京問罪一事，並未在場上演出，也不是以暗場方式呈現，而是此劇故事的前因，此段故事前因引出了「道姑借貸」、「父女相別」、「索債逼親」、「巧言騙婚」等情節，並爲「斷案成親」埋下伏

〔註 47〕參見柯秀沈著：《元雜劇的劇場藝術》（台北：學海出版社，1993 年），頁 93～100。

〔註 48〕同上註，頁 96。

〔註 49〕參見《元曲選・第一冊》，《鴛鴦被》頁 1。

筆。又如《盆兒鬼》楔子：

> （沖末扮孛老楊從善上詩云）……有個孩兒喚做楊國用，今蚤到長街市上尋個相識去，到這蚤晚怎麼還不見回來，只索等他波。（正末扮楊國用上云）自家楊國用是也，今蚤到長街市上，本意尋個相識，合火去作買賣營運生理，遇著一個打卦先生叫做賈半仙，人都說它靈驗的緊，只得割捨一分銀子，也去算一卦，那先生剛打的卦下，便叫道怪哉！怪哉！此卦註定一百日內有血光之災，只怕躲不過去，我問道半仙你再與我一算，看可還有什麼解處，那先生把運算元又撥上幾撥，說道只除離家千里之外，或者可躲，我待要走，他又喚轉過來說道，這一百日之期，一日不滿，一日不可回來，切記切記。我因此心下慌張，只得到我表弟趙客家借了五兩銀子，置些雜貨，就躲災避難去。〔註 50〕

此例中楊國用上街尋相識；遇到一個賣卦半仙算出會有血光之災，需離家百日千里；向表弟借銀等事，亦是在《盆兒鬼》劇一開始時，通過劇中人物以「敘事體」方式說出的故事前因，此段前因即是引出了「離家避災」的情節。

通過「敘述故事前因」可以建構故事場景，引出往後劇情，並讓觀者瞭解故事的背景，以及即將發展之方向。

（二）敘述暗場

「敘述暗場」指劇中人物使用「敘事體」的方式敘述以暗場方式處理的劇情。如《金鳳釵》第三折楊衙內云：

> （楊看科云）哎！兀的眞箇，好是奇怪也。不知是什麼人殺了六兒，奪了銀匙筯去了，我出城來，見一人走的慌張，敢是那人？說與尋坊的，與我拿將來，報我知道，不問哪裡，與我尋將去。（下）〔註 51〕

楊衙內因爲見到六兒屍體且遺失銀匙筯，故亟欲尋找兇手，此時楊衙內說了一句「不問哪裡，與我尋將去」後就下場，之後換其他人物上來演出「贈金釵」、「換金釵」〔註 52〕兩段情節，然後楊衙內再次上場云：「別處都搜了，則有這狀元店不曾搜哩。說往這店裡去了，左右的圍這店者。〔註 53〕」此處楊

〔註 50〕參見《元曲選・第四冊》，《盆兒鬼》頁 1。

〔註 51〕參見《元曲選外編》，頁 192。

〔註 52〕依游宗蓉先生的分場，參見《元雜劇排場研究》，頁 292。

〔註 53〕同上註，頁 196。

衙內以「敘事體」敘述搜捕完各處的暗場，省去的冗雜的搜捕過程，並將劇情直接連結到搜捕狀元店，直接連結「蒙冤」的情節。又如《樂毅圖齊》第三折：

（正末云）大小軍將，傳吾將令，鳴金擊鼓，納喊揚威，點著牛尾上火，趕將出去，直衝軍陣者。（王孫賈云）得令。（眾應科）（眾發喊趕牛科）（眾閃下）（二淨騎劫、騎能引卒子上云）殺死我也，誰想田單寫了一封假降書來，正睡著了，夜至三更，齊國不知那裡取得有千餘隻毒龍，尾上火起，三軍不敢向前，折其大半，連我的衣袍鎧甲都不見了，怎生家去。〔註 54〕

此例中田單以火牛陣攻擊騎劫，在「眾發喊趕牛科」之後劇中人物下場，然後騎劫與騎能隨即又再度上場，此時騎劫先敘述舞臺上演出過之情節，然後再敘述三軍折其大半」、「連我的衣袍鎧甲都不見了」兩件未曾在舞臺上演出之事件，將劇情直接連結「大破燕軍」〔註 55〕這個情節。

以上敘述暗場的方式，讓觀者對於舞臺上未演出的事件能夠直接的掌握，不需要通過人物的對話來推敲未曾演出過的事。而且通過此一敘述方式就可以控制在舞臺上演出的內容、長度，並可由此轉移劇情、轉移場上時空。

（三）重敘前情

此指劇中人物使用「敘事體」的方式敘述已發生過的劇情，而此又有兩種情況，一是敘述舞臺上曾實際演出的情節，如《魏徵改詔》第三折中李密云：

某魏公是也，自從將唐元帥擒拿在此，不想他後差劉文靖來，某連劉文靖也囚於南牢之中，將此二人永爲質當。〔註 56〕

此例中李密所言唐元帥被俘一事曾在第一折末演出過〔註 57〕，劉文靖被囚一事是在第三折初演出過〔註 58〕，在此李密將這兩件發生過的事以「敘事體」的方式，再簡單的敘述一遍。又如同折李密云：

某魏公李密是也，今爲倉州孟海公領兵與某拒敵，不想被某一陣殺

〔註 54〕參見《全元雜劇外編．第一冊》，頁 216～217。
〔註 55〕依游宗蓉先生的分場，參見《元雜劇排場研究》，頁 325。
〔註 56〕參見《全元雜劇外編．第五冊》，頁 2056。
〔註 57〕唐元帥被俘一事，參同上註，頁 2040。
〔註 58〕劉文靖被囚一事，參同上註，頁 2053。

退了孟海公，又得了倉州。〔註 59〕

此例中李密所言殺退孟海公、得到倉州亦是曾在場上實際演出的情節〔註 60〕，李密在此也是通過「敘事體」的方式，將場上曾實際演出的情節再敘述一次。以上即是以「敘事體」方式「重敘前情」的第一種情況。

以「敘事體」方式「重敘前情」的第二種情況，是敘述未曾在舞臺上演出的情節，但曾在舞臺上由劇中人物以賓白方式敘述過的情節，如《單刀會》第一折喬公云：

（正末喬公上云）老夫喬公是也，想三分鼎足以定，曹操佔了中原，孫仲謀佔了江東，劉玄德佔了西蜀。想玄德未濟時，曾問俺東吳家借荊州為本，至今未還。〔註 61〕

此例中喬公所言「想三分鼎足以定……借荊州為本，至今未還」等語，皆未實際在場上演出過，為《單刀會》一劇的故事前因，但在喬公之前，已有魯肅將此段故事前因以「敘事體」的方式敘述一次，故此段故事前因已被觀者得知，因此當喬公又再將此段故事前因敘述一次時，則可視為「重敘前情」。又如《五侯宴》第一折王大嫂云：

（正旦抱兩箇倈兒上云）妾身自從來到趙太公家中，可早一月光景也。妾身本是典身三年的文書，不想趙太公暗暗的商量，改做了賣身文契，與他家永遠使用。〔註 62〕

此例中正旦王大嫂所言「可早一月光景……與他家永遠使用」一事，是以暗場方式處理，未曾在場上實際演出，但在王大嫂敘述此事之前，已有趙太公先敘述過此暗場〔註 63〕，在趙太公敘述之後此段暗場已被觀者所得知，故王大嫂再敘述一次時就為「重敘前情」。

以上所述「重敘前情」的敘述方式，將已被觀者得知的情節再重複敘述一次，除集中劇本敘述焦點，使觀者容易進入劇情外，也利於連結劇情，因為劇中人物不會僅僅「重敘前情」，在「重敘前情」時亦會對所敘之前情做出反應，故會推展之後的情節發展，因此「重敘前情」一方面承接前情，一方面開展往後劇情，故有連結之效用。

〔註 59〕同上註，頁 2059。

〔註 60〕同上註，頁 2056～2058。

〔註 61〕參見《元曲選外編》，頁 58。

〔註 62〕同上註，頁 109。

〔註 63〕同上註。

（四）敘述盤算、動向

在劇中人物自我介紹、敘述完故事前因後，或者在下場之前，有時會說明自己內心盤算或下一步的動向。「敘述盤算」指劇中人物敘述在面對一事時心中預想的反應；「敘述動向」指劇中人物敘述將要前往的地方。「敘述盤算」如《鞭打單雄信》第一折王世充上場時云：

> 秦王爲帥，領兵征討俺十八處，某今聞知尅伏了數處，目今便發兵來取俺這洛陽也。此事須與單雄信共議。〔註64〕

此例中王世充在面對秦王攻伐的事件時，就以「敘事體」的方式說明「此事須與單雄信共議」的內心盤算。又如《博望燒屯》第二折曹操上場時云：

> 頗奈劉關張弟兄三人無禮，他不受某節制，屯軍在於新野，直至南臥龍岡，請下諸葛村夫來，拜爲軍師，要與某交戰，我欲待統兵迎敵，爭那俺軍師管通病體在身，未曾行兵，我手下有一員上將，乃是百計張遼，喚此人來商議有何不可。〔註65〕

此例中曹操因爲劉關張三人與諸葛亮興兵來交戰，內心思考迎敵之策，於此即用「敘事體」說明「我手下有一員上將，乃是百計張遼，喚此人來商議」的內心盤算。「敘述動向」如《襄陽會》第一折劉備云：

> 劉備也，我想來是你的不是了也，我虧了軍師妙計，離了這襄陽會，不敢久停久住，則今日回新野樊城去也。（下）〔註66〕

此例中劉備在下場前使用「敘事體」的方式，說明「回新野樊城去」的動向。又如《裴度還帶》第二折韓瓊英云：

> （瓊英上云）妾身韓瓊英，出的這城來，一天風雪。雖然如此受苦，我爲父母，也是我出於無奈。說話中間兀的不到郵亭也，這一簇人馬，那公子正在郵亭上飲酒哩，我拂了我這頭上雪，上郵亭去咱。
>
> 〔註67〕

此例中韓瓊英先敘述自己的心情及眼見之景物，最後敘述自己下一步「拂了我這頭上雪，上郵亭去咱」的動向。又有時「敘述盤算」與「敘述動向」會結合使用，如《伍員吹簫》第二折伍員云：

〔註64〕參見《全元雜劇外編・第五冊》，頁2187。
〔註65〕參見《元曲選外編》，頁729。
〔註66〕同上註，頁149。
〔註67〕同上註，頁26。

（正末云）呀！怎麼這箭是沒箭頭的，明明是他要放我走的意思，

不若衝開陣面，殺一條血路而走（戰下）〔註68〕

此例中伍員以「敘事體」的方式敘述所遭遇「箭是沒箭頭的，明明是他要放我走的意思」的情況，再進一步敘述「衝開陣面」、「殺一條血路而走」的盤算與動向。又如《魯齋郎》楔子中李四云：

（李四作哭科云）清平世界，浪蕩乾坤，拐了我的渾家去了，更待乾罷，不問那個大衙門里告他走一遭去。（下）〔註69〕

此例中李四遭受到渾家被拐的冤屈，因此內心盤算不肯善罷，欲往衙門告魯齋郎，而他的動向是「不問那個衙門告他走一遭去」。

通過說明內心盤算或動向，除了讓觀者瞭解人物的動向、盤算外，並可連結前後劇情，以及藉此轉移劇情及場上時空。如上述《魯齋郎》李四之例，李四欲往衙門裡告魯齋郎，由此場上空間一轉，貼旦李氏上時，場上時空已經轉爲李氏之家，張珪衙門辦公完畢回家之時，並與李四相遇。由於已有李四之言，故劇情連結、時空轉換便不覺突兀，而有順理成章之感。

以上主要討論元雜劇劇本中使用「敘事體」來連結情節的四種方式，通過此四種方式一方面可以自由的轉換劇情、時空，一方面又兼顧觀者的觀看，讓觀者容易進入劇情，而不會有突兀之感。元雜劇劇本中除了使用「敘事體」直接作爲連結情節之用外，亦會使用「敘事體」來輔助情節之推展，以下即對此作進一步的討論。

二、輔助情節之推展

「輔助情節之推展」指劇本中使用「敘事體」進行敘述，主要目的不是在直接連結前後之情節，而是爲了讓劇情發展更爲順暢，或讓觀者更容易瞭解劇情，而產生輔助情節推展的作用。對此我們可以從「描述人物、景色」、「預言劇情」兩個方面進行討論。

（一）「描述人物、景色」

「描述人物、景色」指劇中人物通過「敘事體」對某人或場上的景物進行描述。對人的描述可以分爲對他人和對己，對他人的描述指劇中人物敘述自己以外的其他人物，如《裴度還帶》第一折王員外云：

〔註68〕參見《元曲選・第二冊》，《伍員吹簫》頁4。

〔註69〕同上註，《魯齋郎》頁1。

此處有一人，姓裴名中立，他母親是我這渾家的親姊姊，不想他兩口兒都亡化過了。誰想此人不肯做那經商客旅買賣，每日則是讀書房舍也無的住，說到則在那城外山神廟裡宿歇。〔註 70〕

此例中王員外敘述裴中立和他的關係，以及裴中立爲讀書不肯經商的性格，窮苦到住進山神廟的現況，這種設定人物基本背景的敘述方式，讓觀者能夠在裴中立沒上場前就對他有基本的認識，這有助於往後與裴中立相關的情節發展的瞭解。又如《東平府》第一折王矮虎上云：

……誰似俺哥哥的號令也呵。(唱)

【仙呂・點絳唇】我這裡破步撩衣，山前竚立，張旗幟。端的是號令嚴齊，則聽的戰鼓鼕鼕擂。

【混江龍】俺哥哥才兼武備鎮梁山，件件虎狼威。端的他心行仁義，不是強賊，每日糯酒佳殽夜飲，歌兒舞女列筵席，少甚麼爲官意，到大來無憂少慮，起早眠遲。〔註 71〕

此例中王矮虎以「敘事體」的方式，先描述他所看到山寨中旗幟飄揚、紀律嚴整的氣象，接者由此嚴整的紀律進一步敘述主持山寨的首領宋江，描述宋江爲人的仁義才德，最後敘述山寨生活的快意，建構出梁山生活的美好，由此可以讓觀者對宋江之人與山寨生活有基本認識，有助於瞭解往後情節的發展。這種方式佈置出舞臺的時空，將舞臺具像化，並塑造人物性格，可讓情節的推展更爲順利。以上兩例是劇中人對他人或景色的描述，多偏重於人物性格特徵、景色特徵，並未明顯藉此透露自身的情感，這是元雜劇劇中人物在介紹他人時常用的手法。

但對己的描述則往往通過觸景生情的方式敘述己身之情感，即在抒發己身之情感時，常會與外在景物相結合，以情景交融的方式進行敘述，如《遇上皇》第二折趙元唱：

【南呂・一枝花】湯著風把柳絮迎，冒著雪把梨花拂。雪遮得千樹老，風剪得萬枝枯。這般風雪程途，雪迷了天涯路。風又緊雪又撲，恰渾如杴瀽篩揚，恰便似挦綿扯絮。

【梁州第七】假若韓退之藍關外不前駿馬，孟浩然灞陵橋也不肯騎驢，凍的我戰兢兢手腳難停住。更那堪天寒日短，曠野消疏，關山

〔註 70〕參見《元曲選外編》，頁 18。

〔註 71〕參見《全元雜劇外編・第八冊》，頁 3959～3960。

寂寞，風雪交雜。渾身上單夾衣服，舞東風亂糝珍珠。擡起頭似出窟頑蛇，縮著肩似水淬老鼠，躬著腰人樣蝦蛆。幾時，到帝都。刮天刮地狂風鼓，誰曾受這番苦。見三疋金鞍馬拴在老桑樹，多敢是國戚皇族。〔註72〕

此例中趙元先描述風雪之景，然後以風緊雪迷和自身受寒受凍的處境相結合，再藉風雪程途自比，嘆自身命運的多舛、卑下。〔註73〕又如《東籬賞菊》第二折陶淵明唱道：

【南呂・一枝花】我則見煙迷白玉樓，霧鎖黃金閣，宮花空向日，渠柳盡蕭條。暮暮朝朝，積儹成愁容貌。我正是志高來，福不高。幾時得殄除了胡虜戎羌，平定了中原雲擾。〔註74〕

在此例中陶淵明不一定親見「煙迷白玉樓，霧鎖黃金閣，宮花空向日，渠柳盡蕭條」等景象，但他仍是藉由此四景引發自己的家國之思。又如《存孝打虎》第一折陳敬思云：

（正末云）小官陳敬思的便是，奉聖人的命，宣召李克用去，望北塞而行，是好感愴人也。(唱)

【仙呂・點絳唇】滿面塵埃，一鞭行色。青山外，碧樹雲埋，遙望見沙陀界。

【混江龍】遙望見鴈門紫塞，黃沙漠漠接天涯，看了這山遙路遠，更和那日炙風篩。一騎馬直臨蘇武坡，半天雲遮盡李陵臺。一川煙草，數點寒鴉，半竿紅日，幾縷殘霞。悠悠羌笛在這晚風前，呀呀歸鴈遙天外，增添旅況，蕭索情懷。〔註75〕

此例中陳敬思先介紹自己，再說明動向，接著敘述心情，此處先以說白方式表示心情，再藉由唱曲描述出旅途之景，並藉景抒情，敘述旅人情懷。又他在唱曲完後接著云：「可早來到也，左右報復去，道天朝使命在此。」〔註76〕其中「可早來到也」一語是元雜劇中常用來接續人物邊移動邊唱曲的轉折詞，有此語則隨時可以從一個人抒情的狀況中，回到設定的場上時空繼續和其他

〔註72〕參見《元曲選外編》，頁134～135。

〔註73〕在元雜劇中曲文常用以抒情、描景，這是元雜劇常見的用法，故如柯秀沈云：「元雜劇的曲詞仍以描述景物及抒發情志爲主。」參見柯秀沈著：《元雜劇的劇場藝術》，頁107。

〔註74〕參見《全元雜劇外編・第四冊》，頁1563。

〔註75〕參見《元曲選外編》，頁555。

〔註76〕同上註。

人互動。〔註77〕又如《單刀會》第一折喬公唱道：

【仙呂・點絳唇】俺本是漢國臣僚，漢皇軟弱，興心鬧。惹起那五處槍刀，併董卓誅袁紹。

【混江龍】止留下孫劉曹操，平分一國作三朝。不付能河清海晏，雨順風調。兵器改爲農器用，征旗不動酒旗搖。軍罷戰，馬添膘；殺氣散，陣雲消；爲將校，作臣僚；脫金甲，著羅袍。則他這帳前旗捲虎潛竿，腰間劍插龍歸鞘。人強馬壯，將老兵驕。〔註78〕

此例中喬公應魯肅之邀前往東吳議事，在途中就敘述東吳營帳「帳前旗捲虎潛竿，腰間劍插龍歸鞘，人強馬壯，將老兵驕」的景物，和他理想中的「兵器改爲農器用，征旗不動酒旗搖。軍罷戰，馬添膘；殺氣散，陣雲消；爲將校，作臣僚；脫金甲，著羅袍」的理想世界有所差距，因此不禁興起對漢家天下變亂的感慨。以上這些情感的敘述表現，塑造人物性格，表現人物情感，這讓人物在推展情節時更有內在的情感動力，而且通過人物的描述將空無一物的舞台具象化，可以讓觀者清楚知道人物所見所聞之事物，以及景物和人物之間的關係，營造出舞台的特殊氛圍，這可以讓觀者更容易進入舞台時空，有助於了解往後情節的發展。

不過元劇中除了情景交融的抒情方式外，有些則是單純因人物身世背景或情節發展，來產生人物情緒起伏的內在動力。經由人物身世背景者，如《裴度還帶》第一折裴度上場時云：

（正末上云）小生姓裴名度，字中立，祖居是這河東聞喜縣人氏，小生幼習儒業……，這洛陽有一人乃是王員外，他渾家是小生母親的親妹子……。想咱人不得志呵，當以待時守分，何日是我那發跡的時節也呵？（唱）

【仙呂・點絳唇】我如今匣劍塵埋，壁琴土蓋，三十載。憂愁的髭鬢斑白，尚兀自還不撤他這窮途債。

【混江龍】幾時得否及生泰，看別人青雲獨步立瑤堦，擺三千珠履，

〔註77〕如《浣花溪》第一折杜甫上場時（參見《全元雜劇外編・第五冊》，頁1977～1978）、《蕭天佑》第四折焦贊上場時（參見《全元雜劇外編・第六冊》，頁2733～2734）、《猿聽經》余舜上場時（參見《元曲選外編》，頁949～950）的抒情「引導曲段」皆使用「可早來到也」一語，回到設定的時空來和場上其他人物繼續互動。

〔註78〕參見《元曲選外編》，頁58～59。

列十二金釵。我不能勾丹鳳樓前春中選，伴著這蒺藜沙上野花開。則我這運不至，我也所寧心兒耐，久淹在桑樞甕牖，幾時能勾畫閣樓臺。……〔註 79〕

裴度上場先介紹自己的生平以及親屬關係後，就開始敘述自己不遇的遭遇，然後通過唱曲抒發自己不遇的情感。由情節的發展者，如《西廂記‧第五本》第二折張君瑞云：

（末云）畫虎未成君莫笑，安排牙爪始驚人。本是舉過便除，奉聖旨著翰林院編修國史。他每那知我的心，甚麼文章做得成。使琴童遞佳音，不見回來。這幾日睡臥不寧，飲食少進，給假在驛亭中將息。早間太醫著人來看視，下藥去了。我這病盧扁也醫不得。自離了小姐，無一日心閒也呵。(唱)

【中呂‧粉蝶兒】從到京師，思量心旦夕如是，向心頭橫倘著俺那鶯兒。請醫師，看診罷，一星星說是。本意待推辭，則被他察虛實不須看視。

【醉春風】他道是醫雜證有方術，治相思無藥餌。鶯鶯你若是知我害相思，我甘心兒死、死。四海無家，一身客寄，半年將至。〔註 80〕

此例是在第五本，故張生在上場時就省略掉自我介紹，直接略敘述暗場、重敘前情，再進一步說明自己的心情，張生情緒是由相思不得的劇情推展所產生，與外在景物無關。此處張生的心情起伏與劇情緊密相連，劇情是順著張生心情轉變而轉換的，其抒情唱曲就是劇情的一部分，不但劇情藉此合理化，也在元雜劇中呈現出「蓄勢」這種特殊的敘事方式，下節即會進一步討論抒情在敘事上的作用。

總而言之，通過「敘事體」的方式來說明心情，以連結、推動劇情，甚至成爲劇情中極重要的情節單位，這在抒情性重的元雜劇中是常見的方式，因此柯秀沈所云：「陳述的內容是『心情』而非『事件』」〔註 81〕，僅呈現出劇本中一部分的現象，並不能完全解讀元雜劇中的抒情表現與敘事相關之所在。

（二）「預言劇情」

「預言劇情」是指劇中人物以「敘事體」的方式先預示人物命運發展的

〔註 79〕參見《元曲選外編》，頁 18～19。

〔註 80〕同上註，頁 313。

〔註 81〕參見柯秀沈著：《元雜劇的劇場藝術》，頁 112。

結果，這與「敘述盤算、動向」不同，「敘述盤算、動向」是人物對於下一步動作的說明，只有連結前後情節之效果，而「預言劇情」所預示的人物命運是會經過一些發展的歷程，並非立刻就會呈現在觀者面前，因此可以引起觀者的懸念，但並沒有直接連結前後情節的效果。這種例子在元雜劇劇本的安排上極爲普遍，如《西遊記・第一本》第二齣一開頭龍王出場開門即點出往後情節的發展，其云：

> 不想此人被水賊劉洪推在水中。又有觀音法旨，令某等水神隨所守護，被小聖救入水晶宮殿，待十八年後，復著他夫妻父子團圓。漁翁市上賣金鱗，放我全身入海津。其子劍誅無義漢，我將金贈有緣人。〔註82〕

此處龍王已經指出「夫妻父子團圓」、「劍誅無義漢」等結果，而在《西遊記・第一本》第四齣末唐僧斬賊獻俘，其父陳光蕊也在此時由夜叉背上一家團聚〔註83〕，即照映〔註84〕龍王的預言。

這種預言劇情的方式也經常在道釋劇〔註85〕中使用，如《城南柳》第一折楔子中呂洞賓預言後續情節的發展，其云：

> 我恰才吃的這顆桃，本是仙種。我將桃核拋於東牆之下，長成之後，叫他和這柳樹俱爲花月之妖，結爲夫婦。那其間再來度脫他，也未遲哩。〔註86〕

此處呂洞賓指出桃、柳二妖會結爲夫婦，並欲將二妖度脫。之後呂洞賓留劍給老楊斬了柳、桃的土木形骸，使其托生楊、李二家各爲男女，後度其成仙之過程皆照映此段預言。又如《黃粱夢》第一折初，東華帝君云：

> （沖末扮東華帝君上，詩云）……因赴天齋回來，見下方一道青氣，上徹九霄。原來河南府有一人，乃是呂岩，有神仙之分。可差正陽子點化此人，早歸正道。這一去使寒暑不侵其體，日月不老其顏。神爐仙鼎，把玄霜絳雪燒成；玉户金關，使姹女嬰兒配定。身登紫府朝三

〔註82〕參見《元曲選外編》，頁637。
〔註83〕同上註，頁644。
〔註84〕所謂「照映」指「前後情節，互相照應，形成一環扣一環。」參見徐扶明著：《元代雜劇藝術》，頁178。
〔註85〕「道釋劇」作爲元雜劇劇本分類的標準與內容可以參見羅錦堂著：《現存元人雜劇本事考》（台北：中國文化事業公司，1960年），頁445～447。
〔註86〕參見《元曲選・第三冊》，《城南柳》頁1。

清，位列眞君，名記丹書，免九族不爲下鬼。閻王簿上除生死，仙吏班中列姓名。指開海角天涯路，引的迷人大道行。（下）〔註 87〕

東華帝君在此處提及度化呂岩後，歸正道、登仙班的結果。到了劇末，呂岩「今日正果朝元，拜三清同歸紫府。」〔註 88〕照映了東華帝君的預言。這種通過「敘事體」以預告劇情的敘述方式，除了讓觀者容易了解劇情的發展脈絡外，也讓觀者對劇情發展有先入爲主的想法，讓劇情發展更順理成章。

以上是討論「敘事體」在情節推展上的效用，通過上述討論可歸結出以下七點功能、特徵：

1. 元雜劇通過「敘事體」的連結劇情。
2. 利用「敘事體」使場上情境快速進入劇情。
3. 利用「敘事體」可將人物眼見之事物呈現在觀者面前。
4. 利用「敘事體」說明劇情前因、暗場、或略言發生過的情節，讓觀者不需思索即可融入劇情。
5. 利用「敘事體」預言劇情，讓觀者預先了解情節發展，也讓劇情前後照映，增加情節發展的合理性。
6. 有效的聚焦，利用「敘事體」將場上人物與觀者同時聚焦在被敘述的對象，可以深化被敘述者的形像。
7. 用「敘事體」敘述時，有時會鋪張，可以讓情節推展不致單調。

貳、敘述的鋪張與重複

一、「試說一遍」的鋪張特徵與敘述功能

上述提到元雜劇使用「敘事體」有鋪張的特徵，所謂的「鋪張」是指劇本中人物多花篇幅對所欲描述的對象進行描述，這在元雜劇中是非常明顯的特徵，除了所言「敘事體」的鋪張特徵外，往往還會以「代言體」的方式，通過「試說一遍」、「再說一遍」（或作「細說」、「說來我試聽」等等）來達到鋪張的效果。元雜劇中使用「試說一遍」、「再說一遍」的情形相當普遍，所敘述對象也非常多樣，主要可以分爲七類，包括：

（一）敘戰況

「敘戰況」包括如何得勝、陣勢如何、如何擒敵、如何廝殺、如何劫囚、

〔註 87〕參見《元曲選・第二冊》，《黃梁夢》頁 1。

〔註 88〕同上註，頁 11。

如何破寇……等等。如《伐晉興齊》第四折中：

（軍政云）將軍你把那軍中威嚴擺布，廝殺相持，將帥驍勇，軍卒出力略說一遍咱。（景公云）田將軍那蘇子皮怎生布陣排兵，衝鋒破敵，武藝高低，你試說一遍，某試聽咱。（正末唱）

【石榴花】當日箇兩人交馬併興亡，將士鬪爭強，我則見蘇子皮急忙緊隄防，他假虛牌遮當賣弄輕狂。（晏嬰云）那晉兵見了我軍怎生拒敵來。（正末唱）殺的他軍兵膽碎魂先喪，一箇箇哭啼啼東躲西藏……。〔註 89〕

此例爲景公、軍政與田穰苴以「試說一遍」的方式問答，敘述戰況，以及如何得勝的經過。此外如《樂毅圖齊》第四折、《吳起敵秦》第四折、《暗渡陳倉》第三折、《聚獸牌》第四折、《陳倉路》第二折、《五馬破曹》第四折、《午時牌》第四折、《澠池會》第四折、《存孝打虎》第四折、《獨角牛》第四折、《三出小沛》第四折……等等，以「試說一遍」敘戰況在元雜劇中是極爲常見，這種鋪張敘述一方面表現戰況之激烈，一方面讓觀者了解戰爭結果，以及從戰況的敘述中感受戰爭的激烈。

（二）敘人物

「敘人物」不一定只敘該劇中人物，也會敘及非劇中人物，敘劇中人物者有敘人物之功勞者，有敘人物之事蹟等等，如《澠池會》第三折：

（秦昭公云）方今七國豈你（按藺相如）一人之能？（正末云）想方今七國之中，各有能文善武、權謀術數之人，聽相如略說一遍。（秦昭公云）七國之中何人能武，你說一遍咱。（正末唱）

【倘秀才】問道是七國臣能文能武，一人下爲肱爲股，輔助的社稷安寧萬姓伏，文通三墳，武解六韜，聽小臣細數。

（秦昭公云）七國之中有什麼賢宰能臣，你試說一遍咱。（正末唱）

【滾繡球】齊孫臏減竈法有智謀。（秦昭公云）趙國有什麼人物？（正末唱）趙李牧示怯弱掃夷虜。（秦昭公云）齊國有什麼英傑？（正末唱）燕樂毅破齊城不攻不取。（秦昭公云）齊國有什麼英雄？（正末唱）田穰苴誅莊賈文武全俱。（秦昭公云）魏國有什麼英雄？（正末唱）魏吳起犒士卒親吮疽。（秦昭公云）俺秦國有甚麼人物？（正末唱）武安君出奇兵快擣虛。（秦昭公云）齊國再有什麼好漢？（正末

〔註 89〕參見《全元雜劇外編・第一冊》，頁 168～169。

唱）齊田單火牛陣有如脫兔。（秦昭公云）您趙國有甚英雄？（正末唱）則俺那廉將軍有勇氣善野戰長驅。（秦昭公云）七國多有說謊之客也。（正末唱）蘇秦張儀和陳軫？（秦昭公云）還有幾個說客。（正末唱）蔡澤荀卿共范雎。（秦昭公云）此等之人，七國顯耀英名，乃人中之傑也。（正末唱）他都是權謀術數之徒。〔註 90〕

此例中秦昭公與與藺相如通過試說一遍的方式，一問一答的敘述當時七國的文武人才，以及他們功績或能力，把當時知名的賢臣、良將都鋪敘一次。敘劇中人物者又如《單刀會》第一折、《五侯宴》第三折、《五馬破曹》第三折、《陳倉路》第一折等。

敘非劇中人物者包括古之聖賢、猛將英雄、賢德女子、高士隱秀……等等。如《陳州糶米》第二折：

（范學士云）待制做許多年官也，歷事多矣。（呂夷簡云）待制爲官，盡忠報國，激濁揚清。如今朝裏朝外權豪勢要之家，聞待制大名，誰不驚懼。誠哉，所謂古之直臣也。（正末云）量老夫何足掛齒，想前朝有幾個賢臣，都皆屈死，似老夫這等粗直，終非保身之道。（范學士云）請待制試說一遍咱。（正末唱）

【滾繡球】有一個楚屈原在江上死，有一個關龍逢刀下休，有一個紂比干曾將心剖，有一個未央宮屈斬了韓侯。（呂夷簡云）待制，我想張良坐籌帷幄之中，決勝千里之外，輔佐高祖，定了天下。見韓信遭誅，彭越被醢，遂辭去侯爵，願從赤松子遊，眞有先見之明也。（正末唱）那張良呵若不是疾歸去。（韓魏公云）那越國范蠡，扁舟五湖，却也不弱。（正末唱）那范蠡呵若不是暗奔走，這兩個都落不的完全屍首。我是個漏網魚，怎再敢吞鈎，不如及早歸山去，我則怕爲官不到頭，枉了也干求。〔註 91〕

此例中范仲淹、呂夷簡、韓魏公與包拯以「試說一遍」的問答方式，討論屈原、關龍逢、比干、韓信、張良、范蠡、彭越古代賢良臣將的下場。這種敘述方式在元雜劇中也極爲常見，又如《桃園三結義》第一折、《題橋記》第三折、《漁樵閑話》第三折、《薛苞認母》第一折、《圯橋進履》第三折中……等等。

〔註 90〕參見《元曲選外編》，頁 174～175。
〔註 91〕參見《元曲選・第一冊》，《陳州糶米》頁 7。

（三）敘道理

「敘道理」包括敘儒、道、仙、佛、兵家等道理，以及待人處世之理。如《雙林坐化》第一折中：

（阿難云）迦舍常言道佛法難聞。（正末云）你那里知道也。聽貧僧說一遍咱。（唱）

【混江龍】見了些高談闊論，受戒衣片片似浮雲。（阿難云）空即是色，色即是空。（末唱）將色空不染，把利欲絕聞。（阿難云）方信道日月如梭也。（末唱）看了這天上兔烏如去箭，鬢邊霜雪不饒人。（阿難云）吾人有生必有死也。（末唱）生死都休論，但能勾三乘早悟那里，望四大常存。〔註92〕

此例中阿難與迦舍通過試說一遍來敘述佛家之理，敘述色空關係、生死之論。以「試說一遍」的敘述各種道理者尚有《魚籃記》第一折（行善的好處）、《貧富興衰》第三折（富貴與報應的關係）、《度黃龍》第二折（貪嗔癡三毒）、《邯鄲店》第一折（修道之快活）、《圯橋進履》第一折（忠孝之道）、《龐掠四郡》第二折（敘爲將之道）等等。

（四）敘事由

「敘事由」指敘事件源由等。如《遇上皇》第二折：

（駕云）你那丈人丈母怎生般利害，東京府尹怎生要娶你渾家爲妻，你慢慢說一徧。（正末唱）

【紅芍藥】丈人丈母狠心毒，更那堪司公府尹糊塗。（駕云）你渾家怎不賢惠？（正末唱）果然這美女累其夫，他可待似水如魚，好模樣歹做出，不覩事，要休書。（駕云）你那東京府尹，怎敢強娶你渾家？（正末唱）他倚官強折散俺妻夫，眞乃是馬牛襟裾。

（駕云）你不好去大衙門裡告他？卻在背後啼天哭地，成何用也？（正末唱）

【菩薩梁州】我須是鰥寡孤獨，對誰人分訴，銜冤負屈……。〔註93〕

此例中趙匡胤問趙元身負之冤屈爲何時，即採「試說一遍」的敘述方式，兩人一問一答，將趙元被東京府尹強佔妻子、陷害的冤屈經過敘述一次。元雜劇中通過「試說一遍」的方式，來敘述事件根由的情況極爲普遍。如《殺狗

〔註92〕參見《全元雜劇外編‧第七冊》，頁3419～3420。

〔註93〕參見《元曲選外編》，頁136～137。

勸夫》第四折、《金鳳釵》第四折、《裴度還帶》第三折、《澠池會》第一折、《怒斬關平》第二折、《雙林坐化》第二折……等等。

（五）敘作品

「敘作品」指在劇中通過試說一遍的方式，敘述劇中人物之作品，包括敘述詩、詞、文等。如《東籬賞菊》第四折：

> （王弘云）尊兄此乃確論也。淵明小官曾聞先生所著五柳傳，倘不見外，願聞一遍咱。（正末云）小生胡言亂道，不足掛齒也。（王弘云）先生不必太謙，願聞一遍咱。（正末云）先生不知何許人也，亦不詳其姓字……。〔註 94〕

此例中王弘「試說一遍」的方式請教陶淵明五柳傳之內容，後兩人一請一答，陶淵明就從「先生不知何許人也」開始將〈五柳先生傳〉全文敘述一遍。其後又以相同方式將〈歸去來辭〉全文敘述一次。〔註 95〕

（六）敘策術

「敘策術」指以「敘述一遍」的方式敘兵法計策、敘政策等等。如《澠池會》第一折：

> （白起云）臣有一計，可以擒拏趙成公。（秦昭公云）計將安在？（白起云）主公設一會於澠池，則說與趙成公會盟，他必然來赴宴。來時臣設三計，會上必擒了趙成公，覷玉璧何罕之有。（秦昭公云）將軍那三條計？試說一遍咱。（白起云）頭一計，等趙公酒酣之際，筵前擊金鐘爲號。第二計，酒筵間二將舞劍，就筵前可以成功。第三計，壁衣中暗藏甲士，擒拏成公。不出三計，趙國君臣必質於秦。主公意下如何？（秦昭公云）此計大妙，則今日就差使命，請命趙成公選日會盟於澠池。無甚事，後堂中飲酒去來。〔註 96〕

此例中白起定了三計要在澠池會上擒拿趙成公，此三計的內容則通過與趙成公的對話，以「試說一遍」的方式敘述之。通過「試說一遍」敘述兵法、計策、政策的例子在元雜劇中亦多，如同樣《澠池會》在第二折中即敘行兵於民不利處〔註 97〕，又如《圯橋進履》第三折（敘兵法妙策）、《伐晉興齊》第

〔註 94〕參見《全元雜劇外編・第四冊》，頁 1614～1615。
〔註 95〕同上註，頁 1616～1618。
〔註 96〕參見《元曲選外編》，頁 169。
〔註 97〕同上註，頁 171～172。

一折（敘兵法）、《吳起敵秦》第一折（敘兵法）等等。

（七）其他

其他者指無法歸於上六類者皆歸於此。如敘如何打獵者有《紫泥宣》第一折；敘天下氣象者有《登瀛洲》第一折；敘菊花特徵者有《東籬賞菊》第三折；敘世路艱難者有《吳起敵秦》第一折；敘得志與不得志的特徵有《玉鏡臺》第一折。

這七類中以敘戰況、敘人物兩類最常出現，其中又以「探報」的使用最爲明顯，如《柳毅傳書》第二折中就用了五次「再說一遍」〔註 98〕，老龍與電母（探子）就通過「再說一遍」進行描述戰爭情況的對話；又如《暗渡陳倉》第三折中亦用了五次「再說一遍」〔註 99〕，探子與張良也藉由「再說一遍」將戰爭場面重新描述一次，這兩劇都是通過「再說一遍」來進行鋪張的工作。

「試說一遍」除鋪張的基本特徵，達到豐富表演內容的功能（如敘詩作、敘景物），以及作爲構成情節的一部分外，還可以進一步分析其在敘述表現上的三種作用：在功能上爲「複現與推動情節」之作用；在內容上則有提出「價值判斷」與「塑造人物形象」之作用，以下分述之。

一、複現與推動情節

「複現與推動情節」指劇中人物會通過「試說一遍」的方式複現已發生過之劇情，有時通過所複現之劇情還會進一步推動劇情。元雜劇中複現劇情者以「敘戰況」中敘述場上發生過之事者最爲明顯。又「敘事件源由」時亦會複現已發生過之情節，如《雙林坐化》第二折中韋陀尊天亦通過「試說一遍」的敘述方式向眾神說明世尊坐化的源由〔註 100〕，將此一情節複現了一次。這可以讓觀者從不同的表演方式欣賞劇中重要的情節，也讓觀者能夠更了解情節。但其缺點也在此，這種敘述方式容易導致敘述的冗長，或給人有多餘之感。

複現情節並進一步推動劇情者如「敘事由」中的例子，爲場上曾經發生過的事，其中敘冤屈者其敘述的目的在向他人說明其冤屈，並期望藉此雪冤，故是推動情節的一部分，如《怒斬關平》第二折中，孛老將其孩兒被馬踹死

〔註 98〕參見《元曲選・第四冊》，《柳毅傳書》頁 4～5。
〔註 99〕參見《全元雜劇外編・第一冊》，頁 450～458。
〔註 100〕參見《全元雜劇外編・第七冊》，頁 3447～3450。

向令吏說一遍，令吏因畏懼關平、關羽之名不處理，故促使孛老尋短，才遇到關西，成爲雪冤的第一步；在第三折中，孛老又將冤屈說一遍給關羽聽，引發了劇中最大的衝突。〔註101〕又如「敘事件源由」，此亦爲場上曾發生過的事，如《遇上皇》第三折中，趙元向趙光普說明遇到宋太祖結爲兄弟、手背留書的經過，此一經過就成爲趙元誤假限須斬首的解套方法。在此二例中，場上人物除了通過「試說一遍」鋪敘發生過的事外，更進一步推動情節的發展。

二、提出價值判斷

「提出價值判斷」指劇中人物通過「試說一遍」表達其價值判斷，主要是爲「敘道理」一類，包括敘儒、道、仙、佛之理，以及待人處世之理。如《度黃龍》第二折中呂洞賓與黃龍通過多次的「試說一遍」對答，說明黃龍禪師貪嗔癡三毒未脫，並提出仙家之道理。〔註102〕又如《邯鄲店》第一折中呂洞賓與盧生亦通過「試說一遍」的模式，提出出家爲上、出家人較快活的價值觀。〔註103〕這些價值觀的提出，直接豎立該劇的中心價值，也限制了故事結果的可能性。

三、塑造人物形象

「塑造人物形象」指劇中人物通過「試說一遍」來介紹某一人物，讓觀者能夠更熟悉該人物，如《怒斬關平》第一折中簡雍與諸葛亮之對話：

> （簡雍云）師父想簡雍當日還不曾佐於俺雲長手下，則聽的人說玄德公弟兄三人相訪師父，怎生請師父下山來，師父說一遍，簡雍試聽咱。（正末云）將軍不知，聽貧道慢慢的說一遍。
>
> 【油葫蘆】若不是三謁茅廬將貧道請，我則在臥龍岡隱姓名，我在那茅庵中說道德講黃庭，若不是區區不避三番請，怎能夠氣昂昂執掌黃金印。（簡雍云）自師父下山來，習兵練士，定計鋪謀，多虧師父也。（唱）見如今將帥賢，您休誇諸葛能，則他這八方四海干戈定，他每都排晝戟列簪纓。
>
> （正末云）若不請下貧道來呵。（唱）

〔註101〕參見《全元雜劇外編．第三冊》，頁1368～1371、1383～1392。

〔註102〕參見《全元雜劇外編．第八冊》，頁3609～3617。

〔註103〕同上註，頁3537～3539。

> 【天下樂】這其間耕種南陽過一生，若論行也波兵，可也非自能，我便習六壬、畫八卦、通九經，我驅的是水火風，我可便請的六丁，我端的祭風雷，將賢聖請。〔註104〕

此例是簡雍與諸葛亮通過對話，將原本諸葛亮開門所云：「自從劉、關、張弟兄三人一年三顧，請貧道下山拜爲軍師，統領三軍」等語進一步鋪張，不但豐富舞台演出，讓焦點集中在主要人物身上，也讓觀者更了解諸葛亮這個場上主要人物，而熟悉人物正是融入劇情的一個要件。

「試說一遍」的敘述模式在元雜劇中是被普遍使用的，但又是以對話的方式進行，有別於「敘事體」獨白的方式，構成了元雜劇另一種獨特的敘述方式，由以上討論「試說一遍」的敘述模式，可以總結以下三點特徵：

1. 元雜劇中使用「試說一遍」的敘述方式十分頻繁，已經形成一種特殊的敘述模式。
2. 「試說一遍」的敘述模式是使用「代言體」，維持了戲劇的特徵，卻又有「敘事體」敘述事件的功能。
3. 「試說一遍」的敘述模式一方面能夠鋪張敘述，以豐富表演內容，一方面又能夠達到情節推展、人物塑造、下價值判斷的效果。

二、敘述的「重複」

從以上對元雜劇鋪張的討論，我們還可以發現元雜劇在敘述上的一個特徵，就是鋪張的對象有些是曾經在場上發生過的，也就是說元雜劇在推動情節的過程中時，常常會發生人物敘述的內容重複出現的情形，此外在元雜劇中也常常出現相同或不同人物有動作重複的情況，因此我們發現「重複」也是元雜劇敘述上的一個特徵，主要可以歸納成兩種型態，一是重複的敘述內容；二是重複的動作。以下分述之。

（一）重複的敘述內容

「重複的內容」指劇中人物往往說過該段文字，自己或他人又在其他地方重複再說，如《雲臺門》第二折中：

> （蘇獻、蘇成蹿馬兒領卒子上，蘇獻云）某乃元帥蘇獻是也，兵至南頓也，門旗開處，看看有甚麼名將出馬。（劉縯、劉仲蹿馬兒領卒子上，劉縯云）某乃劉縯，這個是兄弟劉仲，領兵拒敵，兀那門旗

〔註104〕參見《全元雜劇外編・第三冊》，頁1345～1346。

下是何名將。（蘇獻云）某乃大元帥蘇獻，爾乃何人。（劉繽云）某乃劉繽、劉仲是也，你敢與某相持麼？〔註105〕

此例中蘇獻與蘇成在上場時先自我介紹，說明眼見的事物以及內心盤算，接著劉繽、劉仲躍上場介紹自己，然後四人對話互動，此時劉繽又再一次介紹自己的名字，爲重複的敘述內容。又如《齊天大聖》第一折中：

（正末云）吾神乃二郎眞君是也，俗姓趙名煜，幼從道士李班隱於青城山，至隋煬帝知吾神大賢，封爲嘉州太守。郡左有冷源二河，內有杆蛟，春夏爲害，吾神持刃入水斬蛟而出。後棄官學道，白日銜昇，加吾神清源妙道眞君。

（郭牙直云）自上聖入水斬蛟，玉帝知上聖有功，加封神位，非同容易也。

（抱刀鬼云）上聖自從煬帝封爲嘉州太守，愛惜黎庶，東杖理民，因冷源二河杆蛟爲害，上聖治民有功，所以上帝不負功效，家封聖位也。

（郭牙直云）想上聖在生之時，拜嘉州太守撫安黎庶，後遇冷源河杆蛟作害，幸得上聖所除，今日正直爲神也。

（正末唱）【混江龍】隨朝徵聘任嘉州太守，牧民情，常則是優恤黎庶減除了法治嚴刑，則爲那郡在冷源瀰二水，不承望綠波藏隱杆蛟精，我可早入水、持兵刃，霎時間波紅赤水，登時間命夭亡形。

（乾天大仙云）眞君你未曾得道時，在於人間入水斬蛟，今已銜昇仙位，正受清源妙道眞君。〔註106〕

此例中，正末二郎神上場時，即介紹自己成仙得道之經過，然後同一折中，郭牙直、抱刀鬼、正末本人、乾天大仙又輪流重複敘述開門所介紹自己斬蛟昇仙的內容。這種重複劇中人物介紹自己文字的敘述表現，在元雜劇中極爲常見。又如《陳倉路》第四折中：

（張恕上云）惟有報冤并雪恨，千年萬載不生塵。某乃張恕是也。頗奈曹公好生無禮，想俺弟兄二人，不得倚投降了你，則合撫卹安養。今日無故將俺哥哥殺壞，可不道恨小非君子，無毒不丈夫。我領著十萬人馬，又將四十萬糧草投降劉玄德去。……（諸葛云）兀

〔註105〕參見《全元雜劇外編・第二冊》，頁665。

〔註106〕參見《全元雜劇外編・第八冊》，頁3747～3751。

那張恕，爲何來降？（張恕云）主公在上，軍師聽小將說一遍，俺弟兄二人於東川，不得倚投降了曹公，他則合撫卹安養。他無故將俺哥哥張魯殺壞，我想曹公陰謀奸雄之輩，想那壁主公乃漢之宗室仁德寬厚，況軍師治政以明，賞罰取公。小將軍領十萬人馬，又有曹公四十萬糧草，特來投降，我想背暗投明，古之常禮。〔註107〕

此例中張魯上場時先「重敘前情」，敘述兄弟二人投靠曹操，曹操不但不善待其兄弟二人，反將其兄殺死的經過，以及敘述發生此事後他欲帶十萬兵、四十萬糧草投靠劉玄德的內心盤算。等到張魯見到諸葛亮後，又重複敘述上場時所說過的前情與內心盤算。這表示「敘事體」雖然略言劇情、說明內心盤算，但有時仍然必須通過人物的互動才能夠推展劇情。在這種情況下，觀者能夠在劇情發生前，就得知劇情的走向，以利觀者了解劇情，不過此種敘述方式不免給人有重出冗長之感。

不管是生平重複介紹，或是特定劇情與內心盤算重複敘述，都呈現出元雜劇敘述內容重複的特點，此特點能產生讓觀者更容易、隨時融入劇情，並有集中劇情的效果。這個特點的產生與劇本中同時「敘事體」和「代言體」兩種敘述方式關係密切，從上論「敘事體」與情節之關係可知「敘事體」雖然可以幫助情節之推展，並讓觀者更熟悉故事情節的內容，但「敘事體」多數是作爲該段情節之開端或總結，較少直接推動故事情節，故事情節的發展仍然以人物的互動爲主，也就是通過「代言體」的方式進行，因此在劇本中就會出現「敘事體」說過一遍，又以「代言體」敘述一次的情形，此種情形即是元雜劇在劇本中同時並存、並重「敘事體」和「代言體」兩種敘述方式，所呈現出的敘述特徵。

（二）重複的動作

「重複的動作」指劇本中重複出現相同的動作，形成一種重複的敘述模式，在元雜劇中最常見的重複敘述模式是「輪流上、下場」。「輪流上場」者，如《齊天大聖》第二折中梅山上聖、二聖、三聖、四聖、五聖、六聖、七聖輪流上，各報一段開門，說明自己的動向，其中不但說話內容大意重複，其輪流上場、開門的動作更是一種重複的表現。〔註108〕又如《九宮八卦陣》第四折中，盧俊義云：「某今在大營中預備下筵席，這早晚眾將敢待來也。」這

〔註107〕參見《全元雜劇外編・第二冊》，頁797～798。

〔註108〕參見《全元雜劇外編・第八冊》，頁3759～3763。

些梁山將領並不一次上場，而採輪流上場的方式，先是宋江、吳用上，此時盧俊義云：「俺待眾將來全時共話，這早晚敢待來也。」這種模式在隨後的公孫勝、諸武；韓滔、彭起；朱仝、索超；雷橫、秦明；杜千、宋萬；解珍、解寶；施恩、薛永、陳達；王矮虎、鄭天壽、楊志都出現過，眾人輪流上、輪流開門、輪流與盧俊義對話、輪流到一旁等待。〔註 109〕又如《三戰呂布》第一折中袁紹召集十八路諸侯，第三折中呂布叫喚手下八健將，這十八路諸侯與八健將就一個一個或幾個一組輪流上場。〔註 110〕「輪流下場」者，如《三戰呂布》中的十八路諸侯與八健將，下場時就是輪流下場。〔註 111〕又如《齊天大聖》第二折末七聖欲隨二郎神出發去打齊天大聖時，七聖與郭牙直、天丁等人就一個一個輪流念下場詩下場。〔註 112〕又如《破天陣》第二折楊景指揮眾將打陣時，岳勝、孟良、焦贊、張蓋、呼延必等皆輪流上前接楊景命令調撥，然後說明自己的動向、唸完下場詩後下場。〔註 113〕這種輪流上、下場的方式讓每個上場的演員都有屬於自己表演的機會，增加了非主要人物的表演時間，不是上來跑跑龍套就下場，這不但讓上場的演員有發揮的空間，也讓觀者在一場戲中能夠多欣賞到幾位不同演員的表演，增加了舞台表演的可看性。

除了「輪流上、下場」外，某些元雜劇劇本中還有一些重複的動作，如輪流獻寶、輪流請戰、輪流打陣、輪流吟詩、輪流介紹等等〔註 114〕，至其甚者如《漁樵閒話》全劇幾乎都是以這些重複的動作組成，第一折和第二折中輪流說明昨日眼見，以表明名利之害；第三折中輪流作詞、輪流說明爭名逐利之害；第四折中亦輪流作詞。〔註 115〕此劇大量使用重複的動作，以強調名利之害、閒居之樂，純為作者言志、展詩才之作，並無與抒情結合，也無妥善的情節安排，在情節發展上幾無可觀之處，故此劇難成佳作，但就重複這

〔註 109〕同上註，頁 4064～4072。

〔註 110〕參見《元曲選外編》，頁 467～468、485～487。

〔註 111〕同上註，頁 470～472、487～488。

〔註 112〕參見《全元雜劇外編・第八冊》，頁 3767～3770。

〔註 113〕參見《全元雜劇外編・第六冊》，頁 2601～2606。

〔註 114〕輪流獻寶者如《臨潼鬬寶》（《全元雜劇外編・第一冊》，頁 79～82）；輪流請戰者如《石榴園》（《全元雜劇外編・第三冊》，頁 1348～1349）；輪流打陣者如《破天陣》（《全元雜劇外編・第六冊》，頁 2614～2618）；輪流吟詩者如《登瀛洲》（《全元雜劇外編・第五冊》，頁 2249～2255）；輪流介紹者如《騙英布》（《全元雜劇外編・第一冊》，頁 354～357）。

〔註 115〕參見《全元雜劇外編・第七冊》，頁 3179～3236。

點特徵而言，其確實是極爲鮮明。又如《延安府》第三折十探子兩個一組輪流上場、開門、被打、哭訴、下場，此折幾乎由十探子共五次重複的動作所構成，但這段表演其只佔了此折四個「戲劇情節單位」中的一個〔註116〕，由此可以看出此劇以重複的方式拉長了一個「戲劇性情節單位」，以達到舞台上插科打諢、熱鬧的效果，鮮明的呈現元雜劇重複的特點。

以上這些「輪流……」的重複動作都與「輪流上下場」的模式類似，讓每個演員都有亮相、說話表演的機會，以增加舞台表演的可看性，所以像《延安府》的題目正名爲「八府相聚集樞密院，十探子大鬧延安府」〔註117〕，即是以十探子重複的表演作爲吸引觀眾的賣點之一。但是從情節推展的角度來看，重複的內容、動作卻容易讓拉長情節，讓該情節變得較爲冗長。因此游宗蓉先生在定義「重複式情節」時說道：

> 「重複式情節」是類似的事件反覆發生，「重複」可以是一種強調，劇作家或有意運用重複式情節藉以突出某種戲劇效果，但「重複」往往難免產生單調的弊病，缺少足以引發觀賞興味的變化之趣，如果處理不當，其「重複」成爲「雷同」，則必然板滯乏味。〔註118〕

游先生從元雜劇劇本中的「重複」，進一步又區別出「雷同」，並認爲這會導致板滯乏味，然而我們認爲這種「雷同」雖然在情節上造成板滯，但它是有其產生的原因，因爲中國古典戲曲這種不以情節爲唯一審美判準的舞台藝術，是會因應吸引觀眾的娛樂目的，而遷就舞台表演可看性，在情節發展中增加一些枝葉，因此在這種重複敘述表現中，演員的技藝就顯得非常重要，若演員無法在個人表演時間中達到娛樂觀眾的目的，就容易讓人感到枯燥冗長。

參、二分敘述

布雷蒙以功能爲敘述的基本單位，提出功能與功能間的邏輯關係，包括：情況形成（一個功能以將要發生的事件或行動表示未來可能發生的變化）、採取行動（一個功能以進行中的事件或行動來讓這個可能變化變爲事實）、達成

〔註116〕該折四個「戲劇性情節單位」爲「傳命李圭斷案」、「計誘葛標」、「派遣十探子」、「李圭斷案」等四個。參見游宗蓉先生著：《元雜劇排場研究》（台北：文史哲出版社，1998年），頁318。

〔註117〕參見《元曲選外編》，頁933。

〔註118〕參見游宗蓉先生著：《元雜劇排場研究》，頁71。

目的（一個功能以取得結果結束變化過程），這些功能並非是單線發展、連結，而是有行動與非行動兩種不同的選擇，劇情也有可能產生成功與不成功兩種不同的結果。〔註 119〕這種分析方式是觀察破壞故事一開始平衡、穩定狀態的因子，以及重新恢復平衡狀態的力量，並就文本已發生之情節去推演未發生之情節，如賴素玫就曾以這種分析方式討論六朝志怪小說，如她在分析《搜神後記》：「程咸字咸修。其母始懷咸，夢老公投藥與之：『服此，當生貴子。』晉武帝時，歷位至侍中，有名於世。」此段文本時，將此段文本的基本序列分析如下圖〔註 120〕：

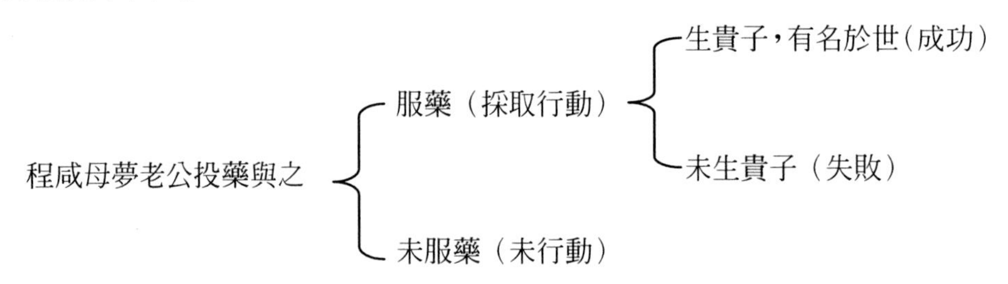

其中「未服藥」、「未生貴子」是分析出可能的劇情發展方向，在該段文本中並沒有直接敘述到此二點。在一般的敘事文本中，並不會將未發生的事件加以敘述，然而在元雜劇中則會以「二分敘述」的敘述方式明白指出選擇的可能性與選擇的後果，「二分敘述」指的是元雜劇劇本中往往會藉由劇中人物對一件事的兩種可能發展，進行敘述，先揭示劇情的兩種可能發展脈絡，再由人物的主動選擇或命運的發展，來決定劇情的發展方向。這是自覺的將劇情兩種可能發展脈絡直接加以呈現。這與布雷蒙提出的敘述可能邏輯相似，只是在元雜劇劇本中是明確指出兩種脈絡。如《竇娥冤》第二折中：

> （張驢兒云）竇娥，你藥殺了俺老子，你要官休？要私休？（正旦云）怎生是官休？怎生是私休？（張驢兒云）你要官休呵，拖你到官司，把你三推六問，你這等瘦弱身子，當不過拷打，怕你不招認藥死我老子的罪犯。你要私休呵，你早些與我做了老婆，倒也便宜了你。〔註 121〕

〔註 119〕參見克洛德・布雷蒙著，張寅德譯：〈敘述可能之邏輯〉，收於張寅德編：《敘述學研究》（北京：中國社會科學出版社，1989 年），頁 154。

〔註 120〕參見賴素玫著：《解釋的有效性——六朝志怪小説夢故事研究》（中興大學碩士論文，2001 年），頁 72～73。

〔註 121〕參見《元曲選・第四冊》，《竇娥冤》頁 6。

此段爲張驢兒失手藥死其父後，欲以此威脅竇娥時所說之語，這時張驢兒提出了官休、私休兩種選擇，並指出兩種選擇的不同結果，官休則「三推六問」、「拷打」終至「招認」，指出了竇娥敗訴的結果；私休則成爲張驢兒的老婆。這限定了情節發展的可能走向，因此當竇娥選了「我又不曾藥死你老子，情願與你去見官」〔註 122〕的官休選擇後，往後竇娥的發展也照映張驢兒之前所言「當不過拷打」而屈打成招。明白指出兩種選擇的作法，較未指出者更能藉由選擇兩種結果來突顯人物性格。

同樣的情況，在《魔合羅》第二折中，劉玉娘被送到官府後，被冤枉下在死囚牢一事，是照映之前李文道藥死其兄，威脅嫁禍給劉玉娘，企圖霸佔劉玉娘時所說之語，李云：

> （李文道云）俺哥哥已死，你可要官休？私休？（旦云）怎是官休？私休？（李文道云）官休，我告到官司，叫你與我哥哥償命；私休，你與我做老婆便了。（旦云）你是什麼言語，我寧死也不與你作老婆。（李文道云）我和你見官去。（旦云）我情願見官去。李大，則被你痛殺我也。（拖旦下）〔註 123〕

就劉玉娘被下在死囚牢一事，確實照映李文道所預言：「叫你與我哥哥償命」一語。但此例與《竇娥冤》不同之處在於竇娥是直接選擇了人物最終的命運，並沒有一個力量在她死前作爲相反力量來扭轉局勢。然而劉玉娘自覺選擇的結果，雖然自己受到冤屈而下獄，造成了原本穩定狀態的失衡，但劇作家仍設計張孔目這個人物作爲相反力量，張孔目在逆轉局勢之前，也先指出劇情發展的兩種可能脈絡——「問成呵，有賞」與「問不成呵，叫我替劉玉娘償命」兩者，最終結果是走向「問成呵，有賞」，彰顯劇中人物遇事不懼的性格特徵或解決問題的能力，也凸顯了反面人物的惡與社會的不合理。由此，「二分敘述」的性質也相近於使用「敘事體」進行劇情的預言，但差別在於一個是直接點出劇情的發展脈絡；一個是多了一個人物選擇的過程，突顯了人物的性格特質與善惡之間的對立，然而就前後照映的效果而言二者是相同的。

由上可知「二分敘述」不但使劇情簡化判分爲二，連推動劇情的主體——人物也因此簡單且極端的判爲善惡兩類。劇情單純分爲善惡兩線，一方面讓觀者容易明白劇情的發展脈絡，一方面也可以輕易的扭轉情節發展，如以

〔註 122〕同上註。
〔註 123〕同上註，《魔合羅》頁 5。

上舉之《竇娥冤》為例竇娥為善的一方，張驢兒為惡的一方，要讓竇娥遭遇不幸只要加強張驢兒一方的力量，如二人對簿公堂時桃杌太守的昏庸加強了張驢兒所代表的惡方，所以竇娥所代表的善方就受到打壓，竇娥也因此身遭極刑。待要扭轉劇情時，只要在善的一方加入新的力量，並此力量足以對抗桃杌太守者即可，因此第四折時竇天章上場，他不但是竇娥的父親，更是「廉能清正」、「節操堅剛」的官員，故他必是善的一方，而且他的官銜是參知政事加兩淮提刑肅政廉訪使之職，專職審囚刷卷體察貪官污吏，並有先斬後奏之權力，其權力大過桃杌太守，因此當竇天章重審此案時，局勢便扭轉了，善的一方注入新的力量而得到伸張。

第三節　抒情在敘述表現上的「深化」與「蓄勢」

以上兩節主要從體製的角度切入討論其與元雜劇敘述表現之間的關係，由此可以看出體製在元雜劇敘述表現上的作用，從體製與敘述表現的關係中，可觀察到元雜劇在敘述上往往會考慮到觀者的因素，這也就是元雜劇體要中的「吸引觀者」。然除了「吸引觀者」會影響到敘述表現外，抒情這個元雜劇的本質內涵、組構元雜劇這個文體的體要成素，亦會影響到元雜劇的敘述表現，主要可以從「深化」與「蓄勢」兩種功能討論之。

「深化」功能是指曲文的抒情性在衝突呈現上具有加深、突顯衝突的功能，主唱人物的衝突往往通過曲文表述，曲文除了具備呈現衝突的媒介的工具性外，其抒情功能讓衝突更加深刻，也更突顯了衝突。「蓄勢」功能則是在元雜劇抒情的情節中，通過曲文的抒情特性快速蓄積力量，形成一種情勢，讓情節合理化、更真摯動人。在元雜劇中有許多的情感似過份誇張、疑有違常理之處，如才子佳人為何一見即傾心，旋即能死生許之；或如女主人公為何有不可抑止的傷春之情等等。這類的情感是構成郭英德所言「情感衝突」的必要條件，然而郭英德對此一情感的合理性並未多加說明。〔註124〕不過這種超乎常情的情感如何合理化、如何讓觀者接受，直接關連戲劇是否能動人，因為不真則難以動人，且如果不真則情感就衝突不起來，也會產生矯情做作之感。不過弔詭的是，一般在觀賞劇作時並不會特別感受或察覺出這種超乎常情的情感有何不合理之處，所以像郭英德才會簡單將之視為情感的表現，

〔註124〕以上詳見郭英德著：〈論元雜劇的戲劇衝突〉，收於《戲曲研究》第十五輯，頁77～94。

而不以爲異。然若深究之，即會產生爲何情雖違人情之常，但在劇中所呈現卻又是動人眞摯，並未令人有突兀虛假之感，以及此一超乎常情之情感如何構成衝突之疑惑，筆者認爲這是由於元雜劇曲文抒情的「蓄勢」功能。以下即針對此二者進行討論。

壹、抒情的「深化」功能

本節所指抒情的「深化」功能，主要是就深化衝突而言，衝突是戲劇中極重要的一個要素，姚一葦在《戲劇原理・衝突的法則》中云：「戲劇因衝突而產生，而向前推進。」〔註 125〕姚氏這句話指出了衝突是戲劇中不可或缺的一個成素。姚氏並進一步對戲劇衝突的法則、形式、意念化有詳盡的介紹〔註 126〕，姚氏之說爲綜合各家之言，已是衝突內涵意義最大外延的描述，因此能規範絕大部分的劇作，元雜劇也不例外。所以大部分論元雜劇衝突之形式、法則者多不出姚氏之範圍。如洪素貞在《元雜劇中的悲劇觀》中就分別元雜劇悲劇衝突的型態爲四，包括「愛情與政權的衝突」、「邪惡與正義的衝突」、「主觀性格與客觀環境的衝突」、「個人與社會的衝突等四種」。〔註 127〕然而元雜劇中的呈現的衝突不僅於此四者，如顏天佑在〈試論〈漢宮秋〉雜劇結構的抒情取向〉中云：

> 一般說來，戲劇用以反映複雜而眞實的人生事相，然也就出現各種不同的衝突形式。譬如說與命運的衝突、與社會律法的衝突、與別人的衝突、與自己的衝突，以及與角色身份、利害、偏見、愚昧等等的衝突。而就在這樣一重、雙重，乃至於多重的衝突中，戲劇張力逐漸緊繃，角色的完整性格也於焉形成。〔註 128〕

在元雜劇中即如顏天佑所言一般，呈現多樣化的衝突形式。又郭英德在〈論元雜劇的戲劇衝突〉一文中對於元雜劇中衝突的討論最爲詳密，其論述重點主要有三：

一、歸結元雜劇中形成衝突的內在因素包括了人物的性格、意志、行動、感性四種。

〔註 125〕語見姚一葦著：《戲劇原理》（台北：書林出版有限公司，1992 年），頁 58。
〔註 126〕詳見同上註，頁 57～76。
〔註 127〕詳見洪素貞著：《元雜劇中的悲劇觀》（國立台灣師範大學碩士論文，1988 年 6 月），頁 92～93。
〔註 128〕參見顏天佑著：《元雜劇八論》，頁 68。

二、歸結元雜劇中外部構成衝突的基本方式有：1. 人物與人物間的抵觸、矛盾和鬥爭；2. 人物自身性格內部的抵觸、矛盾和鬥爭；3. 人物和環境之間的抵觸、矛盾和鬥爭。

三、歸結元雜劇在戲劇衝突的表現方法上的特徵：1. 在衝突的內在因素方面，情感衝突可以成為全劇的中心衝突；2. 在衝突外部構成方面，以第一或第三人稱的描述語言間接地展示衝突的過程，以主唱者的語言揭示對立雙方內心與內心的衝突；3. 在衝突發展形式的表現方面，以主要人物的動作線為中心線索貫徹始終，著力表現衝突雙方中正面力量的動作。4. 邏輯高潮和情感高潮相連接。〔註129〕

以上顏天佑與郭英德已經將元雜劇衝突表現的形式與構成方法作了詳細的說明，這是就劇本所呈現出衝突內容的不同而分類的。

然除此外，我們觀察到元雜劇中的主要衝突往往是集中在主唱人物身上，不過有時主唱腳色因為劇情需要須扮飾不同人物上場時，劇中主要的衝突要繼續延續就會有困難，因此必須將衝突轉而集中在非主唱人物而又與主唱人物相關者。如《張生煮海》一劇，張生在劇中並不是主唱人物，然而他卻是劇本主要衝突的製造者之一，如在第二折中張生對於與龍女婚姻是否得諧的焦慮，即是劇中的主要衝突，如張生云：

小生才省悟了也，他是龍宮之女，他父親十分狠惡，怎肯與我為妻，這婚姻之事一定無法成了。……。〔註130〕

然而這個衝突並不是產生在該折主唱人物仙姑的身上，而是在非主唱人物張生的身上，這或許是因為受到一人主唱的影響，因此當主唱腳色扮飾不同人物上場時，就難以將產生在劇中主要人物的衝突延續，所以必須將衝突轉而集中在非主唱人物與主唱人物相關者。由是，當衝突表現在非主唱人物身上時，這個衝突往往與主唱且主要人物的衝突相關連的。又如《緋衣夢》〔註131〕中正旦於第一、二、四折扮閏香上，第三折扮茶三婆上。在第三折中茶三婆並非是劇中的主要衝突，劇中的主要衝突在於閏香的冤枉，這是個人與社會之間的衝突，以及欲破案的竇鑒與殺人的裴炎之間的衝突，這是個人與個人之間的衝突，然而閏香是整件事的受害者，難以進入破案核心，因此閏香並

〔註129〕以上詳見郭英德著：〈論元雜劇的戲劇衝突〉，收於《戲曲研究》，第15輯（1985年），頁77～94。

〔註130〕參見《元曲選・第四冊》，《張生煮海》頁5。

〔註131〕參見《元曲選・第二冊》。

無法介入欲破案者與殺人者之間的衝突，因此這時場上的主要衝突並非是主唱的茶三婆與裴炎之間市井利益上的衝突。然而茶三婆與裴炎之間的衝突是作爲突顯與化解竇鑒與裴炎之間衝突的進路，因此與劇中主要衝突密切相關。〔註 132〕

然而以上這種由非主唱人物呈現衝突的情況在元雜劇中並不多，大部分還是由主唱人物來呈現劇中的主要衝突，由是我們可以進一步思考爲何元雜劇多半由主唱人物呈現劇中主要衝突，我們認爲除了主唱人物多是情節發展上的主要人物外，另一個原因就是曲文的抒情性有「深化衝突」的功能。

主唱人物的衝突往往通過曲文表述，曲文除了具備呈現衝突的媒介的工具性外，其抒情特性讓衝突更加深刻，也更凸顯了衝突。主唱人物在情節的安排中產生矛盾衝突，通過曲文則讓這個矛盾衝突更深刻更沈重。如《牆頭馬上》第三折「生拆鸞鳳」這一個「戲劇性情節單位」中，李千金即是通過曲文加深裴少俊的軟弱、裴尚書的威迫分離，從【梅花酒】到【鴛鴦煞】中我們可以看到曲文複現衝突，曲文加深衝突，在這八支曲牌中我們可以概分爲兩個段落、兩個層次的衝突，來看出曲文在衝突上的作用。從【梅花酒】到【得勝令】可以視爲第一個層次的衝突：

> 【梅花酒】他毒腸狠切，丈夫又軟揣些些，相公又惡噷噷乖劣，夫人又叫丫丫似蝎螫。你不去望夫石上變化身，筑墳台上立碑碣。待教我謾鉟鉟，愁萬縷，悶千疊；心似醉，意如呆；眼似瞎，手如瘸；輕拈掇，慢拿捻。
>
> 【收江南】呀！王吉叮璫摭做了兩三截，有鸞膠難續玉簪折，則他這夫妻兒女兩離別。總是我業徹，也強如參辰日月不交接。……
>
> 【雁兒落】似陷人坑千丈穴，勝滾浪千堆雪。恰才石頭上損玉簪，又教我水底撈明月。
>
> 【得勝令】冰弦斷便情絕，銀瓶墜永別離。把幾口兒分兩處，……誰更待雙輪碾四轍。戀酒色淫邪，那犯七出的應灌捨；享富貴豪奢，這守三從的誰似妾。……。〔註 133〕

〔註 132〕此一改扮除了解決衝突上的相關問題外，亦有其他之作用，李惠綿先生認爲這樣的運用驚奇的手法，不僅扭轉關目，使劇情富於曲折變化，更達到戲劇張力的效果。詳見李惠綿先生著：〈論關漢卿雜劇中的「改扮人物」〉，收於《中外文學》第十九卷第六期（1990 年 11 月），頁 39～40。

〔註 133〕參見《元曲選・第一冊》，《牆頭馬上》頁 7～8。

這一階段李千金面對裴尚書的威迫與磨玉成針不斷、瓶墜地不破的不合理條件，造成個人自覺地與社會的個人的衝突，這個衝突是通過人物外在行爲的對立所形成的，但曲文仍然複現這個衝突，並加深其衝突。在這段曲文中與這段衝突直接相關的是「有鸞膠難續玉簪折」、「銀瓶墜永別離」這兩個衝突事實的複現，但是李千金會情緒化的表達內心的思緒。「毒腸狠切」、「軟揣些些」、「惡噷噷乖劣」、「似蝎螫」是她與裴尚書衝突時對人的描述，這段話加深了外在人事的不合理性，也凸顯自己被迫害的地位。「心似醉，意如呆；眼似瞎，手如瘸；輕拈掇，慢拿捻」則凸顯、加深出她在這個惡劣環境下戒慎恐懼的態度。然而這個衝突卻未因她的戒慎恐懼而消滅，反而是玉簪「王吉叮瑺掂做了兩三截」，直接面臨夫妻、兒女分別的衝突，之前的戒慎恐懼的掙扎、滿心的期待與惶恐反而讓這次衝突的引爆，蘊藏著人物內心深層的悲哀。但事不盡於此，裴尚書又再次以銀瓶墜地不破的不合理要求重複了一次李千金內心的戒慎恐懼，李千金再唱「冰弦斷便情絕，銀瓶墜永別離」來表達面對衝突的無助、悲哀。在這場衝突中，曲文扮演了深化衝突的作用，若只是單單倚靠情節所帶來的對立衝突，或許能呈現李千金進退維谷的窘境，但絕對無法表達出李千金內心深刻的悲痛，這個悲痛透過曲文中的抒情功能而凸顯強化，也加深這場衝突的對立與弱勢一方的無助、惶恐、悲傷。

在與裴尚書之間的衝突形成後，李千金是處於弱勢的一方，因此她必須要獨自面對接下來的後果，這時她唱：

> 【沈醉東風】夢驚破情緣萬結，路迢遙烟水千疊。常言道有親娘有後爺，無親娘無疼熱。他要送我到官司，逞盡豪傑。多謝你把一雙幼女痴兒好覷者，我待信拖拖去也。……
>
> 【甜水令】端端共重陽，他須是你裴家枝葉。孩兒也啼哭的似痴呆，這須是我子母情腸，廝牽廝惹，兀的不痛殺人也。
>
> 【折桂令】果然人生最苦是離別。方信到花發風篩，月滿雲遮。誰更敢倒鳳顛鸞。撩蜂剔蝎，打草驚蛇？壞了咱牆頭上傳情簡帖，拆開咱柳陰中鶯燕蜂蝶。兒也咨嗟，女又攔截，既瓶墜釵折，咱恩斷義絕。……
>
> 【鴛鴦煞】休把似殘花敗柳冤仇結，我與你生男長女填還徹。指望生則同衾，死則同穴。唱道題柱胸襟，當壚的志節。也是前世前緣，

今生今業。少俊呵，與你干駕了會香車，把這沒氣性的文君送了也。〔註 134〕

在此，衝突延伸到個人自覺的與社會的集團的衝突，此時李千金是單獨的面對離開的命運，留下的是裴氏一家與她的兒女，此時走與留從外在衝突已經漸轉爲內心衝突，此一從與外在社會的集團的衝突到內心的痛苦掙扎，就通過曲文的抒情作用被加深加重了。又如《青衫淚》第二折、《金線池》第二折等皆可看出深化衝突的表現。

總而言之，曲文有將外在衝突複現的作用，曲文的抒情功能還可以突顯衝突，讓衝突深化加劇，提升衝突的高度。換言之，在元雜劇中，主要衝突除了藉由情節的安排措置外，還會通過曲文抒情深化此一矛盾對立，還可以通過曲文讓外在衝突延伸到內心的衝突，有著轉化衝突形式的作用。

貳、抒情的「蓄勢」功能

通過曲文抒情可以「深化」衝突，可以看出曲文的抒情性具有累積情感、強化情感的作用，我們進一步觀察到這種「深化」功能，會在情節發展上蓄積力量，形成情勢，產生「蓄勢」的功能。名劇作家陳亞先定義「蓄勢」爲：戲劇在情節中蓄積力量形成一種情勢，蓄積滿溢一次爆發，在起、承、轉、合的起、承蓄積，在轉時爆發達到高潮，因此情節必須緊緊相扣，一戲一事。〔註 135〕此處「蓄勢」強調的是文本中情節的「動」，通過某種動力推動劇情、營造氣氛、製造高潮，關於這方面的論述陳亞先已經獲得相當不錯的成果。不過陳亞先僅從情節角度立論，而筆者認爲在情節短小、變化不繁複的元雜劇劇本推動劇情是與曲文的抒情特質密不可分。「蓄勢」在元雜劇中即通過曲文的抒情特質加以連結，共同作爲推動情節、情節合理化的敘述手法，爲元雜劇敘述表現的一個特徵，本小節也就是思考元雜劇如何通過曲文的抒情，來蓄積一種力量，形成一種情勢。以下即借用「蓄勢」的概念，說明元雜劇曲文與抒情特質在情節發展中的作用，並據此解釋元雜劇中誇張情感在情節發展上的邏輯性。

在元雜劇中時常使用曲文的抒情特質來「蓄勢」，加強人物情感的深度，蓄積力量，形成一種情勢，使得短篇幅的元劇可以快速進入高潮，並使人物

〔註 134〕同上註。

〔註 135〕關於情節的蓄勢作用與表現，可參見陳亞先著：《戲劇編劇淺談》（台北：文津出版社，1999 年），頁 85～88。

的情感合理化，這是元雜劇敘述上的一大特徵，所以像吳戈所言：「戲劇中運用抒情，量不可過大」、「抒情佔的戲劇成分比例太大，就可能出現戲劇行動發展的緩慢甚至停滯」等說法〔註 136〕，並不完全符合於元雜劇的敘述表現。元雜劇人物之情感表現就是敘述的一個重心，因此抒情本身就成爲情節所要呈現的一個重要內容，所以通過抒情推動情節，情節表現抒情，就是元雜劇的特色。如《東牆記》〔註 137〕中董秀英與馬文輔在後花園隔東牆打了個照面，兩人一見傾心，董秀英更是爲此茶飯不思、病重消瘦。如果單從情節的角度來看，不但覺得此劇只是男女後花園偶遇、暗通款曲、分離、結合，衝突雖明確但也簡單，然不禁會使人懷疑爲何後花園一見就能夠愛到「病厭厭瘦了形容，寬綽綽帶慢衣鬆」，但是如果從「蓄勢」的角度來看，就不難分明其中的道理。從第一折【仙呂・點絳唇】開始董秀英就因見春天之景，想己身之孤單、青春之易逝，而引發少女傷春之情，引起「心間悶」，然後在【混江龍】、【油葫蘆】兩支曲子中持續累積、加深這種閒愁，以致於「閒愁萬種心間悶」、「情不遂越傷神」，這時閒愁傷春的情緒到達了頂點；接下來馬、董二人東牆一見，董秀英就開始將少女閒愁傷春之情轉移到對馬文輔的思念之情，如她在【天下樂】唱道「可意人，一見了心下如何忍」，當情感轉移到思念馬文輔身上後，董秀英就在曲文中持續表達對馬文輔的思念之情，從【那吒令】開始唱道：「一見了那人，不由我斷魂，思量起這人，有韓文柳文，他是個俏人，讀齊論魯論」，這時是從內在情緒初步呈現相思之情，爲第一階段單方面的思慕之情，僅止於「想得咱不下懷」；接下來【鵲踏枝】則從「悶昏昏、淚紛紛」的身體反應說明「只爲美貌潘安仁」的相思之情，此時梅香再與董秀英對話道：

> （梅云）姐姐，早是這兩日茶飯不進，厭厭瘦削，若再狂蕩了心，敢是不中也？（旦云）我身上病患，汝怎得知？（梅云）是何病患？（旦云）我是未嫁之女，對你一言難盡。（梅云）姐姐有話，但說不妨。（旦唱）
>
> 【寄生草】怕的是黃昏後，入羅幃愁越狠。孤枕叫人悶，愁潘病沈教人恨，行遲力頓教人困，似這等含情掩臥象牙床，幾時得陽臺上遇著多才俊。

〔註 136〕參見吳戈著：《戲劇本質新論》（昆明：雲南大學出版社，2001 年），頁 251。
〔註 137〕參見《元曲選外編》，頁 202～218。

此段對話中從梅香的賓白中，點出她所看到的董秀英已經出現病態，再進一步探究其原因，則從【寄生草】一曲可以知道董秀英是因情傷病，這段對話一方面呈現出董秀英的情感已不再是閒愁傷春之情，而是男女相思之情；一方面也架構出董秀英因情傷病的故事發展脈絡，並通過身體的反應加強了內心情感的強度，所以董秀英在【寄生草】、【么篇】後的賓白說道：「自從後花園見了那箇秀才，教我愁悶更增十倍，不覺躭此病症」，這時相思的情緒已經通過曲文作了第一階段第一次的加深。

接著時間轉到夜深，董秀英在深夜因情而無法入睡，她在【後庭花】中唱道：「教我留連心上人，枉勞魂，不覺的羅衣寬褪，被生寒怎地溫，看看的顛頓了身，厭厭的害殺人。」在【柳葉兒】中唱道：「呀！愁鎖定眉尖春恨，不教人心懷愁悶，見如今人遠天涯近，難勾引，怎相親，越加上鬼病三分。」她此時身體已有「鬼病三分」，是再次的以身體不適強化相思的愁悶，讓相思不得之愁繼續累積、加深。然後在【青哥兒】中點出二人未來的主要阻礙——老夫人，並描述老夫人的「治家嚴訓」是一個「火性如雷老母親」，管教上「晝夜追巡」、「坐守行跟」、「若是離了半個時辰，來相問」的絲毫不放鬆的態度，這讓董秀英在面對相思不得的愁困時，更備覺不得的焦慮。這種相思不得的愁困與焦慮讓董秀英身體不適，並有可能逐漸加重，故在【青哥兒】後梅香提醒董秀英道：「姐姐，似你今春多病，可以自己調理，莫費神思。不爭你這等念想，倘若其身有失，如何是了，休休，莫要護病成疾，自損其身。」但董秀英回道：「似這等病，如何治度，我一會家不想起來便罷，一會家想起，好是淒涼人也。」董秀英認為因情傷病以無法可癒，在【賺煞】中便唱道：「合晚至黃昏，獨宿心間悶，苦厭厭憂愁自忖，便有鐵石心腸也斷魂。」說明相思情深到了「便有鐵石心腸也斷魂」的程度已無法可挽。以上再次加強身體不適以突顯相思情深，並點出兩人之間有老夫人的阻礙，所以事無法得諧，在不得諧的情況下，敘述此情已深種無法改變，此情病已成無法治癒，為第一階段第二次的加深。

通過以上兩次加深相思之情，董秀英已經給觀者因情生病、情深不可收的印象，所以在第二折開始【正宮・端正好】、【滾繡毬】兩支曲中，董秀英唱道「相思病漸成」、「似這等棲遲誤了奴家命」，是將相思與身體之病相結合，並敘述其病漸深，此時就不會令人感到錯愕。到此董秀英由閒愁傷春之情轉移為相思之情已經蓄積了一定的深度，但這僅止於敘述董秀英單方面的思念之情，接下來藉由聽琴、索花、傳簡、回簡這四個場面〔註 138〕，讓董、馬二人互述情衷，不斷的通過曲文加深相思之情，這時已經進入第二階段，爲兩方面相思，而且在經過互述情衷彼此得之心意，但卻仍然礙於老夫人這個阻力無法得諧，故梅香唱【上小樓】之【么篇】道：「老夫人天生劣性，不爭你走透消息，洩漏風聲，誤了前程。」由於相思之情無法得諧，所以相思之愁緒不減反增，因此在第二折末，董秀英從【滿庭芳】開始連續唱六支曲子表達其愁緒：

【滿庭芳】恰便似龍蛇弄影，才過子建，筆掃千兵。溫柔軟款多才性，忒煞聰明。據相貌容顏齊整，論文學海宇傳名，堪人敬。都只爲更長漏永，傷感泪盈盈。

（云）似這等何見得成也？（唱）

【耍孩兒】似這等空房靜悄人孤另，卻又早香消金鼎。何時害徹相思病，卜金錢禱告神靈。生前禽演分明判，八卦詳推莫順情。四柱安排定，都來增下，禍福分明。

【四煞】畫檐鐵馬喧，紗窗夢不成，佳人才子何時娉？他是個異鄉背井飄零客，我便是孤枕獨眠董秀英。都薄倖，一個在東牆下煩惱，一個在錦帳裡傷情。

【三煞】嘆鴛鴦綉被空，滿懷愁爲那生，只因他新詩和的聲相應。更把那瑤琴撥出艱難調，彩鳳求凰指下鳴，都是相思令，聽了他淒涼慘切，好教我寸步難行。

【二煞】婚姻配偶遲，難捱更漏永，畫蛾眉懶去臨妝鏡，老天不管人顛頓。一派黃河九徧清，貞烈性，也只是粉牆一堵，似隔著百座連城。

【尾煞】相思愁越添，淒涼惡夢境。便做道鐵石般只恁心腸硬，都寫入愁懷喚不省。

這六支曲子先描述馬文輔的人才，敘述自己所思慕的人是如何的優秀，然卻不知何時方能與如此美好之人在一起，這種分離相思而無法得諧的焦慮情緒，就在後五支曲子的敘述中重複呈現、層層累積，這種不斷累積下的強烈

〔註 138〕《東牆記》的場面安排爲：前往問親—囑女散心—遊園相遇—相思—聽琴—索花—傳簡—回簡—請託—心許—約期—赴約—佳期—逼離—送行—染病—團圓—加官。參見游宗蓉先生著：《元雜劇排場研究》（台北：文史哲出版社，1998 年），頁 293～294。

情感，不只造成董秀英身體上的不適，更讓她亟欲脫出禮教束縛與馬文輔相會，故她唱道「貞烈性，也只是粉牆一堵，似隔著百座連城。」從此段曲文中可知此時在她的眼中，貞烈性格只剩下粉牆一堵，儘管有許多外在阻礙如百座連城，但當阻礙消失時，這堵貞烈粉牆是隨時可以翻越的。

因此接下來通過梅香的穿針引線，讓兩人在海棠亭下有幽會的機會，此時董秀英因爲前面累積的相思情感濃重之力量，形成情感勝過禮教的情勢，故可在此一舉突破禮教之防，就在海棠亭下成親，兩人好事得偕，暫時滿足舒緩了相思之情。這表面上似乎緩和之前所蓄積的情勢，但這時老夫人出現，逼迫二人分離，照應了第一折【青哥兒】中吐露的焦慮，此時燕好的劇情一轉，讓二人在恩愛後又面臨分別的痛苦，此時生離的痛苦尤勝前者的相思。這時開始爆發之前所蓄積的力量，第四折【越調·鬥鵪鶉】、【紫花兒序】兩支曲子董秀英先敘目下分離之苦，然此處藉由賓白將時間往後移動半年，從【小桃紅】開始連八支曲子都是在敘述分離之苦，這時分別之情由於有前面兩階段深化的基礎，因此分別之後身心的痛苦都加劇，此時心理與生理都達到悲傷的極致，因此儘管是一見鍾情，但卻可以導致「病厭厭瘦了形容，寬綽綽帶慢衣鬆」、「恨相思病濃，轉思量淚重」、「這病攻，淚濃，悶重」、「瘦減香肌玉容」。這就是通過曲文的抒情特質使人物的內心情緒轉化、加深〔註 139〕，藉由人物內心活動蓄積力量，形成一種情勢，這讓短暫的文本能夠很快的深厚人物情感，再於第三折讓這股濃厚情感爆發。

又如《漢宮秋》第三折等亦見「蓄勢」之作用。在《漢宮秋》第三折中，昭君出塞前與漢元帝依依不捨的部分亦是在進行「蓄勢」。首先在此折中賓白與曲文的敘述功能是重疊的，也就是說賓白所表達的意義會在曲文中複述一次，如賓白爲「（駕云）左右慢慢唱者，我與明妃餞一杯酒。」曲文則做「您將那一曲陽關休輕放，俺咫尺如天樣。慢慢的捧玉觴，朕本意待尊前捱些時光。且休問劣了宮商，您則與我半句兒俄延著唱。」通過曲文的抒情性使得情感更顯深厚。

其次在這一折唱曲中，呈現曲文的「蓄勢」作用，首先【新水令】中唱道：「錦貂裘生改盡漢宮妝，我則索看昭君畫圖模樣，舊恩金勒短，新恨玉鞭

〔註 139〕本節所言之「深化」主要就加深「衝突」而言，與「蓄勢」不同。「蓄勢」加深的是人物情感，二者雖然有相近之處，但側重面仍有不同。

長，本是對金殿鴛鴦，分飛翼怎承望。」此曲由回憶的美好與現實的殘酷引出分離之苦，利用今昔之比讓分離之苦更鮮明。然後【駐馬聽】接著唱：「宰相每商量，大國使還朝多賜賞，早是俺夫妻悒怏，小家兒出外也搖裝，尚兀自渭城衰柳助凄涼，共那灞橋流水添惆悵，偏您不斷腸，想娘娘那一天愁都撮在琵琶上。」元帝通過此一曲表達希望事情還有轉寰餘地的心情，但事實上勢已不可爲，這種事到臨頭還想挽回的態度，更突顯其中的分離之苦；然後在【步步嬌】續唱：「您將那一曲陽關休輕放，俺咫尺如天樣，慢慢的捧玉觴，朕本意待尊前捱些時光，且休問劣了宮商，您則與我半句兒俄延著唱。」在此元帝已經認爲勢不可違，故希望能夠拖延時間，增加最後一點相處的時間，但是卻受到番使兩次的催促，增加別離的苦痛與沈重。由此元帝開始自怨自艾，因而在【雁兒落】、【得勝令】、【川撥棹】三曲中唱：

> 【雁兒落】我做了別虞姬楚霸王，全不見守玉關征西將，那裡取保親的李左車，送女客的蕭丞相。
>
> （尚書云）陛下不必掛念。（唱）
>
> 【得勝令】他去也不沙架海紫金梁，枉養著那邊庭上鐵衣郎，您也要左右人扶侍，俺可甚糟糠妻下堂，您但提起刀鎗，卻早小鹿兒心頭撞，今日央及煞娘娘，怎做的男兒當自強。
>
> （尚書云）陛下咱回朝去吧。（駕唱）
>
> 【川撥棹】怕不待放絲韁，咱可甚鞭敲金鐙响，你管燮理陰陽，掌握朝綱，治國安邦，展土開疆，假若俺高皇差你個梅香，背井離鄉，臥雪眠霜，若是他不戀恁春風畫堂，我便官封你一字王。
>
> （尚書云）陛下不必苦死留他，著他去了吧

元帝通過這三支曲子表達自己對於無法阻止昭君出塞的自責，並譴責百官、將士的無能，在這種自責的情緒下，不忍分別的情緒持續加重，但是漢國尚書卻勸元帝不用掛念，並催促兩人分別上路。番使與尚書的四次催促，元帝的四次拖延，顯示外力的不可抗拒，元帝的無能爲力，快速蓄積了分離之苦，加深了別情的深度。於是【七兄弟】、【梅花酒】、【收江南】連下三曲唱道：

> 【七弟兄】說甚麼大王，不當戀王嬙，兀良怎禁他臨去也回頭望，那堪這散風雪旌節影悠揚，動關山鼓角聲悲壯。
>
> 【梅花酒】呀，俺向著這迴野悲涼，草已添黃，色早迎霜，犬褪得毛蒼，人搠起纓鎗，馬負著行裝，車運著餱糧，打獵起圍場，他他

他傷心辭漢主，我我我攜手上河梁，他部從入窮荒，我鑾輿返咸陽，返咸陽，過宮牆，過宮牆，遶迴廊，遶迴廊，近椒房，近椒房，月昏黃，月昏黃，夜生涼，夜生涼，泣寒螿，泣寒螿，綠紗窗，綠紗窗，不思量。

【收江南】呀不思量呀！不思量，除是鐵心腸！鐵心腸，也愁淚滴千行，美人圖今夜掛昭陽，我哪裡供養，便是我高燒銀燭照紅妝。

唱此三曲時，昭君當是正要遠行，所以在【七弟兄】中敘述昭君遠行回頭望之淒涼景狀，元帝見此景況更加深分離內疚與悲傷之感，【梅花酒】進一步敘述分離之時昭君是「傷心辭漢主」，自己是「攜手上河梁」，分離之後昭君將是入窮荒受苦，自己則將返回咸陽在宮中受相思之苦，【收江南】中就敘述了這種「愁淚滴千行」的分別相思之苦。最後【鴛鴦煞】唱道：「我煞大臣行說一個推辭謊，又則怕筆尖兒那火編修講，不見他花朵兒精神，怎趁那草地裡風光，唱道佇立多時，徘徊半晌，猛聽的塞雁南翔，呀呀的聲嘹喨，却原來滿目牛羊，是兀那載離恨的氈車半坡裡响。」〔註140〕這是敘述自己沈溺在悲傷之中，當回神時昭君已遠行，留下無限悵惘。在這折唱曲中，昭君並不是主唱人，但卻是這段唱曲的互動對象，通過元帝之苦，自然可同理昭君之情，離情－拖延－被催－拖延－被催－拖延－被催－拖延－被催，一次次的拖延與催促更加深了別情的深度，達到了情感的高潮，又元帝之苦亦同昭君之痛，二人同樣蓄積了這股悲痛力量，形成一種兩人相愛至深，足以超越生死的情勢，因此在這個曲文抒情所蓄積的情勢下，跳河殉情爲合理化的結果之一，因此雖別於史傳所記，然能合觀者之邏輯思考，動觀者之情。

《漢宮秋》第四折亦可順此一抒情蓄勢的角度詮釋之，在蓄積分離的悲痛力量後，昭君選擇跳河，此時劇情已達高潮，然故事並不能就此結束，因爲元帝也同樣蓄積了這股力量尚未傾洩，因此第四折續述元帝之悲痛，而此一原本就因分離而傷心的情感，又因昭君之死再度蓄積新的力量，足以讓一個君王「一百日不曾設朝」，這股蓄積已久的力量，在元帝夢見昭君後爆發，四次鴈叫聲，引發他孤單寂寞的情緒，讓他倍感淒涼。由上可知，《漢宮秋》第三折所蓄積的力量，是昭君與元帝所共同蓄積的，昭君通過跳河殉情宣洩，元帝則是獨自繼續忍受孤單相思之苦，因此第四折就成爲讓元帝爆發所蓄積的力量的重要情節。因此一般閱讀《漢宮秋》會認爲前三折情節已經完整，

〔註140〕以上《漢宮秋》之唱曲，參見《元曲選・第一冊》，《漢宮秋》頁5～7。

第四折似因應形式所不得不有，然就上述觀點，就可以解釋《漢宮秋》第四折的作用。

元雜劇中通過「蓄勢」加深人物的情感深度，由人物抒情來推動劇情的發展，並使劇情的發展合理化，一層一層的加深，而不致有天外飛來的突兀之感。也就是說長時間的唱曲抒情表現，不單僅僅只是抒情，更有推動情節、促使情節合理化之作用，在此抒情與敘事就通過曲文結合爲一了。

第四節　元雜劇敘事中的時間表現

文學作品中的時間往往蘊含著深刻的思想與文化意蘊，正如同楊義在《中國敘事學》中對它的基本描述：「時間意識一頭連著宇宙意識，另一頭連著生命意識。時間由此成爲一種具有排山倒海之勢的，極爲動人心弦的東西，成爲敘事作品不可回避的，反而津津樂道的東西。〔註 141〕」由於時間是如此的具有魅力，因此許多批評家在分析、詮釋文本時，常常有關於時間（或時空）的討論，如吉川幸次郎著名的〈推移的悲哀——古詩十九首的主題〉一文中，從古詩十九首分析出人類意識到自已生存於時間之上而引起的悲哀，這是從文本中分析出思維模式。〔註 142〕又如劉若愚的〈中國詩歌中的時間、空間和自我〉一文，其中也在討論中國詩歌中的時間表現與時間觀念，這是從文本中分析出敘事表現。〔註 143〕又如鄭傳寅在〈遊目騁懷——古典戲曲所表現的時空意識〉一文中就比較討論了中西戲劇的時間意識。〔註 144〕至於楊義自己更是將時間列爲專篇，討論時間在中國敘事文本中的表現與文化意涵。〔註 145〕

〔註 141〕參見楊義著：《中國敘事學》（嘉義：南華管理學院，1998 年），頁 129。

〔註 142〕吉川幸次郎將源於時間推移的悲哀分成三種表現的方式：1. 對不幸時間的持續而起的悲哀（不只爲當前某一特定時間的不幸而悲哀）。2. 在時間的推移中由幸福轉到不幸的悲哀（不只是過去幸福如今不幸的對比，而是對於幸福移向不幸的整個過程的體認）。3. 感到人生只是向終極的不幸即死亡推移的一段時間而引起的悲哀。（不只是爲死亡而悲，是爲人生難免與時推移以至死亡而悲）。參見（日）吉川幸次郎著，鄭清茂先生譯：〈推移的悲哀——古詩十九首的主題（上）〉，收於《中外文學》，第 6 卷第 4 期（1977 年 9 月），頁 25。

〔註 143〕參見莫礪鋒編，尹祿光校：《神女之探尋——英美學者論中國古典詩歌》（上海：上海古籍出版社，1994 年），頁 193～210。

〔註 144〕參見鄭傳寅著：《中國戲曲文化概論》（北縣：志一出版社，1995 年），頁 443～454。

〔註 145〕參見楊義著：《中國敘事學》，頁 129～206。

這些文學批評者通常即是從文本中時間的表現來思考其蘊含的文學表現手法或文化意涵。由於時間在蓄勢文學中具有重要意義，又本文在第二章分析過元雜劇「事」的內涵，認爲元雜劇之「事」是具備時間要素的因果關係的情節相連結，時間之前後與戲劇表現關係密切，因此時間在元雜劇中的表現、內涵就成爲本文所要討論的對象之一。

戲劇是動態的，必須貼合在時間軸與空間軸上搬演，情節的發展也是在一定的時間、空間中進行。早期西方戲劇的舞台時間，過份強調與嚴格遵守亞里斯多德的《詩學》第五章中，所提出基於戲劇是模仿眞實生活行動所提出的一齣戲時間最好集中在同一天的看法，其後人並加以延伸規定「場地律」與「單一動作」，合成著名的「三一律」，嚴格規範著西方戲劇劇本的創作與表演形式，一直到西元十七世紀由於編寫劇本與實際演出的需求，開始有人企圖突破「三一律」的桎梏，而到十九世紀初才眞正擺脫了「三一律」來自由創作。〔註 146〕然而在中國古典戲曲中，時間與空間的高度自由表現，呈現與早期西方戲劇截然不同的時空觀念，顏天佑在〈試論元雜劇體製對其結構之影響——以關漢卿作品爲例〉一文提出了元雜劇中「呈現自由時空的點線結構」觀念，認爲元雜劇具備時空自由變化的場次安排的特徵，呈現出自由時空的連場戲是一種清楚的點線結構。〔註 147〕顏天佑從情節與曲牌聯套之間的關係來討論元雜劇的時空安排，這種說法揭示出了元雜劇時空安排與情節之間的根本關係。不過我們仍然可以從其他不同的角度來思考元雜劇劇本中的時間表現。不過在進行討論之前，需對元雜劇中的時間作一界義。基本上從元雜劇劇本中可以區別出兩種時間：一爲「表面時間」、二爲「戲劇時間」。小說中的時間基本上則可分爲三種：一、「表面時間」（Physical Time），指的是小說本身時間的變化，例如現在、過去、未來之穿插；二、「心理時間」（Psychological Time），指的是讀者在觀賞小說時所感受到的主觀及情感的時間；三、「戲劇時間」（Dramatic Time），指的是小說中故事情節整個前前後後所發生的時間及篇幅。〔註 148〕在劇本中「戲劇時間」則是指實際在舞台上演出的時間，雖然現在已經無法重現當時實際演出情況，但演出時間仍然可以曲牌爲度量單位，以曲牌長度作爲演出時間的長度。「表面時間」就是劇本中

〔註 146〕關於西方戲劇與三一律之間的發展關係，可參見姚一葦著：《戲劇原理》，頁 173～179。

〔註 147〕參見顏天佑著：《元雜劇八論》，頁 142～146。

〔註 148〕詳見龔鵬程著：《文學與美學》（台北：業強出版社，1995 年），頁 138～139。

所經過的時間長度，這個劇情時間的長就與演出時間之短相矛盾，鄭傳寅在〈遊目騁懷——古典戲曲所表現的時空意識〉「一句慢板五更天」點中就認爲古典戲劇中舞台時間之短與劇情時間之長的矛盾是通過演員上下場來完成。〔註 149〕即元雜劇中推移時間是可以自由跳接、推移的特徵，所以在「表面時間」與「戲劇時間」之間其實並不會產生矛盾。又元雜劇原則上爲四折的體製，即是演出時間多半固定、相近〔註 150〕，因此「表面時間」與「戲劇時間」的關係似乎就顯得簡單，因爲其中只有「表面時間」是變動的，篇幅則是不變的，這與小說明顯不同。但是我們在觀察「表面時間」時卻發現一些問題，「表面時間」爲劇情所依附的時間軸線，所以劇本中不管是倒敘、預敘、順敘都應該是在同一個時間軸線上流動，但是我們觀察到元雜劇在時間的流動上卻不僅是如此，元雜劇的時間流動表現除了「表面時間」外，尙有潛藏的時間軸線，「表面時間」是通過人物以賓白表現，而潛藏的時間軸線則是在曲文抒情時呈現，本節先討論通過賓白表現的時間，下一節再討論曲文抒情時潛藏的時間軸線。

壹、「表面時間」的表現方式

元雜劇劇本中點出「表面時間」大多是以賓白的方式，然又可進一步分爲「敘事體」與「代言體」兩者，以下分述之。

一、以「敘事體」標示時間

此指劇中人物通過「敘事體」點出「表面時間」。可以是在完成一段表演後下場，之後再上場，在上場的短暫開門時，就以「敘事體」的獨白表現出時間的變化，這種變化時間的方式是元雜劇中使用最爲頻繁的。如《陳母教子》第一折中，二末陳良叟在同一折中進京趕考又得官回來，三末陳良佐又再度進京趕考，這中間相差一年時間，然而通過二末與報登科的上下場，省略掉二末進京趕考、報登科回報所需的時間；又通過陳母的說白將一年時間省略了。又如《貶黃州》在第一折折尾，正末云：「罷，罷！則今日拜辭了聖駕，別了丞相，只索長行也……。」後即下場，而在第二折初再上場時已是「行了數日」，人物一上一下之間已是數日時光。〔註 151〕

〔註 149〕參見鄭傳寅著：《中國戲曲文化概論》，頁 451～453。

〔註 150〕鄭傳寅認爲：「元代戲曲劇目——特別是元雜劇一般都是短劇，每劇搬演的時間多半不會超過兩小時。」同上註，頁 451。

〔註 151〕參見《元曲選外編》，頁 92～97。

也可以是人物在完成一段表演後，並未下場，而又直接通過「敘事體」的說白表現出時間的變化。如《裴度還帶》第三折中，瓊英在山神廟小憩時，就通過「敘事體」說白來表達時間的流動：

> （瓊英上，云）……走這一日，覺我身子有些困倦，我權且歇息咱。將這玉帶放在這薰荐下，貼牆兒放著，我略合眼咱。（旦兒歇息了，作猛省科，云）嗨！不覺睡著，天色晚了也，恐關了門，母親懸望。呀！雪覺小些兒，我出的這廟門來。則怕晚了天色，趕城門去來。（下）〔註 152〕

瓊英因為睡過頭急著回城，在劇情中必須呈現出時間的推移，因此時間的早晚就成為關鍵，此處作者就採用賓白與科的搭配，讓瓊英作睡科後醒，結合賓白將劇中時間往後推移，並通過「敘事體」敘述瓊英的動向。這種通過「敘事體」說白加快時間流速的方式在《裴》劇中不只出現一次，如裴度撿到玉帶等人來尋時亦是，其云：

> （正末云）嗨，這是一條玉帶！這的是那尋梅的官長每經過，跟隨伴當每在此避雪，不小心忘了。倘若你那官人到家，問你這玉帶呵，他將什麼還他！不逼了人性命？小生雖貧，我可不貪這等錢物；明日若有人來尋，山神你便是證見，我兩隻手便還他，也是好勾當。我為這玉帶，一夜不曾得睡，早天色明也。我忍著冷，將著這玉帶，我且躲在這廟背後，看有什麼人來。〔註 153〕

在此裴度並未上下場，而是說了「我為這玉帶，一夜不曾得睡，早天色明也」，通過這一段「敘事體」的賓白就將劇中時間作了改變，將時間流轉至早上，並進一步說明其中拾帶、不貪、等人尋找的心理歷程與內心盤算。

以上可以看出使用「敘事體」標示時間的特點：劇中人物在使用「敘事體」敘述時間時，往往會結合動向、盤算，說明自己下一步的動向。這是點出時間後，結合下一段劇情，讓點出的時間有連結前後情節的作用。

二、以「代言體」標示時間

此指劇中人物採「代言體」與其他人物進行對話，表現出時間的變化。可以是在完成一段表演後下場，之後再上場與其他人物對話表面時間推移，如《女貞觀》第三折：

〔註 152〕同上註，頁 28。

〔註 153〕同上註，頁 29。

……（外、旦俱下）（外同旦上，旦云）先生想我與你成其夫婦，不覺半載餘矣，奈我身懷六甲，……（外云）小生春闈側近，正欲去長安就試，只因師兄有此喜事……。〔註 154〕

此例中外潘必正和旦陳妙常一起下場後再一起上場，再上場時陳妙常已經懷了潘必正的孩子，且兩人成爲夫婦的時間已經半年，此時兩人通過對話表達一下一上之間，時間已過半年，並敘述暗場。又如《鎖白猿》第一折：

（同下）（煙霞大聖同旦兒領淨興兒上，大聖云）大嫂，過日月好疾也，自回家可早兩年光景也。（旦兒云）員外人將的本錢去了，兩年光景怎生不見回來？〔註 155〕

這個例子中，煙霞大聖與旦兒李氏一起下場後，再一起上場，此時兩人經過對話就將時間往後推移了兩年。

也可以是劇中人物在完成一段表演後，並未下場，而又直接使用「代言體」和其他人物對話，以表現出時間的變化。如《漁樵閒話》第一折中，樵夫與正末所扮之漁夫對話云：

（樵云）不覺天色已暮，好晚也，你看這晚景尤佳。（正末唱）

【上馬嬌】安樂清閒誠是少，難比名利巢，無榮辱亦無煩共惱，青山屋上喜，清流門外遶，對蟾光天際皎。〔註 156〕

在此段對話前，正末與其他三位隱士，已經在場上表演過一段劇情，而通過樵與正末的對話將時間一下子拉到傍晚，將此段情節作一結束。在此劇中重複運用同樣時間處理方式，如第二折樵夫亦云：

（樵云）我心中有不盡之言，壺中泛沽來之酒，又見紅輪西墜，玉兔東昇，天色已晚，改日來此再會。（淨云）天色好晚也。（正末唱）

【一煞】心中話有餘，壺中酒已乾，見漁村久照歸鴉晚，故將枉□□王道休惹虛名漏世間，看漁村燈初燦，今朝已暮，來日相攀。

在此段對話前，漁、樵、耕、牧四人亦已在場上表演過一段劇情，在這段引文中的三人皆未下場，而是由樵者開頭，直接以「代言體」的方式彼此對話，點出時間已至傍晚，表現出時間的流逝，以利推展、結束劇情。

然以「代言體」加上下場來表現時間流動的方式，在元雜劇劇本中並不

〔註 154〕參見《全元雜劇外編・第六冊》，頁 2854。
〔註 155〕參見《全元雜劇外編・第八冊》，頁 3710。
〔註 156〕參見《全元雜劇外編・第七冊》，頁 3194。

多，使用「代言體」不下場者更少，遠較使用「敘事體」爲少，是元雜劇在標示時間時較少採用之方式。這是因爲元雜劇所標示的時間具有連結前後情節的作用，而元雜劇在連結前後情節有採用「敘事體」的敘述特徵，這在本章第二節已經論及，因此在敘述時間時往往會加上前情、暗場或內心盤算，可以讓觀者容易了解前後劇情的關係，以及該時間在劇情上的意義。而採用「代言體」在對話中點到時間，雖然較合乎戲劇代言的原則，但是在中國古代戲曲觀賞上卻是較不合適，因爲複雜的情節並不符合古代觀者要容易進入劇情的需求，因此通過「敘事體」結合時間推移重複敘述、或具體說明劇情便顯得十分重要，符合古代觀者對於劇情容易了解的需求。本章在討論許多敘述表現時，往往會從觀者易於欣賞的角度進行論述，這種觀賞戲劇的特殊角度，本文在第四章第二節有更完整的論述，所以此處仍然就時間這個議題進行討論。

貳、「抒情時間」的表現方式

以上是討論元雜劇中「表面時間」的表現方式，然而我們認爲元雜劇除了表面時間外，尚有潛藏的時間，而這種潛藏的時間在曲文抒情時表現的特別明顯，這種潛藏時間的發掘可以從小說論起，小說作者不受篇幅的限制，因此在敘事的安排與掌握上更爲自由、多變。在小說中「劇情時間」短而篇幅長，就表示該段爲重點，敘述節奏較爲緊湊，讓觀者的心理時間變得漫長；反之「劇情時間」長而篇幅短，則敘述節奏較爲舒緩，讓觀者的心理時間縮短。金健仁在《小說結構美學・時間》中云：

> 凡是人物命運的轉折關頭、關鍵時刻，讀者在心理上都會產生巨大的期待，他們想把這一「現在」、這一時刻、這一瞬息拴住、釘牢，甚至從宏觀世界中摘除出來進行微觀分析。〔註 157〕

從金健仁的話中我們可以看出小說是隨時可以進行細部描寫，因爲篇幅並不會限制住小說作家的敘事，所以像托爾斯泰筆下的安娜・卡列尼娜的自殺動作，在劇情時間中只是瞬間，但卻用了極長的篇幅敘述。〔註 158〕小說不受篇幅影響可以隨時作人物的細部刻畫，但元雜劇卻無法採取相同的敘述方式，

〔註 157〕語見金健仁著：《小說結構美學》（台北：木鐸出版社，1988 年），頁 35。

〔註 158〕詳見列夫・托爾斯泰（л. Н. ТолстоЙ）著，草嬰譯：《安娜・卡列尼娜（下）》，收於《托爾斯泰小說全集（五）》（台北：遠流與木馬文化合作出版，2002 年）頁 969～970。

因爲作者受到篇幅的限制，如果將「表面時間」暫停作細部的刻畫，將會佔去太多的篇幅，致使事件無法完整呈現。但這並不是說元雜劇不會對人物內心進行深入的刻畫，反而在元雜劇中劇中人物情感的抒發往往是一劇的重點，在此似乎產生了既要細部刻畫又要節省篇幅的矛盾，這種矛盾就可以從潛藏在曲文中的時間來思考，我們將此一潛藏時間稱爲「抒情時間」。

元雜劇中的「抒情時間」，可以從劇本中抒情「蓄勢」的功能來思考，以下先將《東牆記》與《倩女離魂》的第一折從情感深度、「戲劇時間」與「表面時間」作結合，通過三者的對照標示出「抒情時間」的位置。以下「圖一」、「圖二」是分別將《東牆記》中主唱人物董秀英與《倩女離魂》中主唱人物倩女的情緒起伏與「表面時間」、「戲劇時間」結合畫爲圖式。

圖一：《東牆記》第一折「情感深度」與「表面時間」、「戲劇時間」、「抒情時間」之關連圖式

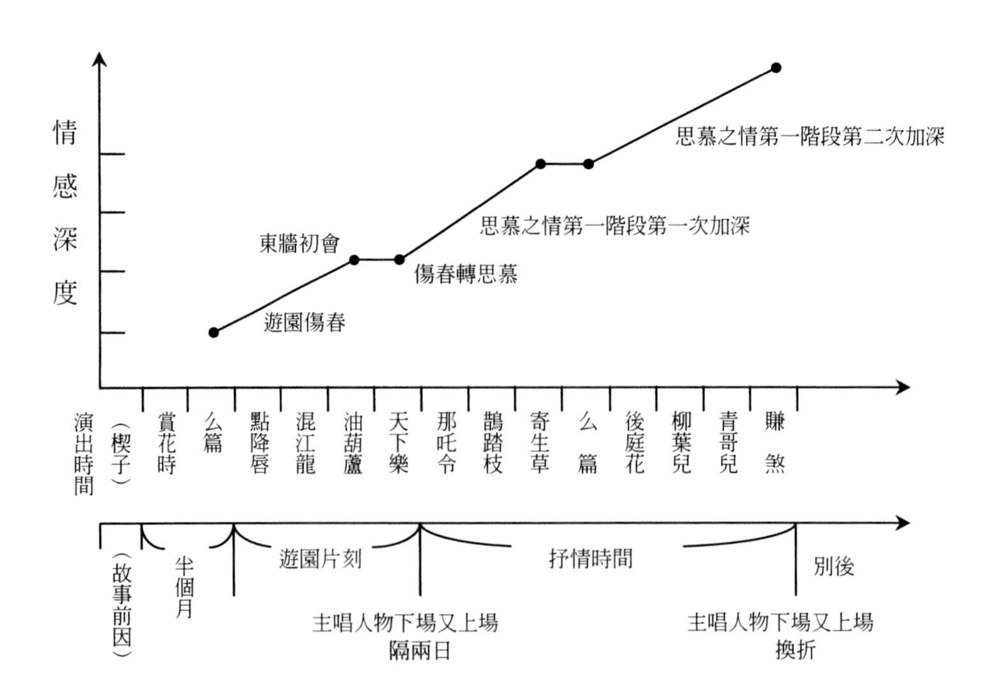

圖二：《倩女離魂》第一折「情感深度」與「表面時間」、「戲劇時間」、「抒情時間」之關連圖式

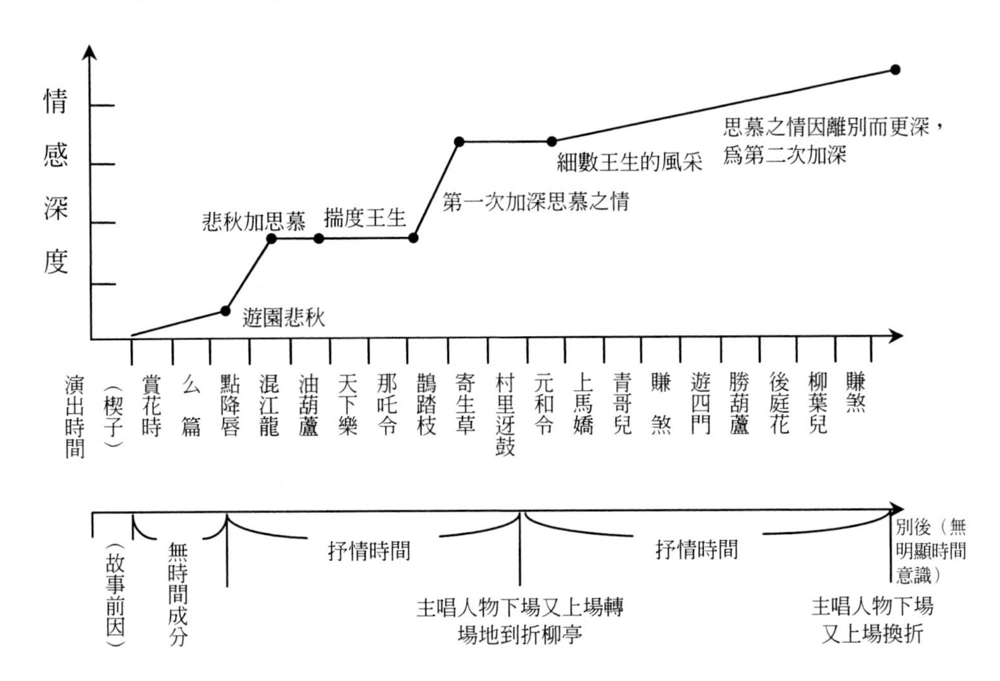

從上列《東牆記》第一折與《倩女離魂》第一折的圖式，可以觀察出四個現象：

一、兩支曲子之間藉由人物的上下場，可以自由變換時間。這點在上文已經論述過了。

二、「表面時間」與「戲劇時間」的長度似乎沒有必然性的關係。如片刻的「表面」時間使用四支曲子，無「表面時間」流動使用八支曲。又如在楔子中可以用說白或加兩支曲子就可以帶過一段較長的時間段落，並交代故事前情。

三、「表面時間」不一定貫串全劇都有明顯表現，也就是說不一定察覺得出「表面時間」的成分。這與小說中將時間微觀放大，描述人物內心的情緒轉折，讓一瞬間擴張這種刻意為之的敘事手法不同，小說中時間流速變慢是為了敘事的效果，因此時間流速雖然變慢，但時間意識反而更強烈。但元雜劇則不然，人物在抒發內心情緒時，「表面時間」多半會模糊甚至感覺不到，但這時劇情仍然是往前發展。

四、不管劇情時間流動與否，人物內心情緒仍會持續起伏發展。

由以上的觀察，我們會發現一個問題，即元雜劇「戲劇時間」不斷移動，但「表面時間」卻未隨之推移，那麼建立在「表面時間」軸線上的情節該如何發展？誠如胡亞敏所云：「敘事文屬於時間藝術，它須臾離不開時間。取消了時間就意味著取消了敘事文。在這個意義上時間因素和敘述者一樣，是敘事文的基本特徵。〔註 159〕」胡氏在此指出了敘事文學與時間的不可分割性，且戲劇是動態的，必須貼合在時間軸搬演，情節的發展與時間是密不可分，因此我們認爲元雜劇在抒情而無明顯時間意識時仍有時間之流動。在小說中，如果停下來敘述人物的內心世界，其反映的是人物經歷作者安排的情節後內心情緒的轉折、波動，不一定構成一個情節，爲當下瞬間片刻的放大，時間在此可以無限擴張。但元雜劇中則不然，元雜劇並不一定明顯將時間停止，如前引的《東牆記》與《倩女離魂》的第一折人物在內心世界的波動並沒有與「表面時間」相接，也看不出是否爲瞬間片刻的放大，但已知的是人物內心的起伏波折構成一個情節並與前後劇情有相互因果的關係，我們認爲在這種情況下的元雜劇是有自己的「抒情時間」代替「表面時間」向前推移，「表面時間」不在主唱人物唱曲時作大幅的跨度，而在主唱人物開始唱曲前，先通過賓白將「表面時間」調整至所需要的位置，然後進入「抒情時間」開始抒情。

在舉出的《東牆記》與《倩女離魂》的第一折中，「表面時間」只在主唱人物開始唱曲前流動，到了主唱人物開始唱曲後「表面時間」開始模糊，甚至感受不到，但是情節發展並沒有因此停頓，如《東牆記》的第一折雖然著重在董秀英內心世界的刻畫，不過也仍然在抒情「蓄勢」，爲構成「戲劇性情節鍊」的其中一個環節。因此能合理推測在主唱人物抒情唱曲時仍然有一個時間在流動，但並不是「表面時間」。我們認爲人物內心情緒深化、抒發的歷程就隱然成爲元雜劇中的時間脈絡，也就是說雖然「表面時間」停止或被忽略，但主唱人物通過唱曲抒發情感卻是流動的，情感抒發、加深的過程就依附在「抒情時間」的時間軸，將「表面時間」、「戲劇時間」與「抒情時間」畫爲圖式就可以明顯看出三者之關係。圖式如下：

〔註 159〕參見胡亞敏著：《敘事學》（武漢：華中師範大學出版社，1998 年），頁 63。

圖四：抒情時間、戲劇時間與表面時間關連圖式

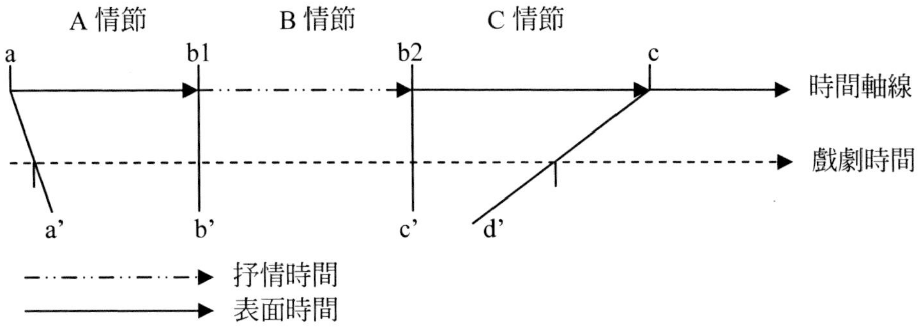

A 情節　B 情節　C 情節
a　b1　b2　c
時間軸線
戲劇時間
a'　b'　c'　d'
抒情時間
表面時間

這個圖式代表的意義是 A 情節依附在 a—b1 的「表面時間」，所花的「戲劇時間」爲 a'—b'，C 情節依附在 b2—c 的「表面時間」，所花的「戲劇時間」爲 c'—d'，然而在 A 情節之中 C 情節尚有一個 B 情節，佔有「戲劇時間」b'—c'，然而卻不佔有「表面時間」，故以 b1—b2 言之，但 B 情節雖不佔有「表面時間」，但卻又具有時間性，並可以連結前後的「表面時間」，這就是「抒情時間」。我們從這個圖式可以觀察到以下四點：

一、A 情節所佔「表面時間」的跨度雖然較大，但其在演出中的時間未必較長，這代表著「戲劇時間」與「表面時間」的長度沒有必然關係。

二、「表面時間」仍然是 A 情節所依附的時間脈絡，因爲如果少了 a—b1 的「表面時間」，我們將無法將 A、B、C 三個情節關連起來，因爲就算 A、B、C 情節之間是屬於因果關係，但這個關係還是建立在時間上。

三、A、B、C 情節還必須建立在「戲劇時間」的脈絡上，在元雜劇中呈現的是順敘的「戲劇時間」脈絡。

四、「表面時間」在進入 b1 點後，就呈現了一種模糊的狀態，因爲在此處並無法確定 b1—b2 爲一段「表面時間」，並且被 B 情節所依附。所以我們認爲 B 情節是進入「抒情時間」，這個「抒情時間」近於「當下」，此處所言「當下」這個時間是趨近眞實演出的時間，也就是演員的時間在此時近同於觀者，這會讓觀者感受到主唱人物情緒的實際起伏狀態，使得戲劇更眞實與動人，而不是在壓縮的時間中，對

主唱人物作有距離的觀看，而是更接近主唱人物的心靈世界。不過這個「當下」的時間又可連結 a、c 時間點，因此又不脫離「表面時間」而獨立存在，但又不完全等同於「表面時間」，所以我們將這個由人物內心所延展出來的時間稱爲「抒情時間」以有別於「表面時間」。它不只爲「戲劇時間」與「表面時間」之間的模糊地帶，也是眞實與虛擬的橋樑。

若舉《東牆記》爲例，第一折包括楔子在內共有四個「戲劇性情節」，可畫爲圖式如下：

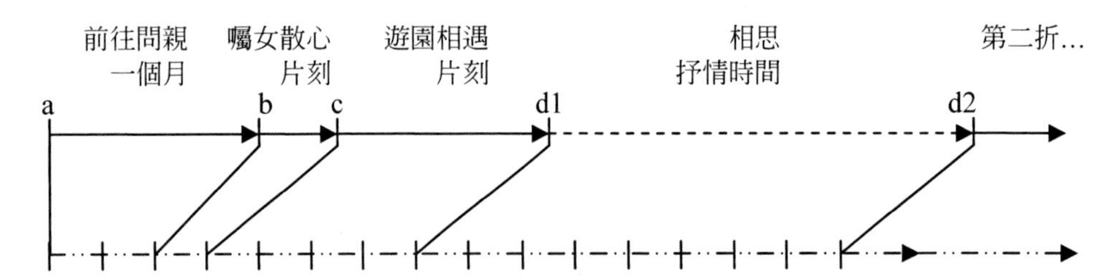

上圖代表的是《東牆記》第一折中「戲劇時間」與「表面時間」、「抒情時間」對應關係，在「前往問親」這個情節中共經過一個月的「表面時間」，但所花去的「戲劇時間」僅兩支曲子，而「遊園相遇」這個情節雖然只是遊園片刻，但卻是花了四支曲子的時間，這時董秀英下場後旋即上場，並通過賓白敘述時間已過一日，也就是「表面時間」進入 d1 時已是隔日，而「相思」這個「戲劇性情節單位」是從「表面時間」進入 d1 後開始，這時「表面時間」就隱藏起來，取而代之的是「抒情時間」，這時董秀英抒發情緒所佔的時間，爲八支曲子，這八支曲子所花的時間是董秀英抒情所需的時間，也是觀者感受到董秀英心理變化的時間，此時觀者與董秀英心理變化的時間幾乎一致的，這時劇中時間的流動就近同於眞實時間的流動。總言之，主唱人物通過唱曲抒發、深化情感的部分，仍有一時間脈絡，可稱之爲「抒情時間」。此「抒情時間」不等於「表面時間」，而是在「表面時間」停頓或隱藏、模糊時繼續流動，然又不完全等同於現實時間，因爲它仍然是存在於劇本、舞台之中，只是它的流速近同於現實時間。

因此「抒情時間」可以視爲元雜劇除「表面時間」、「戲劇時間」外的第三時間，而此一「抒情時間」與敘事表現密切相關，主要可從以下四端論之：

一、在「表面時間」隱藏或模糊時，使情節發展仍有可以依存的時間軸線。

二、通過「抒情時間」可以將元雜劇情節發展與抒情的「蓄勢」功能結合在時間軸線上。曲文抒情的「蓄勢」功能是推動元雜劇情節發展的要素之一，「蓄勢」的過程本身既呈現出「抒情時間」又是情節推展的一環，由此可知情節的推展是會依附在「抒情時間」的軸線上。

三、「抒情時間」會使觀者在觀看時由原本表面時間的虛擬，進入現實時間的眞實，讓觀者在觀看時，更容易感受到演員情緒的起伏，而有擬眞的效果，不會因爲舞台上的時間不同於舞台下的時間而產生距離，可以同步感受到演員情緒的變化，更深刻體會演員所蓄積的情感力量，讓曲文抒情的「蓄勢」功能能夠更有效果，所爆發的情感也更有說服力。

四、人物內心的刻畫本身就是情節發展的一部分，加上人物內心刻畫就是「抒情時間」的一部分，因此雖然「表面時間」隱藏或模糊時，但劇情仍然是往前發展，由此既可以顧到人物內心的細部描寫，同時也不會因爲時間暫停、劇情就跟著暫停，而佔去了太多的篇幅。

第五節　小　結

本章討論元雜劇敘述表現是以文體架構中的敘事要素爲基礎，以此呈現文體要素在敘事上的作用，主要從「代言體與敘事體同構的敘事角度」、「情節推展上的特徵」、「抒情在敘述表現上的『深化』與『蓄勢』」、「元雜劇敘事中的時間意識」等四方面論述，以下即從此四者概述本章研究心得。

一、代言體與敘事體同構的敘事角度

元雜劇中的「敘事體」與「代言體」共同構成元雜劇的敘事角度，有以下幾點特徵：

（一）以曲文與賓白作爲表現的媒介。

（二）在「代言體」情形下「敘述者」基本上都是以「第二人稱」或「人名特稱」指稱「受述者」；「敘事體」則是以觀眾爲「受述者」。

（三）「探子出關目」是「敘事體」與「代言體」的結合，此時「受述者」同時爲場上人物與場下觀眾。

（四）元劇以「代言體」爲主要表現方式的前提下，人物的「視角」多半呈現出限知的觀點，並是一個「個性視角」，其「視角」問題較

為單純，於此藉由「視角」引出「聚焦」問題，當劇中「敘事體」轉為「代言體」時，「外部聚焦」也會轉為「內部聚焦」，原本被聚焦的人物，也轉為「聚焦者」。

二、情節推展上的特徵

情節鋪排、推展的特徵主要從「敘事體在情節推展上的效用」、「敘述的鋪張與重複」與「二分敘述」等三方面進行討論。

（一）敘事體在情節推展上的效用

敘事體在情節推展上的效用主要有二：一為「連結情節」；二為「輔助情節之推展」。「連結情節」主要有「敘述故事前因」、「敘述暗場」、「重敘前情」、「敘述盤算、動向」等四項敘述方式；「輔助情節之推展」主要有「描述人物、景色」、「預言劇情」等兩項敘述方式。

從這六項敘述方式，可以歸結出元雜劇在情節推展上的效用的七點敘述特徵：

1. 元雜劇通過「敘事體」的連結劇情。
2. 利用「敘事體」使場上情境快速進入劇情。
3. 利用「敘事體」可將人物眼見之事物呈現在觀者面前。
4. 利用「敘事體」說明劇情前因、暗場、或略言發生過的情節，讓觀者不需思索即可融入劇情。
5. 利用「敘事體」預言劇情，讓觀者預先了解情節發展，也讓劇情前後照映，增加情節發展的合理性。
6. 有效的聚焦，利用「敘事體」將場上人物與觀者同時聚焦在被敘述的對象，可以深化被敘述者的形像。
7. 用「敘事體」敘述時，有時會鋪張，可以讓情節推展不致單調。

（二）敘述的鋪張與重複

「敘述的鋪張與重複」主要從「鋪張」與「重複」兩者討論元雜劇情節推展上的特徵。

元雜劇中的「鋪張」特徵主要呈現在「試說一遍」這個敘述方式，「試說一遍」除了鋪張的基本特徵，並達到豐富表演內容的功能（如敘詩作、敘景物），以及作為構成情節的一部分外，還可以進一步分析其在敘述表現上的三種類型：一、「複現與推動情節」；二、「提出價值判斷」；三、「塑造人物形象」。

「試說一遍」的敘述模式在元雜劇中是被普遍使用的，但又是以對話的方式進行，有別於「敘事體」獨白的方式，構成了元雜劇另一種獨特的敘述方式。「試說一遍」的敘述模式主要有三點特徵：

1. 元雜劇中使用「試說一遍」的敘述方式十分頻繁，成爲元雜劇中的一種特殊敘述模式。
2. 「試說一遍」的敘述模式是使用「代言體」，維持了戲劇的特徵，卻又有「敘事體」敘述事件的功能。
3. 「試說一遍」的敘述模式一方面能夠鋪張敘述，以豐富表演內容，一方面又能夠達到情節推展、人物塑造、下價值判斷的效果。

元雜劇中的「重複」特徵則主要表現在敘述內容以及動作，敘述內容的重複能讓觀者更容易、隨時融入劇情，並有集中劇情的效果，由於「敘事體」雖然可以幫助情節之推展，並讓觀者更熟悉故事情節的內容，但「敘事體」多數是作爲該段情節之開端或總結，故事情節的發展仍然以人物的互動爲主，也就是通過「代言體」的方式進行，因此在劇本中就會出現「敘事體」說過一遍，又以「代言體」敘述一次，或「代言體」敘述一次，又以「敘事體」說一遍的情形，此種情形即是元雜劇在劇本中同時並存、並重「敘事體」和「代言體」兩種敘述方式所呈現出的敘述特徵。而動作的重複則可讓每個演員都有亮相、說話表演的機會，讓觀者欣賞不同演員、腳色、人物的技藝呈現，以增加舞台表演的可看性，然而若演員技藝不夠精湛，就難以在個人表演時間中達到娛樂觀眾的目的，便容易讓人感到枯燥冗長。這種敘述模式呈現出元雜劇不以情節作爲唯一的審美判準，而是會因應吸引觀眾的娛樂目的，遷就舞台表演可看性，在情節發展中增加一些枝葉。

（三）二分敘述

「二分敘述」指的是元雜劇劇本中往往會藉由劇中人物對一件事的兩種可能發展進行敘述，先揭示劇情的兩種可能發展脈絡，再由人物的主動選擇或命運的發展，來決定劇情的發展方向，這是自覺的將劇情兩種可能發展脈絡直接加以呈現。「二分敘述」不但使劇情簡化判分爲二，連「人物」這個推動劇情的主體也因此簡單且極端的判爲善惡兩類。劇情單純分爲善惡兩線，一方面讓觀者容易明白劇情的發展脈絡，一方面也可以輕易的扭轉情節發展。

三、抒情在敘述表現上的「深化」與「蓄勢」

「深化」功能是指曲文的抒情性在衝突呈現上具有加深、突顯衝突的功能，主唱人物的衝突往往通過曲文表述，曲文除了具備呈現衝突的媒介的工具性外，其抒情功能讓衝突更加深刻，也更突顯了衝突。「蓄勢」功能則是在元雜劇抒情的情節中，通過曲文的抒情特性快速蓄積力量，形成一種情勢，讓情節合理化、更眞摯動人。通過曲文抒情可以「深化」衝突，可以看出曲文的抒情性具有累積情感、強化情感的作用，我們進一步觀察到這種「深化」功能，會在情節發展上蓄積力量，形成情勢，產生「蓄勢」的功能。在元雜劇中時常使用曲文的抒情特質來「蓄勢」，加強人物情感的深度，蓄積力量，形成一種情勢，使得短篇幅的元劇可以快速進入高潮，並使人物的情感合理化，這是元雜劇敘述上的一大特徵，元雜劇中通過「蓄勢」加深人物的情感深度，由人物抒情來推動劇情的發展，並使劇情的發展合理化，一層一層的加深，而不致有天外飛來的突兀之感。也就是說長時間的唱曲抒情表現，不單僅僅只是抒情，更有推動情節、促使情節合理化之作用，在此抒情與敘事就通過曲文結合爲一了。

四、元雜劇敘事中的時間意識

基本上從元雜劇劇本中可以區別出兩種時間：一爲「表面時間」、二爲「戲劇時間」。「表面時間」就是劇情所依附的時間軸線，不管是倒敘、預敘、順敘都是在同一個時間軸線上流動，然元雜劇的時間流動表現除了「表面時間」外，尙有潛藏的時間軸線，這種潛藏的時間在曲文抒情時表現的特別明顯，我們暫將此一潛藏時間稱爲「抒情時間」。元雜劇劇本中大多是以賓白表現「表面時間」，然又可進一步分爲「敘事體」與「代言體」兩者，劇中人物在使用「敘事體」敘述時間時往往會結合動向、盤算，說明自己下一步的動向，這是點出時間後，結合下一段劇情，讓點出的時間有連結前後情節的作用。而以「代言體」來表現表面時間流動的方式，是元雜劇在標示時間時較少採用之方式。

至於「抒情時間」不等於「表面時間」，而是在「表面時間」停頓或隱藏、模糊時繼續流動，然又不完全等同於現實時間，因爲它仍然是存在於劇本、舞台之中，只是它的流速近同於現實時間。「抒情時間」與敘事表現密切相關，主要可從以下四端論之：

（一）在「表面時間」隱藏或模糊時，使情節發展有可以依存的時間軸線。

（二）通過「抒情時間」可以將元雜劇情節發展與抒情的「蓄勢」功能都結合在時間軸線上。

（三）「抒情時間」會使觀者在觀看時由「表面時間」的虛擬，進入「表面時間」時間的眞實，讓觀者更容易感受到演員情緒的起伏，更深刻體會演員所蓄積的情感力量，讓曲文抒情的「蓄勢」功能能夠更有效果，所爆發的情感也更有說服力。

（四）「抒情時間」在「表面時間」隱藏或模糊時，可以顧到人物內心的細部描寫，和情節發展，不會因爲時間暫停、劇情就跟著暫停，而佔去了太多的篇幅。

第四章　元雜劇用事的虛實與熟奇

敘事文學作品的主要特徵爲敘事，即在觀者面前展示一件或多件事，並企圖使觀者通過該事了解、認同作者所欲表達的內在情志，如果站在事與情志密不可分的角度思考，事的信與不信會引起觀者理智的判斷，若所述之事無法取信於觀者，那麼又如何激起觀者情感的波動，或是進而認同作者所欲闡釋的「價值意向」？所以敘事文學作品無可避免的會面臨到故事劇情是否能取信於觀者的問題，但是何謂敘事文學的「信」？「信」的內涵與標準爲何？要解決這些問題就必須從事的內容進行思考。

本文所謂的「用事」是相對於「敘述」而言，指涉爲被敘述的對象，在戲曲中主要以「故事題材」界說被敘述的對象，因此故事題材所包含的內容就爲討論的焦點。釐清故事題材的內容第一步通常是考其本事所承，如羅錦堂的《現存元人雜劇本事考》第二章中就先述該劇故事梗概，並考其所承出處〔註1〕；又如河北教育出版社出版之《全元曲》在每一雜劇後也羅列了該劇可能的本事淵源。〔註2〕在此之上對故事題材的內容作仔細的分析，如游宗蓉先生的《元雜劇排場研究》就分析了元雜劇劇本的排場措置，在該書附錄中羅列出每一元雜劇劇本的分場情形，而每一排場也正是一個「情節單位」，因此這也是對元雜劇劇本的故事題材進行細部分解。〔註3〕然而除了說明與分解

〔註 1〕詳見羅錦堂著：《現存元人雜劇本事考》（台北：中國文化事業股份有限公司，1960 年），頁 103～418。

〔註 2〕詳見徐征、張月中、張聖潔、奚海主編：《全元曲》（石家莊：河北教育出版社，1998 年），第一～九卷每劇劇末。

〔註 3〕詳見游宗蓉先生著：《元雜劇排場研究》（台北：文史哲出版社，1998 年），頁 229～359。

劇本的本事外，針對劇情的某些特質進行具同別異的分類工作也是不可缺少的，元雜劇劇作分類問題自《太和正音譜》開始即被重視，在《太和正音譜》中將元劇依所敘之「事」的內容，分爲神仙道化、隱居道樂、披袍秉笏、忠誠烈士、孝義廉節、叱奸罵讒、逐臣孤子、鏺刀趕棒、風花雪月、悲歡離合、烟花粉黛、神頭鬼面等十二類〔註 4〕，但其分類存在著標準模糊或重疊的情況，如煙花粉黛與風花雪月；孝義廉潔與叱奸罵讒；忠誠烈士與叱奸罵讒等等，從劇本內容似乎無法清楚分別其中差異。於是有學者進行這方面的研究，如羅錦堂在《現存元人雜劇本事考》〔註 5〕、游宗蓉先生的《元明雜劇之比較研究——以題材爲核心之探討》〔註 6〕、劉淑爾的《元雜劇情節單元與故事類型研究》〔註 7〕等，在元雜劇故事題材的分類上已經獲得相當的研究成果。又顏天佑在〈從俗套蹈襲看元雜劇的結構〉一文中亦對元雜劇中故事題材、情節的襲用情形、原因等論題作了清楚的討論。〔註 8〕所以本章並不蛇足於這些論題上，而是藉由既有的研究成果進一步從敘事的角度思考元雜劇的用事表現。

隨著考訂出劇本本事出處，就會進一步對照故事題材來源與劇本本身敘述內容，由此故事題材就可能具備符合故事來源或不符合故事來源兩種情況，所以產生關於戲曲虛實的論述，隨著對戲曲本質的認定不同，因此就會對戲曲的虛實表現有不同的評價或要求。所以本章第一節中先討論戲曲虛實的內涵與關係，再進一步以元雜劇的文體架構與本質內涵爲論述基礎，通過元雜劇敘事結構思考元雜劇中用事虛實的表現與內涵。由此就可以涉及到「事」的眞實與虛構，可以初步討論到信的問題。其次，元雜劇劇本所述之

〔註 4〕參見（明）朱權著：《太和正音譜》（台北：學海出版社，1991 年，再版。此版本爲影印民國九年上海商務印書館輯印之涵芬樓密笈第九集所收之「太和正音譜」，即是根據影寫洪武間刻本，用照相石印之版本），頁 35。

〔註 5〕《現存元人雜劇本事考》第三章中將元雜劇分爲歷史劇、社會劇、家庭劇、戀愛劇、風情劇、仕隱劇、道釋劇、神怪劇八類，這是就題材進行分類。參見羅錦堂著：《現存元人雜劇本事考》，頁 419～452。

〔註 6〕這是對元明雜劇的題材作完整的分類與比較、探討。詳見游宗蓉先生著：《元明雜劇之比較研究——以題材爲核心之探討》（台北：學海出版社，1999 年）。

〔註 7〕劉氏提出「情節單元」觀念將元雜劇劇目分門別類，並將劇目中成故事類型與不成故事類型的劇目作一區別，再以比較分析的方式，論述各故事類型的特色，是將小說的研究方法運用在研究元雜劇分類問題上，提供了新的思考方式。詳見劉淑爾著：《元雜劇情節單元與故事類型研究》（文化大學博士論文，1995 年）。

〔註 8〕參見顏天佑著：《元雜劇八論》（台北：文史哲出版社，1996 年），頁 169～212。

事雖有點染，然多有所本，由此可以思考點染有本之事與「信」之間是否有所關連，本章第二節就從「熟」與「奇」討論此一現象，先說明「熟」、「奇」兩個概念的內涵，再討論元雜劇中「熟」、「奇」與用事表現之間的關係，並進一步討論與「信」之關連。

第一節　虛實的概念內涵與元雜劇用事的虛實表現

本節主要在討論虛實的概念內涵，並進一步討論元雜劇用事的虛實表現。以下分為兩大點進行討論，首先先說明戲劇中虛實的概念內涵，並提出虛與實之間的可能關係；其次從虛實材料的選擇、運用虛實的方法兩個角度來討論元雜劇中用事的虛實表現，並討論其運用虛實的內在規律。

壹、戲劇中虛實的概念內涵

虛實在古典曲論乃至於古典文學批評中皆為重要而可以獨立成論的一組批評概念〔註9〕，因此如李惠綿先生在《戲曲批評概念史考論・虛實論》立了專章加以討論，李先生以王世貞、田藝蘅、胡應麟、徐復祚、謝肇淛、王驥德、李漁、孔尚任、李調元、凌廷堪、焦循、姚燮等人的說法為研究對象討論古典曲論中的「虛實」概念，就「戲劇題材」、「運用題材之方法」、「創作技巧及意境」、「戲劇、歷史與人生之關係」、「戲劇本質」等五方面進行歸納討論，以此五方面確可清楚剖析虛實論之內涵。不過對於虛實論還可有不同的切入進路，本小節就先討論針對劇本內容的虛實論之概念內涵，下一小節再進一步討論虛實與元雜劇劇本用事表現之關係。

關於劇本中的「虛」與「實」，我們可以從謝肇淛《五雜俎》中的一段話討論起，他說：

> 《西遊記》曼衍虛誕，而其縱橫變化，以猿為心之神，以豬為意之馳，其始之放縱，上天下地，莫能禁制，而歸於緊箍一咒，能使心猿馴伏，至死靡他，蓋亦求放心之喻，非浪作也。〔註10〕

此處謝肇淛所謂「曼衍虛誕」指涉的是故事情節的虛幻不合實際，而在「猿為心之神，以豬為意之馳」等縱橫變化之處隱含作者價值意向之所在。也就

〔註9〕如葉長海即有〈中國藝術虛實論〉一文，收於葉長海著：《中國藝術虛實論》（台北：學海出版社，1997年），頁1～37。

〔註10〕參見（明）謝肇淛著：《五雜俎》（台北：新興書局，1971年影印明萬曆刻本），頁1287。

是說在此可將虛實分成「方法意義」、「目的意義」兩層涵意，「曼衍虛誕」爲表現方法，爲「方法意義」；「求放心之喻」爲作者的價值意向，爲「目的意義」。然而除了這兩種意義外，我們從王驥德《曲律・雜論》中的一段話還可以看出虛實的第三種意義，其云：

> 劇戲之道，出之貴實，而用之貴虛。《明珠》、《浣紗》、《紅拂》、《玉合》，以實而用實者也；《還魂》、《二夢》，以虛而用實者也。以實而用實也易，以虛而用實也難。〔註11〕

王驥德所言「出之貴實，而用之貴虛」句，葉長海認爲應有三層內涵：一爲取材從實，而處理從虛；二爲目的求實，而方法求虛；三爲思想爲實，而形相爲虛。〔註12〕葉氏之說完備的解釋此段文字，然而我們認爲「出之貴實，而用之貴虛」句應與後言「以實而用實」、「以虛而用實」並觀之，因爲此爲同一條目下的論述。就「以實而用實」句，我們可以理解前一「實」爲「材料意義」，後一「實」爲「方法意義」，此言《明珠》、《浣紗》、《紅拂》、《玉合》皆爲有本之劇本，故爲實，而其表現手法較少點染，趨近故實，所以爲實。而「以虛而用實」句，「虛」爲材料意義，「實」爲方法意義，此言《還魂》、《二夢》爲無本之劇，，而表現卻極爲深刻，似曾發生過的事，所以爲實。由此再回頭觀其所言「出之貴實，而用之貴虛」，可知此指劇本創作應依據在一定的眞實性上，不可過於誇大而與眞實世界相去甚遠，然又不可全眞，如此則失去鮮活的動力，因此「出之貴實，而用之貴虛」此爲一組辯證性的概念，實中有虛、虛中有實不可偏一，虛實相成。所以王驥德說「以實而用實也易，以虛而用實也難」，這是說實者實之爲理所當然之事，故其難度較低，而虛者實之，虛實相成爲匠心之所在，故其難度較高，顯示在創作上兩者的難度不同。從王驥德的論述中可以看出有虛實的「方法意義」，及「材料意義」，「材料意義」即爲虛實論的第三種意義。

由此三種意義，我們可以進一步分析劇本中的虛實概念，筆者認爲「實」在古典曲論與戲劇表現主要指涉有三：

〔註11〕參見（明）王驥德著：《曲律》，收於中國戲劇研究院編校重排：《中國古典戲曲論著集成・第四冊》（北京：中國戲劇出版社，1959年。以讀曲叢刊本爲底本，據明天啓原刊本校補），頁154。

〔註12〕詳見葉長海著：《曲律與曲學》（台北：學海出版社，1993年），頁56～58。

一、「材料意義」上的「實」

指具備故事題材來源，並符合故事來源所呈現的事實，我們可以稱爲「取材之實」，所取之材可以爲眞人眞事，即笠翁所謂：「今者，耳目傳聞，當時僅見之事也。」〔註13〕，也可以是書籍所載之古事，即笠翁所謂：「古者，書籍所載，古人現成之事也。」〔註14〕，亦爲謝肇淛所說：「戲文如《西廂》、《蒙正》、《蘇秦》之屬猶有所本」的「有所本」〔註15〕。

二、「價值意義」上的「實」

指具備被普遍認同的價值意向，我們可以稱之爲「價值之實」，就如前文所提到王陽明認爲戲曲應有教化功用，應演出「忠臣、孝子故事」，此處臣「忠」、子「孝」即爲一種普世價值，故爲「價值之實」。

三、「方法意義」上的「實」

指剪裁題材、安插情節的方法使劇本表現近於眞實生活，或忠於原著而盡量不加以點染、篹寫，我們可以稱爲「表現之實」。此即笠翁所謂：「實則實到底」〔註16〕。

由上述三種「實」的不同概念意義，我們也就可以對立出「材料意義」、「價值意義」、「方法意義」等三種不同意義的「虛」，我們稱之爲「取材之虛」、「價值之虛」、「表現之虛」，以下分述之。

一、「取材之虛」

指的是作者憑空虛構爲無所本的故事，或者是劇中某些無所本或加以損益緣飾的情節、人物，此即笠翁所謂「空中樓閣，隨意構成，無影無形。」〔註17〕如《竇娥冤》雖有所本，然張驢兒父子、竇天章、賽盧醫等人物，「典賣幼女」、「勒殺蔡婆」、「張驢兒逼親」、「索討毒藥」、「誣陷」、「鬼魂訴冤」等場皆作者增加之情節〔註18〕，爲《淮南子》、《說苑・貴德》、《漢書・雋疏

〔註13〕參見（清）李漁著：《閒情偶記・詞曲部》，收於中國戲劇研究院編校重排：《中國古典戲曲論著集成・第七冊》（北京：中國戲劇出版社，1959年。以清康熙十年翼聖堂刻本爲底本，另以清雍正八年芥子園刻《笠翁一家言全集》本補），頁20。

〔註14〕同上註。

〔註15〕參見謝肇淛著：《五雜俎》，頁1287～1289。

〔註16〕參見《中國古典戲曲論著集成・第七冊》，頁21。

〔註17〕參同上註，頁20。

〔註18〕羅錦堂〈現存元人雜劇本事考〉中列出《漢書・卷四十一》〈于定國傳〉、晉

于薛平彭傳》、《搜神記》、《後漢書・循吏列傳・孟嘗》、《孝子傳》等本無。〔註 19〕

二、「價值之虛」

指的是未受到社會多數或普遍價值意向的認同，這些價值意向或許爲單一地方、小眾所認同，但並無法成爲一種普世價值，如前文所舉《小孫屠》之例，其焚兒救母之事，就其救母之「孝」而言爲「價值之實」，然而其焚兒之事則違反於五倫中的父子倫，因此爲「價值之虛」。

三、「表現之虛」

指全劇皆脫空杜撰、虛構，此即笠翁所謂「虛則虛到底。」〔註 20〕或虛構或損益改動部分情節、人物，此即王驥德《曲律・雜論》中云：「於古人事多損益緣飾爲之」、「本古史傳雜說略施丹堊，不欲脫空杜撰」〔註 21〕伯良所舉兩種情況皆屬之。

以上六點是我們分析劇本虛實的六種概念內涵，然而在分析此六種概念後，我們仍然需要釐清「取材」與「表現」的關係，從上述的討論可以看出「取材」與「表現」之間關係密切，以「取材之虛」和「表現之虛」來看，二者都是在言全劇脫空杜撰或改動部分情節，但是二者的區別在於「取材之虛」強調的是「材料意義」，也就是被虛構的內容，「表現之虛」強調的是「方法意義」強調的是虛構的手法，二者是相即不離的，但卻又不完全相同。通過對此六點的分疏，我們可以由此觀察批評者的對於虛實的看法，如李惠綿先生的分類，其中包括了「材料意義」（「戲劇題材」）、「方法意義」（「運用題材之方法」）並沒有別立出「價值意義」，而李先生所謂「戲劇、歷史與人生之關係」、「戲劇本質」應是批評者做出虛實判斷的評價系統，爲曲家後設的批評，可稱爲「評價意義」，目的是爲了提出虛實的理想關係，這個意義亦是戲曲虛實論中的另一項重要概念，不過由於本文著重在劇本的討論，因此從

干寶《搜神記・卷十一》載東海孝婦事，認爲：「今劇即源於此，但以周青爲竇端雲，並增益張老父子事，益顯竇娥之貞烈，蔡婆之昏庸。」此處雖誤《漢書》列傳四十一爲《漢書・卷四十一》，並未能盡舉載竇娥源流之書，但已指出《竇娥冤》所增改較重要之處。參見羅錦堂著：《現存元人雜劇本事考》，頁 111。

〔註 19〕此數個《竇娥冤》可能之故事來源，爲《全元曲・第一冊》在《竇娥冤》劇末所整理蒐集。詳見《全元曲・第一冊》，頁 299～302。

〔註 20〕同上註。

〔註 21〕參見《中國古典戲曲論著集成・第四冊》，頁 147。

批評家角度出發的「評價意義」就不在討論之列。

若先不論源自批評者的虛實的「評價意義」，則大多數曲家的討論劇本的虛實多是由以上「材料意義」、「方法意義」、「價值意義」等三個概念中的「虛」與「實」加以延伸。曲家依據個人的評價系統賦予戲曲虛實「評價意義」，並從中選擇出符合其「評價意義」的「材料意義」、「方法意義」或「價值意義」，並由於不同的評價系統會有不同的條件限制，因此外延也會跟著不同，包含的種數就會有差異。如曾永義先生提出中國古典戲曲運用虛實的方法，包括「以實作實」、「以實作虛」、「以虛作實」、「以虛作虛」。〔註22〕曾先生所言之「以實作實」乃指劇本「據史傳雜說改編，其關目情節、人物性情很忠實的依照原來敷演，幾不加點染。」爲「實」的「材料意義」與「方法意義」之間的關係，並未涉及到「價值意義」。「以實作虛」指「戲劇雖根據史傳雜說改編，但其關目情節有所剪裁和點染。人物性情有所刻畫跟誇張，由此而寄寓著作者所要表現的思想和旨趣。」包含了「取材之實」、「表現之虛」與「實」或「虛」的「價值意義」。「以虛作實」則指「戲曲是脫空杜撰的，但其內容和思想卻能表達人們的共同心靈和願望。」包含了「取材之虛」、「表現之虛」與「價值之實」。「以虛作虛」指「戲劇是脫空杜撰的，所要表現的也只是作者個人的空中樓閣。」包含了「取材之虛」、「表現之虛」與「價值之虛」。通過以上分析，可以看出曾永義先生提出的四組「虛實」關係中「虛」與「實」並不全在同一概念層位上。如「以實作實」並不與「以虛作虛」爲對立的兩組關係，「以實作實」中作的「實」指涉的是「方法意義」，「以虛作虛」中作的「虛」指涉的是「價值意義」；又如「以實作虛」中作的「虛」指涉的對象應爲「方法意義」，但也加入了「價值意義」。由此可知，由於「虛實」具備了「材料」、「價值」、「方法」三層意義，其下又可分出更細的差別，所以並無法只以「虛實」二字來完整表現其概念內涵。

貳、元雜劇的虛實表現

以上討論了戲曲劇本中存在的虛實內涵，不過在討論元雜劇的用事表現的虛實時，則以「材料意義」與「方法意義」兩者的虛實表現較爲重要，因爲「價值意義」的虛實從劇本就可以分辨，爲非「虛」即「實」的二元對立，然在元雜劇中「材料意義」與「方法意義」兩者的虛實表現，則還可以進一

〔註22〕參見曾永義先生著：《中國古典戲曲的認識與欣賞》（台北：正中書局，1991年），頁309～311。

步做更細部的分解，本小節即從虛實的「材料意義」與「方法意義」討論元雜劇中用事虛實的表現，再進一步思考其中的內在規律。

一、虛實的材料選擇

元雜劇的故事題材雖多有所本，重視「實」的「材料意義」，卻不著重在求「實」的「方法意義」，因此王驥德云：

> 古戲不論事實，亦不論理之有無可否，於古人事多損益緣飾爲之，然尚存梗概。後稍就實，多本古史傳雜說略施丹堊，不欲脫空杜撰。〔註23〕

王驥德認爲古戲（即包含元雜劇）在劇本創作上，多會取材古史雜說，並不會刻意追求脫空杜撰，而是就有本之事再加以修飾增改，意即元雜劇通常是以「取材之實」結合「表現之虛」。又清人凌廷堪（1755～1809）〈論曲絕句〉之十一云：

> 仲宣忽作中郎婿，裴度曾爲白相翁。若使硜硜徵史傳，元人格律逐飛蓬。（下注云）元人雜劇事實多與史傳乖迕，明其爲戲也。後人不知，妄生穿鑿，陋矣。〔註24〕

這段引文隱含了三層意義：首先元雜劇故事題材本於史傳爲「取材之實」；其次所指之事雖本於史傳然多有不合，在創作方法上爲「表現之虛」；最後凌廷堪提出自己的觀點認爲元劇作家「明其爲戲也」，所以不必於不合史傳之處，妄生譏刺、諷喻之說。又明人洪九疇〈三社記題詞〉云：

> 金元以旋，多稱引往事，托寓古人，藉他人酒杯，澆我壘塊，自可隨意上下，任筆揮洒，以故劇曲勘諸史傳，往往不合。〔註25〕

在這段引文中也是認爲元雜劇爲「稱引往事」是「取材之實」，「方法意義」則是隨意上下，任筆揮洒，勘諸史傳往往不合，爲「表現之虛」。又在此涉及了「價值意義」，「壘塊」即指作者所欲表達的情志，在此並未區分虛或實。然可以注意的是洪九疇提出「托寓」的觀點，認爲元雜劇是「托寓古人，藉他人酒杯，澆我壘塊」，這是洪九疇對於戲曲本質的看法，他認爲元劇具備「托寓」的特質爲一種後設詮釋，因此做出「自可隨意上下」的評價判斷，所以

〔註23〕參見《中國古典戲曲論著集成・第四冊》，頁147。

〔註24〕參見（清）凌廷堪著：《校禮堂詩集》，收於《續修四庫全書》編纂委員會編：《續修四庫全書》1480・集部・別集類（上海：上海古籍出版社，2002年據清道光六年張其錦刻本影印），頁23。

〔註25〕參見（明）孫浪著：《三社記》（台北：天一出版社，1983年），頁1。

並不因不合史傳而給予負面之評價。

由此可以對元雜劇劇本的虛實表現有基本的印象，爲使用古人事，加以增益改編，以表達作者之情志。但所謂用「古人事」一語未能完全表達元劇「取材之實」的表現，歷來曲論中往往只及「取材之實」一點，然雖同引史傳、小說、雜記中所記爲本，但仍可再細分爲「實人」與「實事」兩點觀之。「實人」指的是劇中主要人物出自史傳、小說、雜記中所載之人物，此即李漁所謂以古人出名。「實事」指出於史傳、小說、雜記中所載之事。然用「實人」未必用「實事」，反之亦然，由此即沾出虛的「材料意義」。由此可以通過實際劇本的例證將「取材之實」與「取材之虛」的關係再細分爲五：

（一）用「實人」用「實事」

此處指劇中人物有所本，爲實；人物所經歷之事亦載於史籍，爲實。如《豫讓吞炭》記豫讓刺殺趙襄子，替智伯報仇之事，登場人物與事件梗概與《史記・刺客列傳》中所記載的幾乎完全相同，這種幾乎完全依照事件原出文本創作，而只有在小處作文字或人物心理的描述、修飾的劇本，在元雜劇中並不多見，故羅錦堂云：「蓋元人寫劇，穿鑿附會，信手點染，常與史實大相爲午，獨此劇（即《豫讓吞炭》）不僅情節相符，即賓白亦多引用原文字句，此在元劇中爲不可多得之作。」〔註26〕

（二）用「虛人」用「實事」

此處指劇中人物所經歷之事載於史籍，爲實；然人物之名史籍未載，爲虛。如《竇娥冤》本東海孝婦事，在《淮南子》、《說苑・貴德》、《漢書・雋疏于薛平彭傳》、《搜神記・東海孝婦》、《後漢書・循吏列傳・孟嘗》等書中雖有孝婦之事，但不見孝婦之名姓，然在南朝宋人王韶之《孝子傳》「周青」條則已記東海孝婦名周青，然《竇娥冤》只承其故事梗概，於劇中主要人物、非主要人物之名皆出於作者自擬。〔註27〕又如《蝴蝶夢》一劇，本出《列女傳》卷五節義傳「齊義繼母」事，《蝴蝶夢》由此脫出而改爲包拯事。〔註28〕

（三）用「實人」用「虛事」

此處指劇中人物有所本，爲實；然其事不見於史籍，爲虛。如《謝天香》演柳永與官妓謝天香相戀，後柳永狀元及第，經開封府尹錢可之成全，終成

〔註26〕詳見羅錦堂著：《現存元人雜劇本事考》，頁278～281。

〔註27〕詳同上註，頁110～112。

〔註28〕詳同上註，頁108～109。

眷屬。柳永其人雖不載於正史，然於筆記、小說中多有記載，然「諸家傳述，雖互有詳略，但咸稱永倜儻不羈，詞華絕世，以失意於功名，溷跡煙花叢中，日與諸妓飲酒塡詞，備受妓輩擁戴。」〔註29〕在柳永〈鶴沖天〉詞亦自述云：

> 黃金榜上,偶失龍頭望。明代暫遺賢，如何向。未遂風雲便，爭不恣狂蕩?何須論得喪。才子詞人，自是白衣卿相。　　煙花巷陌，依約丹青屏障。幸有意中人，堪尋訪。且恁偎紅翠，風流事，平生暢。青春都一餉。忍把浮名，換了淺斟低唱。〔註30〕

由此與史籍並觀可知其人於宦途並不得意，《謝天香》中所言狀元及第事，爲作者增補，非實也。而狀元及第決定了柳永與謝天香的相諧，若無狀元及第一事則本劇根本無從開展、結束。這種情況就是援用古人名，而不用古人事。又如某些龍圖事蹟史籍並無載其事，但託包拯之名，如《生金閣》一劇，史不見載，但仍假包拯爲解決冤屈之官。

（四）「實人」結合「實事」

此處指劇中人物有所本，事之梗概亦有所本，然該事非該人所經歷之事，爲作者移花接木湊合之作。如《灰闌記》事見於漢人應劭《風俗通義》、元人慧覺等譯《賢愚經》卷十二〈檀膩鞝品〉，而《風俗通義》所記決斷此事之人爲丞相黃霸，《賢愚經》所記決斷此事之人爲檀膩鞝所奉之王。〔註31〕然《灰闌記》則託名包拯，包拯亦史有所載爲北宋政治家，字希仁，廬州合肥(今屬安徽合肥)人，生於公元999年，卒於1062年。又如《智勇定齊》一劇，劇中主角無鹽女鍾離春出於《列女傳》而解連環一事出於《戰國策・齊策》〔註32〕，結合實人與實事。

（五）用「虛人」用「虛事」

此處指劇中人物及所述之事皆無所本。如《陳母教子》，史傳未載其人，也未見其事，羅錦堂云：「本劇乃一尋常喜慶之作，無來源可考。」〔註33〕又如《老生兒》一劇，羅錦堂與《全元曲》附錄中皆認爲該劇其事無考。〔註34〕

通過以上的討論，我們會發現當討論元雜劇虛實的「材料意義」時，不

〔註29〕詳同上註，頁105。
〔註30〕參見唐圭璋編：《全宋詞・第一冊》（北京：中華書局，1965年），頁51～52。
〔註31〕詳可參見徐征、張月中、張聖潔、奚海主編：《全元曲・第五冊》，頁3436。
〔註32〕詳見羅錦堂著：《現存元人雜劇本事考》，頁314～315。
〔註33〕詳同上註，頁117。
〔註34〕詳同上註，頁187。又見《全元曲・第四冊》，頁2219。

可避免的會產生認定「虛人」或「虛事」的困難。即未載於史籍之事，並非一定無其人其事，或許可能爲見於當時人而不載於史籍之人或事。如關漢卿《閨怨佳人拜月亭》雖不見史籍記載，然王實甫亦有《才子佳人拜月亭》，關漢卿與王實甫約同時之人，所敘述之事亦皆金南遷之事，因此羅錦堂推測「或二人均及見此事，或據同一傳聞而各自操觚也」〔註 35〕，因此不能否定《閨怨佳人拜月亭》所述之人、事爲「實人」、「實事」的可能性。又如關漢卿之《詐妮子調風月》未載於史籍，然宋元間戲文有「詐妮子鶯燕爭春」的存目，由於今已不傳，無法得知其劇本本事是否與《詐妮子調風月》相同或相近，因此也無法排除《詐妮子調風月》有所本的可能性。〔註 36〕雖然也有可以以史料直接證明其無所本者，如上舉的柳耆卿中狀元、《陳母教子》等，但是在此仍會面臨論「虛」的困境，除了明顯與歷史事實不合外，未能稽考者並不能遽下其爲作者擬構之判斷，不過這並不妨礙理論上提出「虛」的「材料意義」與「方法意義」，在理論上仍可以成立「虛」的材料與方法的存在，只是必須自覺到在此僅是將未能證明其確與歷史事實不合，又不見史傳所載者暫時歸於虛，俟有新證據出再做修正。

二、虛實的創作方法

從元雜劇材料的虛實運用，可以看出蘊含某些方法上虛實，如上一小節所列的第二、三點含有「表現之虛」的創作方法，這是因爲在選擇材料過程中就已經蘊含了作者的創作方法，但只用此說明元雜劇運用虛實的創作方法仍有所不足，我們還可以將元雜劇中「表現之虛」與「表現之實」進一步分別「增人」、「增事」、「改人」、「改事」等四者：

（一）「增人」與「增事」

「增人」指增加故事題材來源所無之人物，然又可分爲史載其人與史不載其人。增加史載之人者，如《敬德不伏老》，宴會爭座一事出於《舊唐書・卷六十八》列傳第十八〔註 37〕，此一事件原本沒有徐茂公，劇作家在創作《敬

〔註 35〕詳見羅錦堂著：《現存元人雜劇本事考》，頁 104。

〔註 36〕詳同上註。

〔註 37〕該段文字爲：「嘗侍宴慶善宮，時有班在其上者，敬德怒曰：『汝有何功，合坐我上？』任城王道宗次其下，因解喻之。敬德勃然，拳毆道宗目，幾至眇。太宗不懌而罷，謂敬德曰：『朕覽漢史，見高祖功臣獲全者少，意常尤之。及居大位以來，常欲保全功臣，令子孫無絕。然卿居官輒犯憲法，方知韓、彭夷戮，非漢祖之愆。國家大事，唯賞與罰，非分之恩，不可數行，勉自修飭，

德不伏老》時增入，徐茂公史有其人，亦爲唐初時人。〔註 38〕增史不載之人者如《趙禮讓肥》，其事出於《後漢書・卷三十九》列傳第二十九〔註 39〕，在此本事來源中，爲趙氏兄弟爭死，不見其母，但在《趙禮讓肥》劇則增加「趙母」，這是出於劇作家之杜撰。

「增事」指增加故事題材來源所無之情節。如《霍光鬼諫》基本上源於《漢書・卷六十八》霍光金日磾傳〔註 40〕，其中廢昌邑王、宣帝登基、霍山謀反皆與史同，然霍光鬼諫一節則爲作者增入，不見史傳。《趙禮讓肥》劇中大部分情節出自《後漢書》中之記載（故事詳見本章註四十），而後因宰相鄧禹力薦爲官，則出於作者捏造。而「增人」時有時亦會隨之「增事」，如上述《敬德不伏老》劇，由於增出了徐茂公，因此徐茂公識破尉遲敬德佯狂裝瘋一節亦爲增出。

（二）「改人」與「改事」

「改人」指將故事題材來源本有之人易其名姓，然又可分改爲史載其人之名姓與史不載其人之名姓。改爲史載其人之名姓者，如《灰闌記》中黃霸改包拯；改爲史不載其人之名姓者，如竇娥故事中周青改竇娥等。

而劇本「改人」時，往往會隨之「改事」，「改事」指將故事題材來源本有之情節加以改動，與「增事」不同之處在於「改事」是將史傳本有之情節加以修改，「增事」則是增益史傳本無之情節。「改事」者如《敬德不伏老》，

無貽後悔也。』」參見（後晉）劉昫等著：《舊唐書》（北京：中華書局，1997年），頁 2499～2450。

〔註 38〕徐茂公即李勣，爲唐初將領。他原名徐世勣，字懋功（與茂公同音），後來被李淵賜姓李，改名李世勣，李世民去世後，爲避其名諱，改名李勣，後武則天篡唐，茂公孫徐敬業起兵，結果被武則天復其本姓，又爲徐績，後又爲唐中宗追復。李勣之事可參見《舊唐書》，頁 2483～2493。

〔註 39〕該段文字爲：「趙孝字長平，沛國蘄人也。父普，王莽時爲田禾將軍，任孝爲郎。每告歸，常白衣步擔。嘗從長安還，欲止郵亭。亭長先時聞孝當過，以有長者客，掃洒待之。孝既至，不自名，長不肯内，因問曰：『聞田禾將軍子當從長安來，何時至乎？』孝曰：『尋到矣。』於是遂去。及天下亂，人相食。孝弟禮爲餓賊所得，孝聞之，即自縛詣賊，曰：『禮久餓羸瘦，不如孝肥飽。』賊大驚，並放之，謂曰：『可且歸，更持米糒來。』孝求不能得，復往報賊，願就烹。眾異之，遂不害・鄉黨服其義。州郡辟召，進退必以禮。舉孝廉，不應。」參見（宋）范曄著，（唐）李賢等注：《後漢書》（北京：中華書局，1997年），頁 1298～1299。

〔註 40〕詳見（漢）班固著，（唐）顏師古注：《漢書》（北京：中華書局，1997 年），頁 2931～2959。

在《舊唐書》中記載爲敬德與他人爭座，李道宗勸架被毆，但劇中改爲李道宗與敬德勸架被毆。又如《裴度還帶》故事來源見《唐摭言》卷四「節操」第一條，該條記載裴度在香山佛寺徘徊廊廡之際見一素衣婦人遺下一緹紈，度拾之久候至暮，婦人未回取，及旦，度復攜所拾之緹紈回寺，後婦人來尋，內有玉帶二、犀帶一，爲婦人救其無罪被繫之父之資。〔註41〕而在《裴度還帶》中改爲瓊英於山神廟避雨小憩爲趕關城門之時間，不慎遺落玉帶於草堆間，爲裴度拾之，即旦，見瓊英來尋，還之。將遺於香山佛寺改爲遺於山神廟。〔註42〕

「增人」、「增事」、「改人」、「改事」四種方法在一劇中可同時使用。如《竇娥冤》中增加賽盧醫、張驢兒父子爲「增人」；東海孝婦周青作竇娥，將于定國改爲竇天章爲「改人」；賽盧醫欲殺蔡婆、張驢兒父子欲毒蔡婆反藥死張父、鬼魂訴冤、雪冤等皆爲「增事」；竇天章與竇娥爲父女關係則是「改事」。以《竇娥冤》爲例可知一劇中所採用的虛實方法可以多樣並用而無定法。

然由此我們就可以進一步思考元雜劇爲何要增改人事，這主要還是與增加劇情可看性與塑造人物形相有關，因爲如霍光鬼諫一節是原本歷史記載所無，增加此一情節後，一方面加入鬼魂的表演可以讓演出更爲豐富，讓情節發展更爲虛幻，而且通過霍光鬼諫一節可以突顯霍光的忠，其忠君之心一方面不因人鬼有隔而阻絕，一方面也不因子孫犯過而有任何徇私之心，由此讓霍光忠君、耿直的形相更爲鮮明，讓觀者在觀看時能夠更清楚的感受到劇中所要傳達「忠」的概念。又如《敬德不伏老》劇，若是依史書之故事搬演，只可看到敬德的草莽、魯直，然而增加徐茂公這個知名人物，增加佯狂裝瘋的情節後，一方面增加劇情的複雜性，以及徐茂公、尉遲敬德兩個知名人物的對話、互動，讓演出更具可看性，二方面佯狂裝瘋一事更深入描寫敬德的倔強，豐富人物性格，然徐茂公識破此事，雖突顯徐茂公的機智，但由敬德的被戳破後無怒氣，則又進一步的顯示這個人物性格的魯直，如劇中所云：

> （徐輕輕至尉背後班介）【絡絲娘】是誰人班住了尉遲敬德？（徐）老將軍，你風疾好了麼？（尉）只被你敗破了我謊也軍師的世勳，正是傳到江心補漏遲，我不解其中尊意。

〔註41〕參見（後漢）王定保著：《唐摭言．第二冊》，收於嚴一萍選輯：《百部叢書集成——學津討原叢書》（台北：藝文印書館，1966年。據學津討原叢書本影印），頁1。

〔註42〕參見《元曲選外編》，頁28～30。

（旦）老爺，你的拐哩。（尉）遲了也。〔註43〕

敬德在被戳穿謊言後，就爽快的承認，再加上旦的插科打諢，更突出了敬德的魯直性格。此外由敬德大破敵軍，生擒鐵肋金牙，除了多出戰爭場面，增加可看性外，由此也見出敬德老而彌堅的勇猛，更深刻的塑造人物的形相。

以上是討論元雜劇增改人事的原因，然而除此外，我們還可以進一步思考這種改動是不是有什麼準繩？是否可以漫無邊際的增添刪改？我們認爲這種改動是有其內在規律，下一小節即討論此一改動的內在規律。

三、合乎邏輯性的內在規律與「信」的觀者反應

以上討論元雜劇用事的虛實表現是從藝術技巧上進行探討，在客觀事實與不同於客觀事實的表現之間呈現出作者主觀文心之所在，譚帆與陸煒在《中國古典戲劇理論史》中說：

> 在「虛實」的關係上，元代的歷史題材雜劇乃是「以心寫事」和「以心運事」的，即在戲劇創作中途出劇作家的主觀動機，以主體情感駕馭歷史現象，相對地削弱了歷史現象對其的客觀制約。〔註44〕

這種說法基本上是不錯的，在元劇中並不以合乎史籍中所載之事實爲創作的唯一法則，而是兼以情志作爲創作表現的考量之一。然而如果作者之情志不同於史籍事實所呈現之情志，則情、志、事三個材料因之間就會相互拉扯，引發矛盾，因爲即不同的事會生不同的情，既然情不同則事又如何相同，因此就勢必面臨修改劇情的情況。然而修改就修改又何須涉及虛實問題呢？這就與觀者信與不信有關了，因爲元雜劇爲指向他人的「社會行動」，觀者是否相信劇情的發展會作用其是否認同內蘊之情志，這與劇本是否具娛樂性一樣會影響劇本受歡迎的程度。爲了取信於觀者，元雜劇作家在創作劇本時往往選擇歷史中有名的人與事作爲創作的題材，但是這些題材不一定具有戲劇性，也不一定合於作者所欲表達之情志，因此劇作家必須在娛樂性、眞實性與作者自身所欲抒發的情志三者之間取得一個平衡點。由此在歷史事實或文獻事實上如何點染增改情節使之更具戲劇性提供更高的娛樂性，以及如何藉由敘事抒發內在情志，但又必須使觀者信，這就涉及到虛實的問題。筆者認爲在元雜劇虛寫點染的過程中或有違歷史事實或文獻事實，然仍遵循著兩條

〔註43〕參見《元曲選外編》，頁613。

〔註44〕參見譚帆、陸煒合著：《中國古典戲劇理論史》（北京：中國社會科學出版社，1993年），頁167。

維持劇本邏輯性的劇情發展準繩：一爲「情理」；一爲「事理」。

「情理」指的是所點染增益細節與人物的情緒表現必須合乎人情之常。在合乎人情之常的情形下點染增益人物情緒，因爲合乎觀者對於正確性的判斷，所以能取信於觀者。「事理」指的是情節與人物的情緒表現必須符合因果律，這與「情理」差別在著重的點不同，「情理」著重的是情節細部內容與細部人物情緒的點染刻畫是合乎人情之常，而「事理」強調的是增益情節與人物的情緒在一劇中是能夠銜接前後劇情與人物性格發展的一致性。這種合情合理的點染不唯元劇，在其他敘事文本亦有之，如錢鍾書在《管錐篇》的《史記》「廉頗藺相如列傳」條時云：

> 按此亦《史記》中迴出之篇，有聲有色，或多本於馬遷之增飾渲染，未必信實有徵。寫相如「持壁卻立倚柱，怒髮上衝冠」，是何等意態雄且傑，後世小說刻畫精能處無以過之。〔註45〕

此段引文中錢鍾書即認爲《史記》中亦有司馬遷之增飾渲染。又如《史記》記載鴻門宴一事中敘述樊噲之怒爲「瞋目視項王，頭髮上指，目眥盡裂」，而項羽的反應爲「按劍而跽」〔註46〕，司馬遷未於鴻門宴現場，然卻能描述樊噲與項羽兩人的情緒反應並描述兩人細部動作如親眼所見，這或許出於當時口傳或司馬遷個人的想像與點染，但由於樊噲的怒合於當下應有之反應，項羽戒備的態度也合於人情之常，且樊噲與項羽的反應也合乎人物性格的一致性，因此這段敘述合於觀者對於正確性的要求，儘管可能出於史家的點染然也會爲觀者所信。只是元雜劇較史傳不同之處在於史傳或只有細部點刻畫與點染，因爲史傳有求實的限制，因此無法恣意妄改歷史事實。然元雜劇則不同，在不以求實爲創作法則的基礎上。除對細部作刻畫點染外，更有對劇情作較大幅度的點染增益，增改部分情節與人物情感。細部刻畫點染者，如《豫讓吞炭》，其故事情節的發展雖大抵依照《史記》卷四十三〈趙世家〉中之記載，不過在最後一折中仍然可以看到情節細部內容的點染增改，該段劇本文字爲：

> （趙云）你前來刺我，我饒了你；今日又來刺我，卻饒不得你也。（正末云）明主不棄忠義之臣，願得脫下的衣服，與主報怨，死亦無憾。

〔註45〕參見錢鍾書著：《管錐篇・第一冊》（台北：書林出版社，1990年），頁319。

〔註46〕詳見（漢）司馬遷撰，（宋）裴駰集解，（唐）司馬貞索隱，（唐）張守節正義：《史記》（北京：中華書局，1997年），頁312～313。

(趙云) 既如此，將這件衣服與他，看他何用。(正末唱)【三煞】豁不了我這滿腹冤，干休了半世功。急煎煎獨力難敵眾。(拔劍將襄子衣服碎剁科。云) 罷，罷，我今日劍剉了你這衣服，就和殺了你一般，死亦無恨。(唱) 雖不能勾碎分肢體誅了襄子，爛剉了這件衣服便是報了俺主公。至如把殘生送，下埋黃土，仰問蒼空。(趙云) 豫讓，你也是個義士，你今既剉了我衣服，報了主仇，你今替我為臣，富貴共之。(正末唱)

【二煞】士為知己死，女為悅己容。(云) 豫讓蒙俺主君知愛，超出流輩，今日安忍背主事仇？(唱) 我怎肯作諸侯烈士每相譏諷？我怎肯躬身叉手降麾下，我寧可睜眼舒頭伏劍鋒。枉了你閑啣囔，折末官高一品，祿享千鍾。

【尾聲】我不想聲聞在人世間，名標在史記中。你把我主人公葬在麒麟冢，誰受你徼買人情趙王寵。(自刎下)〔註47〕

在這段引文中如果不論修辭技巧的改變，只論意義的點染增改，則有二處與《史記》中的記載不同作了細部更動，一是在《史記》中豫讓向襄子索衣時已向襄子說明用途，此處則改為襄子不知豫讓意欲何為；二是在《史記》中擊衣後，僅云「我可以下報智伯也」後即自刎，而此處增豫讓與襄子的對話，使二人持續對立。在前一個不同處，作者在不妨礙劇情前後發展的因果關係上更改了原本的故事內容，製造了一個小懸念，也增加了一點戲劇性；後一個不同處，作者在豫讓自刎前點染增益了內心情緒，除了強化了忠與不忠的對立矛盾外，也讓全劇更加動人，增強了戲劇性。在這兩個點染增改處，既合「情理」又合「事理」，豫讓借衣，襄子問之，合乎人情之常；增益豫讓抒發情志一節亦合於劇情發展脈絡、人物性格之一致性，不致有突兀之感，在此即增加了戲劇性，又不違劇情發展的邏輯性，可使觀者信之。至於作較大幅度的點染增益，增改部分情節與人物情感者在元劇中極多，如前引的《霍光鬼諫》、《敬德不服老》等皆是。

第二節　元雜劇用事的熟與奇

在討論虛實後，不禁會使人興起一個疑問，就是曲論家提出虛實論作為

〔註47〕參見《元曲選外編》，頁603。

批評戲劇的標準，無論是求實或求虛實相半或求實則實到底，都是對合乎歷史事實或觀者所認同的歷史事實的追求，既然戲劇是以抒情言志為主要的目的，那麼為何不全憑空捏造故事就可以避免虛實之爭？又既然明清曲論家提出了「實」的批評標準，那麼為什麼同時與其後的劇作家仍然要挑戰這個創作上的難題，為何不完全憑空捏造故事就可以避免來自於「實」的創作限制？如此應該更可以隨心所欲的創作、表達個人情志。這或許就表示劇作家可能有需要運用有本題材的考量因素，當然我們可以簡單歸於創作上的方便法門，不過也可以從有本題材為觀者熟知的角度來看，或許在這其中有一些劇作家的考量因素，因此以下就從「熟」的角度思考元雜劇的用事表現，然而相對於「熟」的概念就是「奇」，因此一併討論之。「熟」與「奇」是歷來曲論關注的焦點之一，以下就先整理「熟」與「奇」的概念內涵，再進一步思考「熟」與「奇」在元雜劇中的作用。

壹、熟的概念內涵與作用

「熟」在曲論中並不是常被討論的議題，甚至是少被直接使用的，不過在藝術批評中則有論及熟者，然其所指的是技巧的生熟問題，葉長海在〈中國藝術虛實論〉一文中，即從張岱論彈琴開始討論傳統藝術中的生熟論。〔註 48〕這與本文從劇本用事的角度討論劇本內容的「熟」是不同的切入進度。在本文中「熟」指的是一般意義，作「熟悉」義解，或指使用他人劇作的題材再進行改編。從觀者角度言之會引伸一個劇本如何能夠稱為「熟」的問題，我們認為「熟」在一個劇本中應可分成「熟事」、「熟人」、「熟情」與「熟理」四者，其中「熟人」與「熟事」是從故事題材的角度討論，「熟情」與「熟理」是從創作目的的角度討論。然此兩者亦相互關涉，創作故事題材的目的即為創作目的，創作目的寄託在故事題材中。以下分述之。

一、「熟事」與「熟人」

以下先界義「熟事」、「熟人」的概念內涵，由此進一步討論元雜劇中用「熟事」、「熟人」的表現，並探究其用「熟事」、「熟人」的原因。

（一）「熟事」與「熟人」的概念內涵

「熟事」的概念有二：一指作者使用觀者爛熟於胸之事為創作題材；二指作者仿效他人劇作創作。作者使用觀者爛熟於胸之事為創作題材，即笠翁

〔註 48〕詳見葉長海著：《中國藝術虛實論》，頁 11～16。

在《閒情偶記・詞曲部》「審虛實」條中云：

> 古人塡古事，猶之今人塡今事，非其不慮人考，無可考也。傳至於今，則其人其事，觀者爛熟於胸中，欺之不得，罔之不能。〔註49〕

李漁認爲古事流傳，觀者爛熟於胸，因此不能隨意改編，此爲「熟事」。作者用他人劇作之故事題材進行創作者即爲窠臼，窠臼在古典劇論中多是用於批評取材或關目情節蹈襲已有之劇本，而蹈襲窠臼即成俗套，傳奇批評家因爲傳奇文體的「傳奇」本質，所以往往將窠臼、俗套視爲帶有負面義的批評標準〔註50〕，如李漁即提出「脫窠臼」的創作準則。然而重複蹈襲雖然也是用觀者所熟悉之事或關目情節，然觀者熟悉之事並非皆爲窠臼，如李漁所指跳牆之張珙、剪髮之趙五娘皆爲「熟事」，《西廂》、《琵琶》首用之因此不爲窠臼，也不成俗套，然《㑳梅香》、《東牆記》同爲良家男女戀愛的劇本則就爲模型的裝套。〔註51〕至於程式在古典戲曲中一般是指「表演藝術的規範化」，然而林鶴宜在〈論明清傳奇敘事的程式性〉一文中，則將程式由指表演藝術的規範化，進一步延伸到敘事的程式化，然林氏主要是就情節發展、措置的規律性進行討論，並非從故事題材蹈襲沿用的角度進行批評，因此在此並不加以討論。〔註52〕

「熟人」指的是作者使用觀者熟悉而不陌生之人爲創作題材，也就是笠翁所謂「其人其事，觀者爛熟於胸中」的「其人」。此與「熟事」相關，用「熟事」者多用「熟人」，然用「熟人」者未必皆用「熟事」，亦有穿鑿附會其事。如前引《謝天香》中的柳永爲大眾熟知之人，所用之事卻於史傳不合，然因其事合於柳永流傳之性格特徵，所以劇本所述之事看似有徵，實爲附會。

在此已先對「熟事」、「熟人」的概念內涵作一定義，以下就針對元雜劇中用「熟事」與「熟人」的表現與原因進行討論。

〔註49〕參見《中國古典戲曲論著集成・第七冊》，頁21。

〔註50〕批評家一般都將窠臼視爲負面的批評標準，因此對於在窠臼中能出新者則加以讚美，如龍子猶在《永團圓》敘云：「能脫落皮毛，掀翻窠臼，令觀者耳目一新，舞蹈不已。」參見蔡毅編著：《中國古典戲曲序跋彙編・第三冊》（濟南：齊魯書社，1989年），頁1467。

〔註51〕此處《㑳梅香》、《東牆記》的批評，參見顏天佑著：《元雜劇八論》，頁205～206。

〔註52〕詳見林鶴宜著：〈論明清傳奇敘事的程式性〉，收於華瑋，王瑷玲主編：《明清戲曲國際研討會論文集》（台北：中研院文哲所籌備處，1998年），頁139～173。

（二）元雜劇中用「熟事」與「熟人」的表現與原因

以下先討論元雜劇中使用「熟人」、「熟事」的表現類型，再進一步討論其用「熟事」、「熟人」的原因。

1. 元雜劇中用「熟事」與「熟人」的表現

元雜劇中使用觀者熟悉而不陌生的「熟人」與「熟事」的表現內容，約可分爲兩種類型：一是出於正史記載之中；一是出於稗官野史、小說筆記之中。正史記載指人物或故事情節載於正史之中，而元雜劇採用人所熟知的歷史事件作爲創作的故事題材，如敘述三國之劇本《單刀會》、《博望燒屯》等故事皆以《三國志》爲取材對象，一出於《吳志・魯肅傳》，一出於《蜀志・諸葛亮傳》，而三國故事在宋代已經流行，如蘇軾《東坡志林》卷一「途巷小兒聽說三國語」條記載：

> 王彭嘗云：途巷中小兒薄劣，其家所厭苦，輒與錢，令聚作聽說古話，至說三國事，聞劉玄德敗，頻蹙眉，有出涕者，聞曹操敗，則喜唱快。以是知君子小人之澤，百世不斬。〔註 53〕

又高承《事物紀原》卷九〈博弈嬉戲部第四十八〉「影戲」條云：

> 宋朝仁宗時，市人有能談三國事者，或採其說加緣飾，作影人，始爲魏、蜀、吳三分戰爭之像。〔註 54〕

這兩段資料說明了宋代談三國風氣已盛，而宋元話本亦有《三國志平話》，可知三國事在元代時應爲民間所廣爲流傳，爲民眾熟悉之歷史故事，雖然通過此二條資料無法直接論證《單刀會》、《博望燒屯》等劇的人物或故事題材，即爲當時一般人民所熟知，但可知的是三國題材爲當時人所所熟知，而劇作家將此觀者熟知之人物、故事材料類型以元雜劇方式演出。

記於稗官野史、小說筆記者，如《黃粱夢》本事可能出於《列子》、《列仙傳》「呂巖」條、沈既濟《枕中記》等書，其中魯迅《中國小說史略》認爲《枕中記》出於干寶《搜神記》中焦湖廟祝以玉枕使楊林入夢事，而羅錦堂引《太平廣記》認爲玉枕入夢一事或出於《幽明錄》非《搜神記》，並進一步援引霍休之研究認爲此一入夢故事或可能原本於佛經，再由《枕中記》敷衍

〔註 53〕參見（宋）蘇軾著：《東坡志林》（北京：京華出版社，2000 年），頁 8。

〔註 54〕參見（宋）高承著：《事物紀原》，收於嚴一萍選輯：《百部叢書集成——惜陰軒叢書》（台北：藝文印書館，1966 年。據清道光李錫齡輯刊惜陰軒叢書本影印），卷九頁 34。

而成《黃粱夢》雜劇。〔註 55〕而在羅燁《醉翁談錄》記載小說包含各類故事名目中亦有「黃粱夢」一則。〔註 56〕由此可知此一入夢情節並未載於史傳，不一定爲發生過的歷史事實，然通過民間的發展、流傳，逐漸成爲大眾所熟知的故事情節。又如元稹作〈鶯鶯傳〉，後有董解元《西廂記諸宮調》之作，又《醉翁談錄》中亦記載「鶯鶯傳」名目，可推測「鶯鶯傳」這一個故事在宋元間或已經在民間廣爲流傳，而王實甫取之作爲《西廂記》。又如范康《陳季卿悟道竹葉舟》一劇本事見於《太平廣記》卷十四「許真君」條〔註 57〕，而《醉翁談錄》有「竹葉舟」名目或即同此故事，可知「竹葉舟」一事對於民間來說並不陌生。

然而除了「作者使用觀者爛熟於胸之事爲創作題材」的「熟事」外，元雜劇中亦多「作者仿效他人劇作創作」之窠臼襲用，如趙氏孤兒報冤事，宋代南戲有《趙氏孤兒報冤記》，元雜劇有《趙氏孤兒大報仇》；司馬相如與卓文君事，宋雜劇有《相如文君》，南戲有《司馬相如題橋記》及《卓文君》兩種，元雜劇有《昇仙橋相如題柱》、《卓文君白頭吟》等；柳毅傳書事，宋雜劇有《柳毅大聖樂》，南戲有《柳毅洞庭龍女》，元雜劇有《洞庭湖柳毅傳書》。〔註 58〕

2. 元雜劇用「熟事」與「熟人」的原因

元雜劇中用「熟事」與「熟人」的原因可以從作者與觀者兩者的角度共同分析出四個原因，雖然這些原因可能也同時是中國古典戲劇的普遍情況，但是落實在元雜劇中仍然呈現出其個殊的特別意義，主要有「創作需求」、「作觀通感」、「突出樂舞」以及「劇場雜鬧」等四個原因，以下分述之。

（1）「創作需求」

創作需求指的是作者選擇「熟人」、「熟事」創作有其在創作上的特殊需求。由於中國古典戲劇獨特的美學基礎是詩歌、音樂和舞蹈，因此運用取材於膾炙人口的故事就可以方便作者創作、並使作者專注於文辭創作。〔註 59〕除此點外，有些曲論家往往也認爲作者取材歷史和傳說故事（這些故事往往

〔註 55〕參見羅錦堂著：《現存元人雜劇本事考》，頁 166。

〔註 56〕詳見（宋）李昉等編：《太平廣記》（北京：中華書局，1961 年），頁 98～100。

〔註 57〕關於《竹葉舟》之本事可參考羅錦堂著：《現存元人雜劇本事考》，頁 263～265。

〔註 58〕見以上所舉例子，爲曾永義先生書中所列。參見曾永義先生著：《中國古典戲曲的認識與欣賞》，頁 287。

〔註 59〕同上註，頁 288。

也是觀者所熟悉的故事題材）是爲了借古鑑今、託言避禍，如曾永義先生認爲元代劇作家不敢將人民的苦痛、呼號和人心的憤恨直接表達出來，是因爲不敢直斥當代，所以不敢以當代現實事件來編撰因此借古鑑今、託言避禍。〔註 60〕以此論明清文網高張的時代，則甚得其理。不過若以之論元雜劇的創作，雖然也有一定的可能性與詮釋效力，但似乎無法絲絲入扣，因爲正如曾先生所言「元代的文網尚不繁密」〔註 61〕，既然元代以文字罪人之情況並不嚴重又何來借古鑑今、託言避禍？更何況元雜劇中有本之劇也並不全爲與社會黑暗面相關的劇本，如《梧桐雨》、《疏者下船》、《襄陽會》等等皆與揭發灰暗吏治、批評時政無關，此類劇本雖有故實，然不因避禍而言古。所以或許還可以從其他的角度思考元劇用「熟事」、「熟人」的原因。

（2）「作觀通感」

「作觀通感」指的是作者與觀者通過「熟人」、「熟事」能夠更容易彼此通感交流。此處可以先從作者情感與觀者情感通過劇作交流的過程進行思考，作者欲表達的情志是通過故事表達，而作者要觀者確切、清楚的接收欲表達的情志即需要通過故事情節的安排，因此故事的內容就成爲作、觀雙方是否能夠順利交流的關鍵。如前所述當作者情志與故事來源情志不同時，作者往往會對故事內容進行改寫，以符合作者之需求，因此故事來源中的情志並不是重點，作者的情志才是劇本所主要要傳達給觀者的。然而就人類存在的經驗就個殊性來說，都是偶然的、單一的、不可重複的，但就構成經驗的人性與一切外緣諸因素的因果關係而言，確有其型態的類似性，置身於同類型態的存在經驗因果關係中的主體，其精神經驗具有共感性，而意義的詮釋也有共識性。〔註 62〕但是觀者未必與作者具有同類型態的存在經驗，因爲元雜劇的觀者爲「市井小民」，其未必具備了轟轟烈烈的愛情經驗，或是因爲仕途不遂、沉抑下僚而有壯志難伸的怨氣或遁世之感，他們或許只是過著平凡生活的平凡人。因此若要使觀者與劇作者「彼此設身處地，互爲主體地通感」〔註 63〕，則觀者必須具備同類型態的存在經驗，但元雜劇的觀者又是過著平凡生活的平凡人，所以只能從他們的知識經驗中去搜索，取材於觀者所熟知

〔註 60〕同上註，頁 289。

〔註 61〕同上註。

〔註 62〕參見顏崑陽先生著：《李商隱詩箋釋方法論》（台北：台灣學生書局，1991 年），頁 188。

〔註 63〕同上註，頁 189。

的人、事可以讓觀者較容易進入劇情，通過在舞台上塑造一個觀者曾經聽聞的存在經驗，藉此更容易了解作者所欲表達的情志，因此故事可以點染卻不能改動到違背觀者的知識經驗。也正因爲如此，元雜劇的舞台往往是演出「當下」，「抒情時間」與現實時間之間往往模糊難辨，「敘事體」與「代言體」也交互運用，讓觀者彷彿進入劇情之中與劇情同起伏。然若故事不爲觀者所熟悉，則就算「抒情時間」與現實時間之間的模糊難辨，觀者也必須思索劇情當下、過去、未來之聯繫，而難以融入劇中，並與作者進行主體性的通感，這是用「熟事」、「熟人」的第二個原因。

（3）「突出樂舞」

「突出樂舞」指的是演出「熟人」、「熟事」，可以讓樂舞表演更突出，而不致被情節削去吸引力，曾永義先生認爲用膾炙人口的故事可以讓觀者專心於樂舞欣賞，而不至於被情節的探索分散了注意力，這是用「熟事」、「熟人」的第三個原因。然而這個原因與第二個原因相關，因爲對於唱曲的欣賞正是觀者融入劇中的部分，由於劇情爛熟於胸，因此能夠貼近劇中人物當下感情的抒發，但是如前所言，元雜劇唱曲的同時劇情仍然是繼續發展中，抒情的唱曲正是情節蓄勢的方法，因此此處不僅不被情節探索分散注意力，更進一步結合劇情與唱曲欣賞，並由此同感於作者之心。

（4）「劇場雜鬧」

除了以上從創作以及作者、觀者之間情感互動論元雜劇用「熟事」、「熟人」的原因外，還可以從中國古典戲曲的劇場文化進行思考。古代的劇場並不像今日的國家戲劇院必須安靜，不能走動、吃食、大聲喧嘩叫好，觀者往往只在演員有精彩表演時給與掌聲。古代劇場則如清人楊懋建在《夢華瑣簿》中云：

> 然茶話人海，雜遝諸伶，登場各奏爾能。鉦鼓喧闐，叫好之聲往往如萬鴉競噪矣。〔註 64〕

楊懋建說到劇場中叫好喧囂的吵鬧環境，而除了叫好之聲外，劇場中往往備有茶點供觀者吃食，如楊懋建續云：「戲園俱有茶點而無酒饌，故曰『茶樓』，又稱『茶園』云。」〔註 65〕這是清代道光初年的劇場情況，然而在元代亦是

〔註 64〕參見（清）楊懋建著：《夢華瑣簿》，收於張次溪編著：《清代燕都梨園史料．上冊》（北京：中國戲劇出版社，1988 年），頁 348。

〔註 65〕同上註，頁 349。

可以在劇場中「剗地大笑呵呵」〔註 66〕，這是極爲隨意的。台上演歸演，台下則吃食、聊天、走動等活動好不自由。因此梅蘭芳在回憶劇場時云：

> 樓下的中間叫池子，兩邊叫兩廊。池子裡面是直擺著的長桌，兩邊擺出去的是長板凳。看官們的座位不是面對舞台，相反的倒是面對兩廊。要讓現在的觀眾看見這種情形豈不可笑！其實在當時一點也不奇怪，因爲最早的戲館統稱茶園，是朋友聚會喝茶談話的地方。看戲不過是附帶性質，所以才有這種對面而坐的擺設。〔註 67〕

從梅蘭芳的話中可以明顯看出古典戲劇在演出時，觀眾甚至不是面對舞台，更不會一直注意場上。因此除了「敘事每有複沓的現象」〔註 68〕外，觀者也必須對劇情爛熟於胸才能隨時接上劇情。由此發展到後來有些觀者甚至只在唱曲到要緊處才回頭看看台上的表演，這也正是因爲對劇情以致於劇本爛熟於胸才能做到的欣賞方式。這是用「熟事」、「熟人」的第四個原因。

二、「熟情」與「熟理」

以下先界義「熟情」、「熟理」的概念內涵，由此進一步討論元雜劇中用「熟情」、「熟理」的表現，並探究其用「熟情」、「熟理」的原因。

（一）「熟情」、「熟理」的概念內涵

「熟情」指作者在劇中寄託觀者所熟悉或認同的情感經驗；情感經驗又可以分爲喜怒哀樂等的情緒，情緒是受到外在事物的引發，相近的事就會引發相似的情；以及愛情、親情、友情等的情感，這是人類在社會生活中與人相交所普遍會產生的情感，這些情感是一般人情之所常有，由此我們可以引出「熟」的另一個概念內涵——「常」，所敘情感爲人情之常者，即可謂之「熟情」。

「熟理」指作者在劇中寄託觀者所熟悉或認同的價值意向，呂天成在《曲品》中引其舅祖孫批評南戲的十種標準其中之一「合世情、關風化」〔註 69〕即與「熟情」和「熟理」相關。「合世情」指劇中寄託的情感要合於世道人情；

〔註 66〕語見（元）杜善夫著〈莊家不識勾欄散套〉，參見任訥編：《全元散曲．上冊》（台北：台灣中華書局，1986 年，三版），頁 32。

〔註 67〕參見梅蘭芳述：《舞台生涯》（台北：里仁書局，1979 年），頁 31～32。

〔註 68〕語見曾永義先生著：《中國古典戲曲的認識與欣賞》，頁 280。

〔註 69〕參見（明）呂天成著，吳書蔭校注：《曲品校注》（北京：中華書局，1990 年。以乾隆辛亥 1791 年迦蟬楊志鴻鈔本爲底本，校以清初鈔本、清河本、暖紅室刻本、吳梅校本、曲苑本、中國古典戲曲論著集成本，並參校祁彪佳《遠山堂曲品》等），頁 160。

「關風化」指劇中寄託的價值意向須與教化人心相關。然而將此二義進一步延伸，則合於世道人情即合於一般人民普遍性的情感，也就是合於人民所熟悉的情感經驗；合於教化人心即合於一般人民普遍性的價值判斷，也就是合於人民所熟悉的價值意向。

（二）元雜劇中用「熟情」、「熟理」的表現和原因

以下先討論元雜劇中用「熟情」、「熟理」的表現，再進一步討論元雜劇中用「熟情」、「熟理」的原因。

1. 元雜劇用「熟情」、「熟理」的表現

（1）「熟情」

元雜劇中情感的表現十分多樣，多爲人所熟悉的情感經驗，有敘人普遍俱之者如愛情、親情、友情等，敘愛情者如《梧桐雨》、《牆頭馬上》、《漢宮秋》、《倩女離魂》、《東牆記》、《西廂記》等等；敘親情者如《殺狗勸夫》、《趙禮讓肥》、《降桑椹》等等；敘友情者如《范張雞黍》等。亦有敘當時人因人生經驗而具備或熟知的情感，例如《陳州糶米》第一折中張鉡古大罵貪官表現了受壓迫的苦痛與怨怒，這種怨怒之情或許正是爲當時吏治混亂社會中的人民所熟悉吧。這些情感皆爲人情之所常見，因此當劇本要表現這些情感類型時，自然需要在情節推展中安置構成這些情感的要素，有著相同情感就容易會產生相似的情節模式，如敘男女相思之情，就大量呈現顏天佑所說的「『普救西廂』爲模式的男女戀愛和套用『豫章茶船』模式的良賤間戀愛」〔註 70〕之類的劇本，「普救西廂」模式指的是才子家人兩情相悅，家長卻以功名、禮防百般阻撓，最後在金榜題名下終諧秦晉的故事模型；「豫章茶船」模式指的是士子與妓女相逢→商人突入場中→嫁作商人婦或設法逃脫→士子衣錦歸來、團圓。〔註 71〕這種通過阻礙考驗而終能在一起的愛情，是爲當時觀者所認同、熟悉的，由於情感相同，因此所呈現出來情節模式也多相近。但元劇作家不僅只是創作相似情感、情節的作品，而是會進一步渲染「熟情」，讓情脫離「熟」，而達到「奇」的效果，這種由「熟」至「奇」的演變，下文會進一步作討論，此處暫不贅言。

（2）「熟理」

至於「熟理」，元雜劇中呈現人所熟知的價值意向，主要可以分爲四者：

〔註 70〕參見顏天佑著：《元雜劇八論》，頁 176。

〔註 71〕詳見同上註，頁 176～177。

a. 宣揚善惡有報的因果關係

在元雜劇中一般而言是善有善報、惡有惡報，如《西遊記》中陳光蕊爲龍王所救，劉洪生祭伏法；又如《灰闌記》中張海棠雪冤得子，加害人凌遲、流放。不過在元雜劇中不一定善皆有善報，然惡定有惡報，如《陳州糶米》的張鈝古力爭公義卻死於紫金槌下，竇娥盡孝而含冤於法場，然爲惡者必受惡報，小衙內復死於紫金槌，張驢兒凌遲處死。然不管善有善報或惡有惡報都符合人民對於黑暗吏治的補恨心理。

b. 宣揚倫理教化

倫理道德爲人立身處世的基本原則，古代傳統社會人民往往都認同、熟悉、遵守五倫觀念，因此在劇本中也多呈現此一觀念，如《㑇梅香》第二折中樊素教訓白敏中云：

> 大丈夫應以功名爲念，進取爲心，立身揚名，以顯父母。以君子之才，乃爲一女子棄其功名，喪其身軀，惑之甚矣。豈不聞釋氏云：色即是空，空即是色。老子云：五色令人目盲，五音令人耳聾。夫子云：戒之在色。足下是聰明達者。況相國小姐，稟性端方，行止謹恪。至於寢食舉措，未嘗失于禮度，亂於言語，眞所謂淑德之女也。今足下一見小姐，便作此態，恐非禮麼？〔註72〕

樊素說到了進取功名以顯父母方爲孝，且不應一見女子即越了禮教之防，此處即以孝道、禮教訓人。又如《豫讓吞炭》中豫讓唱云：

> 【眉兒彎】誰戀你官二品，車駟馬，待古有德行的富貴榮華。想著俺那有恩義的主人公放不下，我故來報答。報答的沒合煞，到惹一場傍人笑話。
>
> 【耍三台】我這一片爲主膽似秋霜烈日，覷那做官心似野花閑草。（趙云）豫讓爲主報仇，眞義士也！左右，放了他，隨他哪裡去罷。……。
>
> 〔註73〕

這個例子中趙襄子欲用官位、富貴收買豫讓，但此處豫讓秉者「忠」拒絕了趙襄子的邀約，呈現出不受利益所動堅貞的君臣之義。這類通過劇中人物宣揚倫理教化的例子在元劇中俯拾即是，而倫理教化也正是觀者所熟悉的價值意向。

〔註72〕參見《元曲選・第三冊》，《㑇梅香》頁7。

〔註73〕參見《元曲選外編》，頁600。

c. 宣揚反抗精神：

反抗精神在元雜劇中是極爲重要的一個思想特徵，這多在公案劇與水滸劇中呈現，由於元代吏治晦暗因此往往有強凌弱、官欺民的情況的產生，劇作家即通過劇本將人民對抗豪強的心情表現出來，如《竇娥冤》中竇娥罵天罵地一段即是最有名的例子。由此在劇本中又必須出現一個對抗酷吏、豪強的人物，這類型的人物往往是歷史上的清官或良吏，在水滸劇中則是梁山好漢〔註 74〕，作家即通過劇本對這類型的人物加以讚揚，如《灰闌記》第四折包拯開場云：

> （包待制詩云）當年親奉帝王差，手攬金牌勢劍來。盡道南衙追命府，不須東岳嚇鬼台。老夫姓包名拯，字希文，乃廬州金斗郡四望鄉老兒村人氏。爲老夫立心清正，操持堅剛，每皇皇於國家，齒營營於財利；唯與忠孝之人交接，不共讒佞之士往返，謝聖恩可憐，官拜龍圖待制天章閣學士，正授南衙開封府府尹之職，敕賜勢劍金牌，體察爛官污吏，與百姓伸冤理枉，容老夫先斬後奏。以此權豪勢要之家，聞老夫之名，盡皆斂手；兇暴奸邪之輩，見老夫之影，無不寒心。〔註 75〕

包拯上場時用敘事體的方式向觀者傳達訊息，訊息內容雖出於包拯之口，然此時被聚焦者仍爲包拯，也就是通過包拯之口向觀者讚揚包拯，而所讚揚他對抗豪強、盡忠職守的人物性格。除了包拯外尚有張鼎、錢可、王脩然等等，對於這類救民於水火者往往也通過「敘事體」加以頌揚，此正符合人民普遍、熟悉的價值判斷。

d. 宣揚道化、出世觀念：

在元雜劇中會通過劇本宣揚道化、出世觀念，曾永義先生在〈雜劇中鬼神世界的意識形態〉中認爲這是由於元代殘酷統治，讀書人沒進身之路，人民生活悲慘心境空虛，於是便從超現實的世界裡，祈求獲得指望與慰藉，恰全眞教興盛，陷溺的人們自然爭相信仰，所以成仙了道、逍遙物外的思想便

〔註 74〕顏天佑云：「寫水滸故事的綠林一類，在現在現存的六個劇本中，除《李逵負荊》外，《燕青博魚》的楊衙內、《雙獻功》的白衙內、《黃花峪》的蔡衙內、《還牢末》的趙令史、《爭報恩》的丁都管，也仍是公案劇中那些權豪勢要與貪官污吏的翻版。只不過水滸英雄的武力解決，代替了原本清官能平反的收場方式。」參見顏天佑著：《元雜劇八論》，頁 174。

〔註 75〕參見《元曲選・第三冊》，《灰闌記》頁 12。

充滿人們空虛的心中，元代宗教觀念已經徹底的平民化。〔註 76〕如《度翠柳》、《竹葉舟》、《鐵拐李》、《任風子》、《黃梁夢》、《陳摶高臥》等等都是通過神仙的點化，這即是受到元代宗教興盛的影響，這類劇作往往以人民信仰對象作爲敘述者，藉由人民對神仙信仰的熟悉與信任來傳達避世思想，提供一個理想世界讓人民生活有所寄託，而神仙的信仰的普及化也間接代表了避世思想的普及化。

以上這些元雜劇劇本所採用的「熟理」，由於所用之理近，因此也會與「熟情」一樣產生一些常見的情節發展模式，如闡述反抗精神的劇本，多是寫強與弱、官與民之間的對立，這種對立往往是由利益或美色所造成官壓民、盜欺商、長凌幼、妻迫妾之間的衝突，再加上貪官、昏官無法即時予以平反，所以良善的一方受到壓抑，最後再由一位清正之士出來平反冤屈。正是因爲在觀者的眼中，良善的人民多是被欺凌一方，被欺凌的對象亦多雷同，因此有了類似的情節模式。

2. 元雜劇用「熟情」、「熟理」的原因

元雜劇使用「熟情」、「熟理」的原因與使用「熟人」、「熟事」相近，但究其主要原因則爲「作觀通感」、「劇場雜鬧」二點。「作觀通感」指作者與觀者之間因「熟情」、「熟理」而能夠有更密切的交感。情感經驗雖然會由於生活情境的相似與人類生而有之的情緒反應而具其普遍性，然就個人而言，每個人生活背景、受教育都並不完全相同，因此每個人都具備不同的情感經驗與不同的價值意向，由此顯現其個殊性。而價值意向亦同，每個人依照其生活背景與所受教育會有不同的價值系統，然而就同一社會環境、歷史情境下往往會有普遍的主觀，形成相對的客觀。所以作者要通過劇本讓觀者交感或認同其情感經驗和價值意向，仍然必須建立在普遍性上，也就是作者個殊的情感經驗與價值意向必須合乎這個普遍而個殊的原則，由此觀者才能經過觀者個人的情感經驗或價值意向對劇情的理解產生相應的情感經驗與價值判斷，如果作者與觀者的情感經驗或價值意向並不相近，則劇本便不會感人也無法產生潛移默化之功。

「劇場雜鬧」一點則如前所述，中國傳統戲曲獨特的劇場文化中觀者不一定隨時注意著舞台，因此用「熟事」、「熟人」，並且敘事時間流轉到當下，通過演員表演當下的情緒起伏，因此曲到當下，必須要觀者能夠雖時融入劇

〔註 76〕詳見曾永義先生著：《論說戲曲》（台北：聯經出版社，1997 年），頁 34～35。

情方能交感，因此除了人、事必須熟外，曲中所呈現的情感、理念也必須爲觀者所熟悉，不然觀者難以立刻了解曲中所呈現的情感世界或者價值系統，而產生扞格不入的情況。

貳、奇的概念內涵、表現與原因

陳與郊在《鸚鵡洲》序言：「傳奇，傳奇也。不過演奇事，暢奇情。」〔註 77〕又如孔尚任在〈桃花扇小識〉中亦云：「傳奇者，傳其事之奇焉者也，事不奇則不傳。」〔註 78〕這雖然是批評傳奇的一個概念，然而亦可普遍運用在戲曲批評上，因爲若一劇中皆爲「熟事」、「熟人」、「熟情」、「熟理」則幾與生活一般，就會缺少娛樂性，可能致使劇本枯燥乏味，所以劇作家往往要「熟」中出「奇」，批評家也以「奇」作爲批評戲曲的標準之一。譚帆、陸煒在《中國古典戲劇理論史》第四章第四節〈奇：情節論〉中即清楚提出創作、批評中由奇到幻到新的改變，歸納「奇」字在古典曲論中約有奇變、奇幻、新奇三個概念內涵，此三義並具備歷史發展的脈絡。〔註 79〕不過在曲論中，「奇」多是針對劇本的事、情兩種要素進行批評，以「奇」批評人、理者較少，不過仍然可以將「奇」進一步分解爲「奇人」、「奇理」、「奇事」、「奇情」四者。「奇人」指劇本中採用觀者未聞見或少聞見之人，應出現在虛構或用僻事的劇本中，由於劇本內容全爲作者獨創或事爲罕見，因此觀者就不會對劇中人物有熟悉之感。「奇理」指劇本所欲闡發之理，不是觀者所熟悉之常理。這在元雜劇中的情況極少，也難以遽下判斷該理不是常理，如前舉《小孫屠》焚兒救母之理，於今人視之爲奇，然於當時當地之人而言則或許爲熟。元雜劇中使用「奇人」、「奇理」者較爲少，故以下的討論著重在「奇事」、「奇情」二者。

一、「奇事」、「奇情」的概念內涵

本段目的在討論「奇事」、「奇情」的概念內涵，以下將「奇事」與「奇情」分開討論。

（一）「奇事」的概念內涵

「奇事」可以分爲二義：一指故事情節爲新；二指情節結構的新奇、突

〔註 77〕參見（明）陳與郊著：《鸚鵡洲》（台北：天一出版社，1983 年），頁 1。

〔註 78〕參見（清）孔尚任著，王季思、蘇寰中、楊德平校注：《桃花扇》（台北：里仁書局，1996 年。據蘭雪堂本、西園本、暖紅室本、梁啓超本等互校，另以康熙戊子刻本校正改訛後重排），頁 3。

〔註 79〕詳見譚帆、陸煒合著：《中國古典戲劇理論史》，頁 184～190。

兀、多采多姿。指故事情節爲新者，如李漁在《閒情偶記‧脫窠臼》中所云：

> 古人呼劇本爲「傳奇」者，因其事甚奇特，未經人見而傳之，是以得名，可見非奇不傳。新，即奇之別名也。〔註 80〕

李漁此處即提出人所未聞見的奇的內涵，而「未經人見而傳之」指的是該故事未曾改編爲劇作，爲該作者首用，因此李漁續言「此等情節業已見之於戲場，則千人共見，萬人共見，絕無奇矣，焉用傳之？」〔註 81〕

二指情節結構的新奇、突兀、多采多姿，而此是建立在人所未聞的基礎上進一步細究情節結構的措置表現。如明人袁于令在〈焚香記序〉評論該劇「紆曲」的劇情時云：

> 然又有幾段奇境，不可不知也。其始也，落魄萊城，遇風鑑操斧，一奇也；及所聯之配又屬青樓，青樓而復出於閨帷，又一奇也。新婚設誓，奇矣。而金壘套書，致兩人生而死，死而生，復有虛計之傳。愈出愈奇，悲歡沓見，離合環生。〔註 82〕

在袁于令這段評論中說明《焚香記》的情節安排的特殊，「落魄萊城，遇風鑑操斧」是一奇，「所聯之配又屬青樓，青樓而復出於閨帷」是二奇，「新婚設誓」是三奇，「金壘套書，致兩人生而死，死而生，復有虛計之傳」是四奇。此劇「奇事」疊出，悲歡沓見離合環生，讓觀者不斷有驚訝之感。但這情節出奇之恰切者，若情節出奇至其極者，則一味逐奇出幻，不合情理，因此如凌濛初就批評此一弊端云：

> 今世愈造愈幻，假托寓言，明明看破無論，即眞實一事，翻弄作烏有子虛。總之，人情所不近，人理所必無，世法既自不通，鬼謀亦所不料，兼以照管不來，動犯駁議，演者手忙腳亂，觀者眼暗頭昏，大可笑也。〔註 83〕

凌濛初認爲戲曲故造幻虛，以致於不近人情人理、不通世法的情況，是極爲可笑的，由此可知並非一味出奇方爲上乘，仍須合人情人理，具備故事題材的內在邏輯性，否則極易犯張岱〈答袁籜庵〉一文所謂「非想非因，無頭無

〔註 80〕 參見《中國古典戲曲論著集成‧第七冊》，頁 15。

〔註 81〕 同上註。

〔註 82〕 參見參見（明）王玉峰著，湯顯祖評點：《焚香記》，頁 2～3。

〔註 83〕 參見（明）凌濛初著：《譚曲雜劄》，收於《中國古典戲曲論著集成‧第四冊》（北京：中國戲劇出版社，1959 年。以《讀曲叢刊》本爲底本，另以《吳騷合編》本互勘），頁 258。

緒，只求熱鬧，不論根由，但要出奇，不問文理」〔註 84〕之弊。董每勘在論戲劇的創作方法時亦指出此點作者易犯之缺失，其云：「有很多作者往往想把故事構成的離奇怪誕，欲以曲折引人入勝，但不顧主題範圍，最易出毛病。〔註 85〕」即奇之太過爲一弊病，不過劇本不奇亦難以吸引觀眾，因此往往陷入兩難，也考驗作者的情節鋪排的能力。

（二）「奇情」的概念內涵

「奇情」指劇中人物的情感表現出奇，不同平常，這有兩種情況，一是指此情非人情之所常有，而別出一種情感類型，這在元雜劇中較爲少見；二是指此情人情所常，但卻是常情之極端者，即元雜劇多用「熟情」爲劇本的材料，但卻在情感的程度上加深、加重，使其超過一般人情感的深度，爲常人所未見未聞，因此爲「奇」，如湯顯祖在《牡丹亭》「作者題詞」時云：

> 天下女子有情，寧有如杜麗娘者乎！夢其人即病，病即彌連，至手畫形容，傳於世而後死。死三年矣，復能溟莫中求其所夢者而生。如麗娘者，乃可謂之有情人耳。情不知所起，一往而深。生者可以死，死可以生。生而不可與死，死而不可復生者，皆非情之至也。夢中之情，何必非眞？天下豈少夢中之人耶！必因薦枕而成親，待掛冠而爲密者，皆形骸之論也。傳杜太守事者，彷彿晉武都守李仲文、廣州守馮孝將兒女事。予稍爲更而演之。至於杜守收拷柳生，亦如漢睢陽王收拷談生也。嗟夫！人世之事，非人世所可盡。自非通人，恒以理相格耳！第云理之所必無，安知情之所必有邪！〔註 86〕

湯顯祖於此說明杜麗娘之情不知所起，一往而深，生者可以死，死可以生，非人世間尋常可見，自不宜以常理斷之。此處所言杜麗娘因夢生情而死生之事，爲人聞所未聞之奇，又杜麗娘這段足以死生許之的情感亦爲奇，這種情感雖非尋常可見，但其痴迷之情仍是人情之常見者，只是推至死生之極端，

〔註 84〕引自程炳達、王衛民編著：《中國歷代曲論釋評》（北京：民族出版社，2000 年），頁 299。

〔註 85〕參見董每勘著：《董每勘文集‧上卷》（廣州：廣東高等教育出版社，1999 年），頁 36。

〔註 86〕參見（明）湯顯祖著，徐朔方、楊笑梅校注：《牡丹亭》（台北：里仁書局，1995 年。以明代懷德堂出版《重鐫繡像牡丹亭還魂記》爲底本，另以古本戲曲叢刊影印名朱墨刊本、汲古閣六十種曲本、康熙三十三年循齋胡介祉重刊格正還魂記詞調本、康熙三十三年吳吳三婦評本、清代翻刻暖紅室復刻冰絲館重刻還魂記、光緒十二年同文書局印本等校訂重排），頁 1。

可以夢中生情而死生許之者唯杜麗娘。劇作家匠意入曲，將常人之情，推於非常人之極端，即爲奇也，亦爲新也，非是尋常人見所未見、聞所未聞方爲奇。在張岱〈答袁籜庵〉一文中亦見此意，其云：

> 兄（按：袁于令）看《琵琶》、《西廂》有何怪異？布帛菽粟之中自有許多滋味，咀嚼不盡，傳之永遠，愈久愈新，愈淡愈遠。東坡云：「凡人文字，務使和平知足，於溢爲奇怪，蓋出於不得已耳。今人於開場一出，便欲異人，乃裝神扮鬼，作怪興妖。一番熱鬧之後，及至正生衝場，引子稍長，便覺可厭矣。兄作《西樓》，只一「情」字，〈講技〉、〈錯夢〉、〈搶姬〉、〈泣試〉，皆是情理所有何嘗不熱鬧，何嘗不出奇，何取於節外生枝，屋上起屋耶？〔註87〕

此即言人物之情在情理之中，而有出奇之致，方爲上層。此與「奇事」相同，丁耀亢〈赤松游題詞〉云：「立意不用平而用怪，故曲曰傳奇，乃人中之奇，非天外之事」〔註88〕，而通過劇作家的巧思安排化常情爲「奇情」，而又不脫人情人理之外，由此可以說將「熟情」深化至極端者爲奇，因此「奇情」建立在「熟情」之上。

二、元雜劇中用「奇事」、「奇情」的表現與原因

本段旨在討論元雜劇中用「奇事」、「奇情」的表現與原因，以下先討論元雜劇中用「奇事」、「奇情」的表現，再進一步討論元雜劇中用「奇事」、「奇情」的原因。

（一）元雜劇中用「奇事」、「奇情」的表現

1. 元雜劇中用「奇事」的表現

元雜劇中對於情節安排，較不會求一味出奇變化，誠如凌濛初在《譚曲雜劄》中所云：

> 戲曲搭架，亦是要事，不妥則全傳可憎矣。舊戲無扭捏巧造之弊，稍有牽強，略附鬼神作用而已，故都大雅可觀。〔註89〕

凌濛初所指「舊戲」爲元代戲曲，他認爲元雜劇並不會刻意將情節揉捏造作一意出奇，但這並不是說元雜劇全非「奇事」，元雜劇中「情節結構的新奇、

〔註87〕引自程炳達、王衛民編著：《中國歷代曲論釋評》，頁299。

〔註88〕參見（明）丁耀亢著：《赤松遊》（台北：天一出版社，1996年），〈赤松遊題辭〉頁2。

〔註89〕參見《中國古典戲曲論著集成・第四冊》，頁258。

突兀、多采多姿」者亦可見，如《倩女離魂》倩女因情離魂即爲「奇」，此爲常人日常生活所不能聞見之事，劇作家以此事入劇，即傳此事之新奇、突兀。

元雜劇中的「奇事」從取材的角度言之有二，可以歸在笠翁所謂「故事情節爲新」者下：一是題材使用觀者未聞罕見的故事；二是未必使用觀者未聞罕見的故事，然爲創作劇本之首用。「用觀者所未聞罕見的故事」者如鍾嗣成在《錄鬼簿》中就用「奇」來批評劇作如評鮑天佑的劇作是「跬步之間，惟務搜奇索古而已。」〔註 90〕鍾嗣成此語指劇本多用僻事，求人之所未聞，鮑天佑今存殘劇《王妙妙哭死秦少游》、《史魚屍諫衛靈公》；存目《志封侯班超投筆》、《貪財漢爲富不仁》、《諫紂惡比干剖腹》、《東萊守楊震畏金》、《重遭糠宋弘不諂》、《孝順女曹娥泣江》等，從其殘劇存目雖無法盡窺其內容，但仍可明其出處。〔註 91〕其中雖如比干剖心在元代已有《武王伐紂平話》可知此一故事已廣爲流傳；投筆從戎一事亦早已成爲詩詞中之典故〔註 92〕；秦少游亦爲宋代知名詞家。然如楊震、宋弘雖見於史傳，但名、事不響，非一般人民所熟知之人物，其事亦非人民所熟知，鍾嗣成所謂「惟務搜奇索古」或許即是指此。

「未必使用觀者未聞罕見的故事，然爲創作劇本之首用」者，若就現存可考的資料而言在元雜劇中極多，如《竇娥冤》、《漢宮秋》、《秋胡戲妻》、《趙禮讓肥》等等。不過由於元人生平多不可考，劇本成書搬演年代之先後亦難稽考，因此如鄭光祖之《迷青瑣倩女離魂》與趙公輔存目之《棲鳳堂倩女離

〔註 90〕參見（元）鍾嗣成著：《錄鬼簿》，收於中國戲劇研究院編校重排：《中國古典戲曲論著集成・第二冊》（北京：中國戲劇出版社，1959 年。以清康熙四十五年曹楝亭本爲底本，另以明萬曆《説集》鈔本、明崇禎《酹江集》本、明《暖紅室彙刻傳奇》附刻本、王國維校注本、天一閣藏明藍格鈔本等勘校），頁 122。

〔註 91〕《王妙妙哭死秦少游》見於《夷堅志》卷二〈義倡傳〉；《史魚屍諫衛靈公》見於《韓詩外傳》卷七；《志封侯班超投筆》見於《後漢書》卷四十七〈班梁列傳〉；《諫紂惡比干剖腹》見於《尚書・周書・泰誓下》和《史記》卷三十八〈宋微子世家〉和《武王伐紂平話》卷中；《東萊守楊震畏金》見於《後漢書》卷五十四〈楊震列傳〉；《重遭糠宋弘不諂》見於《後漢書》卷二十六〈宋弘列傳〉；《孝順女曹娥泣江》見於《後漢書》卷八十四〈列女傳・孝女曹娥〉；《貪財漢爲富不仁》出處不詳。

〔註 92〕如魏徵〈述懷〉詩云：「中原初逐鹿，投筆事戎軒。」參見中華書局編輯部點校：《全唐詩（增訂本）・第一冊》（北京：中華書局，1999 年）頁 441。又如祖詠〈望薊門〉詩云：「少小雖非投筆吏，論功還欲請長纓。」參見《全唐詩（增訂本）・第二冊》，頁 1335。又如陸游〈訴衷情〉詞云：「當年萬里覓封侯，匹馬戍梁州。」參見唐圭璋編：《全宋詞・第三冊》（北京：中華書局，1965 年），頁 1596。

魂》則難以判定何者爲首用，何者爲襲用，然這並無妨「非用觀者所未聞罕見的故事，然爲改編劇本之首用者」這一個區分劇作標準的設立，只是我們必須承認有些劇作仍是待考，俟有新資料出之方能進行歸類。

2. 元雜劇中用「奇情」的表現

如前所述，常情發揮至人所未聞之極者，可謂之「奇情」，此在元雜劇亦有所見。如竇娥故事的諸多來源都只敘述到竇娥的「冤事」，強調她被冤枉的過程與冤死的結果，這種冤死的案例在元代晦暗的吏治中應不罕見，然而關漢卿就藉由此一冤屈的故事情節，進一步敷衍竇娥內心情緒的起伏變化，並將之渲染到怨之極者，在《竇娥冤》第三折她唱云：

> 【正宮端正好】沒來由犯王法，不提防遭刑憲，叫聲屈動地驚天！頃刻間遊魂先赴森羅殿，怎不將天地也生埋怨。
>
> 【滾繡球】有日月朝暮懸，有鬼神掌著生死權。天地也，只合把清濁分辨，可怎生糊塗了盜跖顏淵：爲善的受貧更短命，造惡的享富貴又壽延。天地也，做得個怕硬欺軟，卻元來也這般順水推船。地也，你不分好歹何爲地？天也，你錯勘賢愚枉做天！哎，只落的兩淚漣漣。〔註93〕

在這段唱曲中，竇娥將所受冤屈一股腦的傾吐，其怨上通天下達地，表現出對「天道的懷疑」〔註94〕，這種情感的奔放，出現在第三折除了表示全劇的高潮外，除了帶來情節上「奇峰突起的效果」外，也正是讓觀者「一時間有驚天動地之概」。〔註95〕

然而值得注意的是元雜劇來源多爲史傳雜說，而史傳雜說的敘述方式多半不帶有濃烈的情感，而是採用一種較平實、客觀的記敘角度，然而元雜劇則會進一步增改情節並點染劇中人物的情感波折，往往就會營造出奇的情感，如《倩女離魂》第三折中「病重哀感」〔註96〕這一個「戲劇性情節單位」，爲《離魂記》中所無〔註97〕，然鄭光祖在此渲染在家倩女的心情，倩女唱云：

〔註93〕參見《元曲選・第四冊》，《竇娥冤》頁7。

〔註94〕張淑香在〈從戲劇的主題結構談竇娥的「冤」〉一文中認爲竇娥於此產生了對一向信仰的天道的懷疑。詳見張淑香著：《元雜劇中的愛情與社會》（台北：大安出版社，1991年），頁255～260。

〔註95〕同上註，頁256。

〔註96〕此一戲劇性情節單位的區分，參見游宗蓉先生著：《元雜劇排場研究》，頁253。

〔註97〕參見《元曲選・第二冊》，《倩女離魂》頁5～6。

（正旦抱病，梅香扶上，云）自從王秀才去後，一臥不起，但合眼便與王生在一處，則被這相思病害殺人也呵！（唱）

【中呂．粉蝶兒】自執手臨岐，空留下這場憔悴，想人生最苦別離。說話處少精神，睡臥處無顛倒，茶飯上不知滋味。似這般廢寢忘食，折挫得一日瘦如一日。

【醉春風】空服遍目面眩藥不能痊，知他這腤臢病何日起？要好時直等的見他時，也只爲這症候因他上得、得。一會家縹緲呵忘了魂靈，一會家精細呵使著軀殼，一會家混沌呵不知天地。（云）我眼裏只見王生在面前，原來是梅香在這裏！梅香，如今是甚時候了？（梅香云）如今春光將盡，綠暗紅稀，將近四月也。（正旦唱）

【迎仙客】日長也愁更長，紅稀也信尤稀，（帶云）王生，你好下的也！（唱）春歸也奄然人未歸。（梅香云）姐姐，俺姐夫去了未及一年，你如何這等想他？（正旦唱）我則道相別也數十年，我則道相隔著幾萬里，爲數歸期，則那竹院裏刻遍琅玕翠。

【紅繡鞋】去時節楊柳西風秋日，如今又過了梨花暮雨寒食。（梅香云）姐姐，你可曾卜一卦麼？（正旦唱）則兀那龜兒卦無定準、枉央及，喜蛛兒難憑信，靈鵲兒不誠實，燈花兒何太喜。（夫人上，云）來到孩兒房門首也。梅香，你姐姐較好些麼？（正旦云）是誰？（梅香云）是奶奶來看你哩。（正旦云）我每日眼界只見王生，那曾見母親來？（夫人云）孩兒，你病體如何？（正旦唱）

【普天樂】想鬼病最關心，似宿酒迷春睡。繞晴雪楊花陌上，趁東風燕子樓西。抛閃殺我年少人，辜負了這韶華日。早是離愁添縈系，更那堪景物狼藉。愁心驚一聲鳥啼，薄命趁一春事已，香魂逐一片花飛。（正旦昏科）〔註98〕

倩女這一段的唱曲與對話是《離魂記》中所無，【粉蝶兒】與【醉春風】兩曲先直接引出其濃烈的情感述說在分離後身體與心情皆不適，因別離而廢寢忘食，一日瘦如一日，因別離而「一會家縹緲呵忘了魂靈，一會家精細呵使著軀殼，一會家混沌呵不知天地」，這種不及一年的離別傷感而染病，超出了人情之常。因此隨後梅香提出了「姐姐，俺姐夫去了未及一年，你如何這等想他？」這個合於人情之常的疑問，倩女回應道：「我則道相別也數十年，我則

〔註98〕同上註，頁6。

道相隔著幾萬里」，因為倩女深刻的情感，所以會有別離未及一年而有數十年之感，這與常人情感不同。倩女並進一步在【普天樂】唱出她超乎常情的情感內涵，由於春光將盡，她以春景自況，嘆自己正青春卻無人相伴，有如即將逝去的美景，加深加重了濃烈的情感。

（二）元雜劇中用「奇事」、「奇情」的原因

元雜劇使用「奇事」、「奇情」的原因可以分開來看，用「奇事」的原因無非標新，求觀者之未睹，以此吸引觀者。然用「奇情」者的目的固然與「奇事」相同，都是要吸引觀者，如譚帆、陸煒在《中國古典戲劇理論史》所云：

> 戲劇藝術畢竟還要面對廣大的觀眾，它不是一種純個體的藝術活動，其藝術價值的最終實現還得依賴於廣大觀眾的欣賞與認可。由此怎樣提高戲劇情節的質量，使之更育有豐富的戲劇性，造成一種生動的、富於吸引力的藝術魅力，便自然而然地成了劇論家和劇作家無法迴避的一個現實。所謂「奇」這一範疇正是古典劇論家們所竭力強調的一個戲劇情節的審美原則。〔註99〕

此處指出了使用「奇事」、「奇情」的三個原因：提高戲劇情節的質量；育有豐富的戲劇性；造成一種生動的、富於吸引力的藝術魅力。而其最終目的是為了得到廣大觀眾的欣賞與認可。但除此之外，我們還可以進一步深究用「奇情」在劇本敘事中具備什麼樣的作用，而這些作用正是劇本採用「奇情」的原因之一，主要有二：

一是作為「奇事」發展的合理化基礎。此指「奇事」中「情節結構的新奇、突兀、多采多姿」者，如前舉之《倩女離魂》一劇，在第三折中「病重哀感」所表現深刻的「奇情」，一方面通過曲文將倩女的別離之情深刻的表現出來，一方面就通過此一情感將讓倩女離魂的情節合理化，因為前一折倩女扮離魂與王文舉一起遠行進取功名，這種因情離魂為常人之所無，故為奇，但其男女分別之情乃人之常有，故為熟，「熟情」推至極端而有的離魂之舉，就非常人所能經歷聞見，故此離魂之舉需有一深刻的情感作為內在依據，所以鄭光祖安排倩女敘述病重哀感之情，為離魂「奇事」建立內在的邏輯性。

二是加強人物形象的深度。因為人物情感熟而不奇便與常人無二，人物形象就較不鮮明，然而若人物具備「奇情」，則就呈現出與常人不同的特殊性，如倩女之離別之情、竇娥之冤情、董秀英之相思之情，都是深刻到別於常人

〔註99〕參見譚帆、陸煒合著：《中國古典戲劇理論史》，頁184。

的「奇情」，因此這些人物的形象因此變得的爲鮮明活躍。

以上兩種原因是從劇本敘事的角度出發，來討論作者使用「奇情」的原因，然這兩個原因的目的與譚帆、陸煒所言的三個原因相同，都是爲了能夠達到更好的戲劇效果，以吸引更多的觀者。

參、熟與奇的矛盾與互融

前述元雜劇用「熟」、「奇」各有其表現與原因，由此會產生一個疑問，在元雜劇中用「熟人」、「熟事」、「熟情」是爲了適應中國古典劇場文化，讓觀者容易理解故事內容，並且使作者與觀者之情容易產生交感，而「奇事」、「奇情」卻又是要產生前所未聞、或異峰突起高潮跌起的吸引力來吸引觀者，因此在這熟與奇之間就產生了熟——不熟、奇——不奇的矛盾，以下就從這個矛盾進行討論，思考元雜劇中熟與奇的關係。這主要可以分爲「奇事熟化」、「熟事奇化」兩種關係，以下分述之。

一、奇事熟化

「奇事熟化」指劇作中所言之事雖奇，但仍然用「敘述故事前因」、「敘述暗場」、「重敘前情」、「敘述盤算、動向」、「敘述的『重複』」、「預言劇情」等敘述方法來增加觀者對劇情發展的熟悉度，這些敘述方法都有說明劇情甚至重複敘述劇情的作用，因此有助於觀者熟悉劇情，如此一來就算情節發展爲未聞見之「奇」，也不會使觀者因爲情節過於陌生而需要注意著情節推展。其中值得注意的是「預言劇情」，從「奇事熟化」的角度來看，「預言劇情」會在觀者心中留下劇情發展的印象，讓觀者能夠容易掌握劇情，換言之也就是爲了讓觀者能夠盡快知道往後劇情的可能發展，如此一來就算事「奇」，觀者亦會對劇情有一定的熟悉度。

元雜劇體制中的「題目正名」亦有此種作用，「題目正名」是用作於廣告宣傳，若就用「奇事」的劇作而言，觀者對於劇作演出內容未必熟悉，因此有題目正名的設計，讓觀者能夠在觀看劇作前就先了解劇情的大致內容，曾永義先生認爲《藍采和》雜劇第一折中所言「花招兒」與「莊家不識勾欄」散套中所言「花碌碌紙榜」爲戲劇演出的海報，海報爲演出前一日張貼內容即是元雜劇的「題目正名」和主演者的藝名。〔註100〕徐扶明亦認爲就舞台演出程序而言，「題目正名」應該放在正戲開演之前，「報幕」式地向觀眾介紹

〔註100〕詳見曾永義先生著：《中國古典戲劇的認識與欣賞》，頁261～263。

劇情提要，使觀眾預先對即將演出的劇目內容有所了解。〔註 101〕由此可知「題目正名」是在元雜劇開演前給觀者看的，因此具有讓觀者預先熟悉劇情的作用，如《東堂老》在明鈔本《錄鬼簿》本、明息機子編刊《元人雜劇選》本中其題目正名爲「西鄰有生不肖兒男，東堂老勸破家子弟」，在明臧懋循編刊《元曲選》本、明孟稱舜編刊《酹江集》本中作「西鄰友立托孤文書，東堂老勸破家子弟」，不管是哪一種題目正名爲原本面貌，都有概述劇情之功能。讓觀者預先知道劇情梗概，即會對劇情發展有一定的認識，因此具有「奇事熟化」的作用。

二、熟事奇化

「熟事奇化」指劇作中所言之事雖熟，但是通過「運用奇情」以及「點染增益情節」兩種方式在劇本中呈現「奇」。「運用奇情」，指該劇本之事雖然爲觀者所熟知或已有劇本先編寫過，但通過敘述「奇情」仍然讓劇本有可觀者，如《東牆記》雖依樣於《西廂記》，其相思的情感亦爲常人所有，但董秀英在第一折中通過唱曲蓄勢，蓄積情感，將相思之情推展到「鬼病三分」、「斷魂」的程度，這個情感已經超出常情而出「奇」，增加了此劇的可看性，又以這個情感爲基礎進一步發展劇情，則事雖熟然亦有可觀者。

「點染增益情節」指加入「熟事」本無的故事情節，讓故事發展出人意表，此往往與「奇情」相輔，因爲劇作家在「熟事」中所添加的情節有時即爲敘述「奇情」，又「奇情」爲超乎常情，不爲人所熟悉之情，此往往作者匠心所在，是本事來源所無，爲作者所增入。除上述《倩女離魂》的例子外，如《柳毅傳書》的本事雖已有劇本改編，但作者在第一折「代傳書信」這個「戲劇性情節單位」時，增加了龍女以「敘事體」方式哭訴其苦其悲的部分，龍女從【點絳唇】到【天下樂】自怨自艾唱出她受苦的情況，這是〈柳毅傳〉本無而作者增之，龍女唱云：

> 【仙呂・點絳唇】魂斷頻哭，夢回不睹，逢春暮，甚日歸湖，備把這離愁訴。
>
> 【混江龍】往常時凌波相助，則我這翠環高插水晶梳。到如今衣裳襤褸，容貌焦枯。不學他蕭史台邊乘鳳客，卻作了武陵溪畔牧羊奴。思往日，憶當初，成繾綣，效歡娛。他鷹指爪，蟒身軀，忒躁暴，太粗疏，但言語，便喧呼。這琴瑟，怎和睦？（帶云）俺那龍呵，（唱）

〔註 101〕詳見徐扶明著：《元代雜劇藝術》，頁 403。

可曾有半點而雲雨期，敢只是一剗的雷霆怒。則我也不戀您榮華富貴，情願受鰥寡孤獨。……

【油葫蘆】則我這頭上風沙臉上土，洗面皮惟淚雨，鬢㙊松除是冷風梳。他不去巫山廟裡尋神女，可叫我在涇河岸上學蘇武。這些時坐又不安，行又不舒。猛回頭凝望著家何處，只落得一度一嗟吁。

【天下樂】俺家在南天水國居，救兒里非無尺素書。奈衡陽不傳鴻雁羽，黃犬又筋力疲，錦鯉又性格愚，幾遍家待相通常間阻。〔註 102〕

這段唱曲唱出龍女的苦處、無奈，在【點絳唇】中，龍女感嘆己身受苦，見春景將逝，又是無以得還洞庭湖，只能牧羊受苦徒然蹉跎青春，此處先點出她的濃烈離情。在【混江龍】一曲中進一步以今昔對比，敘述自己受夫虐待的苦楚，在【油葫蘆】中加強敘述牧羊的辛苦，在【天下樂】中強調離家的辛酸，這種今昔的強烈對比，離家千里不得還的濃烈離情，就在第一曲第一、二句話「魂斷頻哭，夢回不睹」中呈現出來，這種昔榮今悲之苦、離家千里不得還之苦，亦非常人所有，故爲「奇」，增添此一抒情唱段，將龍女之「奇情」表露無遺，也因此不同於〈柳毅傳〉。不過由於今日《柳毅大聖樂》與《柳毅洞庭龍女》已經佚失，無法知道其內容是否與《柳毅傳書》相同，然就有限的資料仍可說《柳毅傳書》將「熟事奇化」。

第三節　小　結

本章主要虛實與熟奇討論元雜劇中的用事表現。以下分別就虛實與熟奇概述研究心得。

一、虛實的概念內涵與元雜劇用事的虛實表現

劇本中具備的虛實概念中具備「材料意義」、「價值意義」、「方法意義」三種意義。對應此三種意義，我們可以進一步分析劇本中的虛實概念，筆者認爲「實」在古典曲論與戲劇表現主要指涉有三：「取材之實」、「價值之實」與「方法之實」；「虛」主要指涉亦有三：「取材之虛」、「價值之虛」與「方法之虛」。大多數曲家的討論劇本的虛實多是由以上「材料意義」、「方法意義」、「價值意義」等三個概念中的六種指涉加以延伸。曲家依據個人的評價系統賦予戲曲虛實「評價意義」，並從中選擇出符合其「評價意義」的「材料意義」、

〔註 102〕參見《元曲選・第四冊》，《柳毅傳書》頁 2。

「方法意義」或「價值意義」。

當討論元雜劇的用事表現的虛實時，則以「材料意義」與「方法意義」兩者的虛實表現較爲重要，因爲「價值意義」的虛實從劇本就可以分辨，爲非「虛」即「實」的二元對立，然在元雜劇中「材料意義」與「方法意義」兩者的虛實表現，則還可以進一步做更細部的分解，首先在「材料意義」方面，元雜劇的故事題材雖多有所本，重視「實」的「材料意義」，卻不著重在求「實」的「方法意義」，在劇本創作上，多會取材古史雜說，並不會刻意追求脫空杜撰，而是就有本之事再加以修飾增改，即元雜劇是以「取材之實」結合「表現之虛」。從「取材之實」一點，可再細分爲「實人」與「實事」兩點觀之，然用「實人」未必用「實事」，反之亦然，由此即沾出虛的「材料意義」。由此可以通過實際劇本的例證將「取材之實」與「取材之虛」的關係再細分爲五，包括（一）用「實人」用「實事」；（二）用「虛人」用「實事」；（三）用「實人」用「虛事」；（四）「實人」結合「實事」；（五）用「虛人」用「虛事」。從元雜劇材料的虛實運用，可以看出蘊含某些方法虛實，如第二、三點含有「表現之虛」的創作方法，這是因爲在選擇材料過程中就已經蘊含了作者的創作方法，但只用此說明元雜劇運用虛實的創作方法仍有所不足，我們還可以將元雜劇中「表現之虛」與「表現之實」進一步分別「增人」、「增事」、「改人」、「改事」等四者。而元雜劇要增改人事的主要原因，是爲了增加劇情可看性與塑造人物形象。這種改動是有其準繩內在規律，而不是漫無邊際的增添刪改，元雜劇虛寫點染的過程中或有違歷史事實或文獻事實，然仍遵循著「情理」、「事理」，作爲維持劇本邏輯性的劇情發展準繩。

二、元雜劇用事的熟與奇

（一）熟的概念內涵與作用

「熟」這個概念若細分之，則可區分爲「熟事」、「熟人」、「熟情」與「熟理」四者，其中「熟人」與「熟事」是從故事題材的角度討論，「熟情」與「熟理」是從創作目的的角度討論。然此兩者亦相互關涉，創作故事題材的目的即爲創作目的，創作目的寄託在故事題材中。元雜劇中使用「熟人」與「熟事」的表現內容，約可分爲兩種類型：一是出於正史記載之中；一是出於稗官野史、小說筆記之中。元雜劇中用「熟事」與「熟人」的原因可以從作者與觀者兩者的角度共同分析出四個原因，主要有「創作需求」、「作觀通感」、「突出樂舞」以及「劇場雜鬧」等四個原因。

「熟情」指作者在劇中寄託觀者所熟悉或認同的情感經驗，或所敘之情感爲人情之常者。「熟理」則指作者在劇中寄託觀者所熟悉或認同的價值意向。元雜劇中情感的表現十分多樣，多爲人所熟悉的情感經驗，這些情感皆爲人情之所常見，因此當劇本要表現這些情感類型時，就在情節推展中安置構成這些情感的要素，因此有著相同情感就容易會產生相似的情節模式。至於「熟理」，元雜劇中呈現人所熟知的價值意向，主要有四：a. 宣揚善惡有報的因果關係；b. 宣揚倫理教化；c. 宣揚反抗精神；d. 宣揚道化、出世觀念。這些元雜劇劇本所採用的「熟理」，由於所用之理近，因此也會與「熟情」一樣產生一些常見的情節發展模式，如闡述反抗精神的劇本，多是寫強與弱、官與民之間的對立，這種對立往往是由利益或美色所造成官壓民、盜欺商、長凌幼、妻迫妾之間的衝突，再加上貪官、昏官無法即時予以平反，所以良善的一方受到壓抑，最後再由一位清正之士出來平反冤屈。正是因爲在觀者的眼中，良善的人民多是被欺凌一方，被欺凌的對象亦多雷同，因此有了類似的情節模式。元雜劇使用「熟情」、「熟理」的原因與使用「熟人」、「熟事」相近，其主要原因爲「作觀通感」、「劇場雜鬧」二點。作者與觀者之間因「熟情」、「熟理」而能夠有更密切的交感，作者個殊的情感經驗與價值意向必須合乎普遍原則，由此所創作之劇本才能讓觀者交感或認同其情感經驗和價值意向。又中國傳統戲曲獨特的劇場文化中觀者不一定隨時注意著舞台，因此用「熟事」、「熟人」，並且敘事時間流轉到當下，通過演員表演當下的情緒起伏，因此曲到當下，必須要觀者能夠雖時融入劇情方能交感，因此除了人、事必須熟外，曲中所呈現的情感、理念也必須爲觀者所熟悉，不然觀者難以立刻了解曲中所呈現的情感世界或者價值系統，而產生扞格不入的情況。

（二）奇的概念內涵、表現與原因

「奇」多是針對劇本的事、情兩種要素進行批評，以「奇」批評人、理者較少，不過由此仍可將「奇」進一步分解爲「奇人」、「奇理」、「奇事」、「奇情」四者。「奇人」指劇本中採用觀者未聞見或少聞見之人，應出現在虛構或用僻事的劇本中，由於劇本內容全爲作者獨創或事爲罕見，因此觀者就不會對劇中人物有熟悉之感。「奇理」指劇本所欲闡發之理，不是觀者所熟悉之常理。這在元雜劇中的情況極少，也難以遽下判斷該理不是常理，如前舉《小孫屠》焚兒救母之理，於今人視之爲奇，然於當時當地之人而言則或許爲熟。元雜劇中使用「奇人」、「奇理」者較爲少，故以「奇事」、「奇情」二者爲討論重心。

「奇事」可以分爲二義：一指故事情節爲新；二指情節結構的新奇、突兀、多采多姿。元雜劇中對於情節安排，較不會求一味出奇變化。元雜劇中的「奇事」從取材的角度言之有二，可以歸在笠翁所謂「故事情節爲新」者下：一是題材使用觀者未聞罕見的故事；二是未必使用觀者未聞罕見的故事，然爲創作劇本之首用。

「奇情」則指劇中人物的情感表現出奇，不同平常，這有兩種情況，一是指此情非人情之所常有，而別出一種情感類型，這在元雜劇中較爲少見；二是指此情爲人情所常見，但卻是常情之極端者，元雜劇多用「熟情」爲劇本的材料，但卻在情感的程度上加深、加重，使其超過一般人情感的深度，爲常人所未見未聞，因此爲「奇」。元雜劇本事來源多爲史傳雜說，而史傳雜說的敘述方式多半不帶有極爲濃烈的情感，而是採用一種較平實、客觀的記敘角度，然而元雜劇則會進一步增改情節並點染劇中人物的情感波折，往往就會營造出奇的情感。

元雜劇使用「奇事」、「奇情」的原因可以分開來看，用「奇事」的原因無非標新，求觀者之未睹，以此吸引觀者。然用「奇情」者的目的固然與「奇事」相同，都是要吸引觀者，如譚帆、陸煒在指出了使用「奇事」、「奇情」的三個原因，包括「提高戲劇情節的質量」、「育有豐富的戲劇性」、「造成一種生動的、富於吸引力的藝術魅力」，而其最終目的是爲了得到廣大觀眾的欣賞與認可。但除此之外，「奇情」在劇本敘事中還具備兩項作用，而兩項作用正是劇本採用「奇情」的原因，其一是作爲「奇事」發展的合理化基礎；其二是加強人物形象的深度。因爲人物情感熟而不奇便與常人無二，人物形象就較不鮮明，然而若人物具備「奇情」，則就呈現出與常人不同的特殊性。以上兩種原因是從劇本敘事的角度出發，來討論作者使用「奇情」的原因，然這兩個原因的目的與譚帆、陸煒所言的三個原因相同，都是爲了能夠達到更好的戲劇效果，以吸引更多的觀者。

（三）熟與奇的矛盾與互融

在元雜劇中用「熟人」、「熟事」、「熟情」是爲了適應中國古典劇場文化，讓觀者容易理解故事內容，並且使作者與觀者之情容易產生交感，而「奇事」、「奇情」卻又是要產生前所未聞、或異峰突起高潮跌起的吸引力來吸引觀者，因此在這熟與奇之間就產生了熟——不熟、奇——不奇的矛盾，這種矛盾對立可以從「奇事熟化」、「熟事奇化」兩種關係來解決，「奇事熟化」指劇作中所言之事雖奇，但仍然用「敘述故事前因」、「敘述暗場」、「重敘前情」、「敘述盤算、動向」、「敘述的『重複』」、「預言劇情」等敘述方法來增加觀者對劇情發展的熟悉度。又元雜劇體制中的「題目正名」亦有此種作用，「題目正名」在正戲開演之前，「報幕」式地向觀眾介紹劇情提要，使觀眾預先對即將演出的劇目內容有所了解，因此具有讓觀者預先熟悉劇情的作用，讓觀者預先知道劇情梗概，即會對劇情發展有一定的認識，因此與以上這些敘述方法相同都具有「奇事熟化」的作用。

「熟事奇化」指劇作中所言之事雖熟，但是通過「運用奇情」以及「點染增益情節」兩種方式在劇本中呈現「奇」。「運用奇情」，指該劇本之事雖然爲觀者所熟知或已有劇本先編寫過，但通過敘述「奇情」仍然讓劇本有可觀者，如《東牆記》雖依樣於《西廂記》，其相思的情感亦爲常人所有，但董秀英在第一折中通過唱曲蓄勢，蓄積情感，將相思之情推展到「鬼病三分」、「斷魂」的程度，這個情感已經超出常情而出「奇」，增加了此劇的可看性，又以這個情感爲基礎進一步發展劇情，則事雖熟然亦有可觀者。「點染增益情節」指加入「熟事」本無的故事情節，讓故事發展出人意表，此往往與「奇情」相輔，因爲劇作家在「熟事」中所添加的情節有時即爲敘述「奇情」。又「奇情」爲超乎常情，不爲人所熟悉之情，此往往作者匠心所在，爲原本之事所無，是作者所增入。

第五章　結　論

壹、元雜劇敘事體系的建構

本文主要在討論元雜劇敘事，通過連結各章節的研究，在此進一步提出元雜劇敘事的體系。然而在建構元雜劇敘事體系前，我們會面對一個根本性的問題，就是究竟何種敘事方法或表現才是元雜劇敘事的標準或準則？要解決這個問題，又會引發另一個問題，即何者是元雜劇敘事的目的？因爲當達到這個目的時，會有一種最合乎此目的的敘事表現予以相應，這兩個問題的釐清將有助於歸納統整元雜劇敘事表現。

一、抒情、言志與吸引觀眾的敘事目的與作用

元雜劇的文體架構分爲材料因、形式因、體要、體貌、體式等五項，在體要方面，元雜劇的動力因與目的因包括抒情、言志與吸引觀眾等三者，此三者都與敘事密切相關，劇作家爲了要達到吸引、娛樂觀眾、抒發情志等目的，所以自覺的選擇劇本進行敘事，並通過敘事綰合抒發內在情志與吸引觀眾三個目的。敘事是作者主觀文心中連結各動力因與目的因的主要結構關係的重要部分，所以它無法單純歸於體製、文采或主客材料，而是存在於主觀文心的體要中。抒情、言志與吸引觀者三點即爲元雜劇敘事的終極目的，此三點在元雜劇的敘述表現及用事表現都有重大的作用，以下即就本文前數章的研究成果，歸納抒情、言志、吸引觀者三者在敘事表現上之作用。

首先是抒情，元雜劇的抒情特徵承襲著詩緣情的傳統，爲元雜劇的本質特徵之一。在元雜劇的本質內涵中抒情、言志與敘事三者是相互因依並存，

其中抒情與敘事的關係爲「情事相依」，缺少情的元劇作品，其事是難以動人而無法成爲佳作，又情與志也必須要融合方能成爲優秀劇作，不具抒情的言志，雖然也可以通過敘事與吸引觀眾相綰合，但卻往往無法構成一個被公認的佳作，因此情志融合、情事相依是構成一個優秀劇作的必要條件。元雜劇獨特的本質特徵會呈現在文體架構中，如在材料因與體要中就可以看到抒情的影響，這共同形成元雜劇的敘事之「體」，然後進一步在敘述表現與用事表現中呈現其「用」。在敘述表現中，抒情即具備「深化」與「蓄勢」兩種功能，「深化」功能是指曲文的抒情性在衝突呈現上具有加深、突顯衝突的功能。「蓄勢」功能則是在元雜劇抒情的情節中，通過曲文的抒情特性快速蓄積力量，形成一種情勢，讓情節合理化、更眞摯動人。元雜劇中通過「蓄勢」加深人物的情感深度，由人物抒情來推動劇情的發展。使得唱曲抒情表現，不單僅僅只是抒情，更有推動情節、促使情節合理化之作用，在此抒情與敘事就通過曲文結合爲一。除此之外，抒情亦對元雜劇的時間產生作用，因此元雜劇在時間發展上有一個「抒情時間」，「抒情時間」不等於「表面時間」，而是在「表面時間」停頓或隱藏、模糊時繼續流動，這種時間流動方式可以顧到人物內心的細部描寫，和情節發展，不會因爲時間暫停、劇情就跟著暫停，而佔去了太多的篇幅。然「抒情時間」又不完全等同於現實時間，因爲它仍然是存在於劇本、舞台之中，只是它的流速近同於現實時間。「抒情時間」與敘事表現密切相關，通過「抒情時間」可以將元雜劇情節發展與抒情的「蓄勢」功能都結合在時間軸線上。至於在用事表現上則有熟情、奇情的變化。元雜劇中「熟情」的表現十分多樣，當劇本要表現這些情感類型時，就在情節推展中安置構成這些情感的要素，因此有著相同情感就容易會產生相似的情節模式。「奇情」則有兩種情況，一是指此情非人情之所常有，而別出一種情感類型，這在元雜劇中較爲少見；二是指此情爲人情之所常，但卻是人情之極端者。

至於言志，是承繼著詩言志傳統，亦爲元雜劇的本質特徵之一，在材料因與體要中亦可看到言志的影響，但言志對於敘述表現的影響不大，而是在用事表現中虛實的「價値意義」一點可以看出言志在劇本構事上的作用，雖然言志看似作用不大，但在敘事時卻往往成爲作者有意表現的焦點，爲劇本重要之處。

至於吸引觀者一點，在元雜劇敘事表現中隨時可見其作用，在敘述表現中不論是視角、情節推展、深化、蓄勢、時間，都可以看到爲了吸引觀者或是讓觀者更容易進入劇情之中而做的安排。如元雜劇中以「敘事體」敘述故事前因、暗場、前情、盤算動向來連結前後情節，或描述人物景色、預言劇情來輔助情節推展的這種敘述方式，具備六種功能，其中即有將劇中人物眼前之景呈現在觀者面前、方便觀者觀看等兩項。又如「二分敘述」使劇情簡化判分爲善惡兩線，這種敘述方式具有兩種功能，其中之一即是讓觀者容易明白劇情的發展脈絡。又如「抒情時間」是將元雜劇情節發展與抒情的「蓄勢」功能都結合在時間軸線上，這使得觀者在觀看時由「表面時間」的虛擬，進入「表面時間」時間的眞實，使觀者更容易感受到演員情緒的起伏，更深刻體會演員所蓄積的情感力量，讓曲文抒情的「蓄勢」功能能夠更有效果，所爆發的情感也更有說服力。在「熟」、「奇」的用事表現上也是以吸引觀者、讓觀者容易觀看爲目的進行措置，故用「熟」的原因中即包括「作觀通感」及「劇場雜鬧」等兩點。

二、「熟奇得宜」的敘事準則

抒情、言志、吸引觀者既爲元雜劇敘事的主要目的，又在元雜劇的敘事表現中產生重大的作用，由此便可進一步思考應如何妥善安排敘事方法、表現才能夠完善的達到這三種目的。我們認爲「熟奇得宜」是元雜劇敘事的妥善表現，因爲熟是使用觀者熟悉的情、理、人、事作爲表現的內容，以達到與觀者通感情志的目的，作者所抒發之情志便能與觀者相通，因此在敘述方法中，如「敘事體在情節推展上的效用」除了在敘事策略上的考量外，更考量到「敘事體」具有將景物呈現在觀者面前、讓觀者不需思索即可融入劇情、讓觀者預先了解劇情發展等功能，這讓觀者熟悉情節發展，也提高觀者的接受度。奇則是敘述奇特罕聞之人、事，或將熟情深化以爲奇情，將熟事增補修改以爲熟事，以吸引觀者。然而過熟則觀之索然無味，過奇則觀之茫然，或無法接受內容之怪謬荒誕，因此劇本若能在敘事的基礎上將情、理、人、事安排到「熟奇得宜」，就能夠同時兼顧抒情、言志與吸引觀者。

「熟奇得宜」表示所敘之情所不同於人之常情，但卻符合邏輯，不至於過淫放。所敘之志，爲人之常理，合乎風教之化，不會歪理當行。所敘之人，爲觀者熟悉之人，但卻又通過不同事件或不同描寫情感的方法，讓觀者所熟悉之人有不同的表現或情感深度，增加新奇之感。所敘之事，當爲觀者所熟知之事時，便加以變化增改，增加新奇之意，但又不會變幻至觀者難以了解的程度，而且會通過各種敘述方式讓觀者熟悉劇情；若爲觀者不熟悉或爲幻設之事時，亦會通過各種敘事手法讓觀者可以熟悉劇情發展。

三、元雜劇敘事體系

在確立元雜劇敘事的體式後，我們就可以開始進行元雜劇敘事體系的建構，以下我們通過圖式來理解元雜劇敘事體系，如下圖。這個圖式簡單呈現本文所欲建構的敘事體系，其主要表達的意義爲：劇作家爲了要達到抒情、言志、吸引觀者這三個目的，選擇元雜劇這一個文體作爲創作的載體，而元雜劇這個載體具有其特定的文體架構、特定的本質其特定文體架構包括材料因、形式因、體要與體式；特定本質內涵爲抒情、言志、敘事三者相互因依的特性。當作者元雜劇進行創作時必須受到這些創作規範的制約，因而劇本在敘事上的表現也就會反映出這些這些規範，形成一種規律，呈現出獨特的外在敘事表現。

文體、本質、觀者等特殊內涵即構成元雜劇敘事的「體」，此「體」是作爲外在敘事表現的內在規律，而外在敘事表現是由「敘述表現」與「用事表現」共同構成，敘述的對象爲「事」，「事」包含情、理、人、事，「事」由敘述所呈現，此二者相即不離，同可視爲敘事之「用」。就元雜劇內在敘事之「體」與外在敘事表現之「用」而言，「體」爲「用」之根，「用」爲「體」之顯，二者「體」「用」相依，不即不離。而敘述與用事的最佳表現就是「熟奇相宜」，若合乎此一標準則能兼顧抒情、言志、吸引觀者三個目的。

元雜劇敘事體系圖

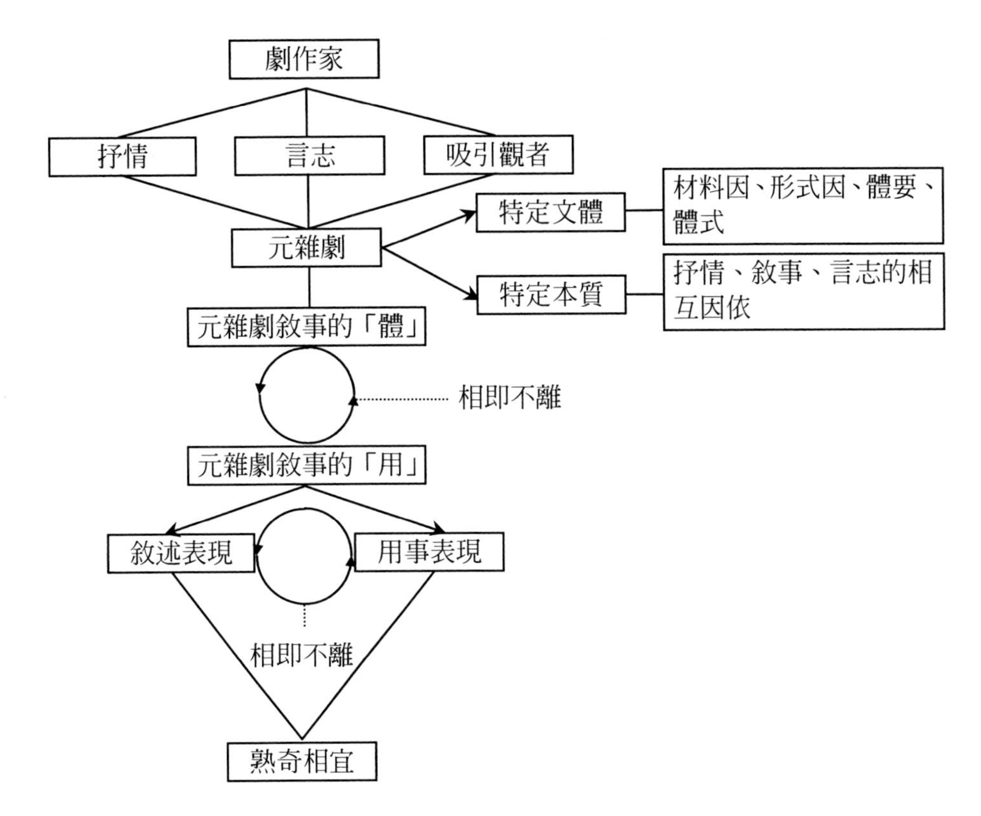

貳、建構元雜劇敘事體系的效用與展望

一、建構元雜劇敘事體系的效用

元雜劇的前行研究者多認爲元雜劇的抒情、文辭或音樂表現較爲突出，便相對忽略元雜劇的敘事表現，但通過元雜劇敘事體系之建立，便可說明元雜劇這個文體的內涵與本質都與敘事密不可分，以及元雜劇作者是遵循著一套由內而外的敘事結構來安排情節、敘述事件。這個結構是將敘事與抒情、言志連結在一起，由此一角度出發便不會再獨厚抒情、言志，而輕於敘事，可以提升敘事在元雜劇中的地位，並重新看待敘事與元雜劇之間的關係。

其次，此一體系是將文體內涵、本質與外在敘事表現作一連結，因此若再發掘出元雜劇其他的敘事表現，便可置入此一體系中，觀察此一外在敘事表現與文體內涵之關連，由此便可從文體內涵說明外在敘事表現產生的原因或作用，將該表現與元雜劇進行更緊密的結合。

再者傳統評賞元雜劇多從語言文字的風格呈現作爲切入進路，然通過本文的探討，發掘出元雜劇的敘事表現，便可從敘事的角度來評賞元雜劇，如可以從「敘述表現」與「用事表現」是否符合「熟奇得宜」的標準進行分析；或從抒情的角度觀察劇本敘事的表現；又或一個劇本是否兼顧抒情、言志與吸引觀者，在劇情發展上是否合於邏輯性，都是可以進行評賞的部分。且元雜劇有其讓劇本合乎邏輯要求的獨特敘述方法，由此可以提供討論元雜劇劇本敘述邏輯性的不同思考角度。從用事的虛實與熟奇也可以重新看待元雜劇取材的原則、依據。

以上說明元雜劇敘事體系所產生的效用，主要是針對重新定位、往後研究、評賞分析元雜劇來說，然而對於元雜劇敘事的研究並不能只僅止於元雜劇，而必須將觸角延伸到前後的不同敘事文體，如敘事詩、傳奇小說、諸宮調、明清戲曲……等等，進一步說明這些敘事文體與元雜劇之間的關係，而這些關係便是建構元雜劇敘事體系後可以進一步操作的議題，不但可以豐富元雜劇敘事的內涵，也可以增加對中國敘事文學的認識，然這些延伸議題的開端即在元雜劇敘事體系的建立。

二、建構元雜劇敘事體系的展望

中國敘事文學的研究已有極豐碩的成果，然元雜劇敘事內涵在敘事文學的前行研究中較少被討論，因此當對元雜劇敘事內涵有進一步的認識後，便可以重新思考元雜劇在文學史上中的地位，這主要可從兩方面來進行研究，一是從敘事的角度思考元雜劇在文學史發展上的位置；二是思考元雜劇在敘事文學史上的地位。

從敘事的角度討論元雜劇在文學史發展上的位置，主要有二：一爲敘事文體與抒情文體的結合；二爲敘事與抒情、言志傳統的融合。第一點可以從元雜劇中詩、劇結合的角度來看，元劇不但有適合抒情的韻文體裁，也有方便對話、推展劇情的賓白，一個劇本中不僅有抒情表現亦有敘事表現，抒情亦作爲敘事手法之一，兩者相輔相成，具有文體發展上意義。第二點抒情、言志傳統向來是中國古典文學的兩大傳統，而敘事傳統在史傳、小說系統下也是不斷的發展，雖然亦有敘事詩同時在詩中敘事與抒情，但其往往也只是藉事抒情，與元劇作家將敘事、抒情與言志同視爲元雜劇本質內涵的創作方式不同，或許即可從元雜劇獨特的本質內涵，進一步思考其在敘事、抒情與言志傳統中的地位，或作爲切入連結討論敘事、抒情、言志三者之關係。

元雜劇在敘事文學史上的地位可以討論的面向更廣，由於元雜劇敘事體系的建立，因此當觀察其他不同敘事文本、文體時，便容易將二者作連結，如《桃花扇》「先聲」中云：

（內）今日冠裳雅會，就要演這本傳奇。你老既係舊人，又且聽過新曲，何不把傳奇始末，預先鋪敍一番，大家洗耳？（答）有張道士的《滿庭芳》詞，歌來請教罷：

【滿庭芳】公子侯生，秣陵僑寓，恰偕南國佳人。讒言暗害，鸞鳳一宵分。又值天翻地覆，據江淮藩鎮紛紜。立昏主，徵歌選舞，黨禍起奸臣。良緣難再續，樓頭激烈，獄底沈淪。卻賴蘇翁柳老，解救殷勤。半夜君逃相走，望煙波誰弔忠魂？桃花扇、齋壇揉碎，我與指迷津。

（內）妙！妙！只是曲調鏗鏘，一時不能領會，還求總括數句。（答）待我說來：

奸馬阮中外伏長劍，巧柳蘇往來牽密線；

侯公子斷除花月緣，張道士歸結興亡案。〔註1〕

《桃花扇》此處以對話方式將全劇劇情以唱曲及詩句概略敘述一遍，這種敘述方式與元雜劇中的「預言劇情」有相似之處，都是讓觀者熟悉劇情發展，又與「試說一遍」的敘述方式相似，然而其中是否有更緊密的內在聯繫，則可以作更進一步的討論。此一例主要在說明元雜劇敘事與明清傳奇敘事表現是有相似之處，因此兩者的敘事關係是有可以作更深入討論的地方。此外如講唱文學的體製、敘事表現對元雜劇的影響；元雜劇敘事與小說敘事之間的關係等等，這些都是可以在「元雜劇敘事研究」這個議題之上作進一步討論的論題。

〔註1〕參見（清）孔尚任著，王季思、蘇寰中、楊德平校注：《桃花扇》（台北：里仁書局，1996年），頁2。

參考書目

此處參考書目爲羅列論文中曾引用到之書籍、論文，分爲劇本、古典曲論、其他古籍、近人專著、期刊與會議論文、學位論文六項羅列之。

一、劇本

1.（元）高明著，錢南揚校注，李殿魁補校注：《琵琶記》（台北：里仁書局，1998 年）
2.（明）丁耀亢著：《赤松遊》（台北：天一出版社，1996 年）
3.（明）王玉峰著，湯顯祖評點：《焚香記》（台北：天一出版社，1983 年）
4.（明）孫浪著：《三社記》（台北：天一出版社，1983 年）
5.（明）陳與郊著：《鸚鵡洲》（台北：天一出版社，1983 年）
6.（明）湯顯祖著，徐朔方、楊笑梅校注：《牡丹亭》（台北：里仁書局，1995 年）
7.（明）臧懋循輯：《元曲選（一～四）》（台北：台灣中華書局，1983 年，二版）
8.（清）孔尚任著，王季思、蘇寰中、楊德平校注：《桃花扇》（台北：里仁書局，1996 年）
9. 徐征、張月中、張聖潔、奚海主編：《全元曲》（石家莊：河北教育出版社，1998 年）
10. 隋樹森編：《元曲選外編》（台北：宏業書局，1982 年）
11. 楊家駱主編：《全元雜劇二編》（台北：世界書局，1988 年，三版）
12. 楊家駱主編：《全元雜劇三編》（台北：世界書局，1973 年，再版）
13. 楊家駱主編：《全元雜劇外編》（台北：世界書局，1974 年，再版）
14. 楊家駱主編：《全元雜劇初編》（台北：世界書局，1968 年）

二、古典曲論

1.（元）夏庭芝著：《青樓集》，收於中國戲劇研究院編校重排：《中國古典戲曲論著集成・第二冊》（北京：中國戲劇出版社，1959年）
2.（元）鍾嗣成著：《錄鬼簿》，收於中國戲劇研究院編校重排：《中國古典戲曲論著集成・第二冊》（北京：中國戲劇出版社，1959年）
3.（明）王驥德著：《曲律》，收於中國戲劇研究院編校重排：《中國古典戲曲論著集成・第四冊》（北京：中國戲劇出版社，1959年）
4.（明）朱權著：《太和正音譜》（台北：學海出版社，1991年，再版）
5.（明）呂天成著，吳書蔭校注：《曲品校注》（北京：中華書局，1990年）
6.（明）沈德符著：《顧曲雜言》，收於中國戲劇研究院編校重排：《中國古典戲曲論著集成・第四冊》（北京：中國戲劇出版社，1959年）
7.（明）凌濛初著：《譚曲雜劄》，收於中國戲劇研究院編校重排：《中國古典戲曲論著集成・第四冊》（北京：中國戲劇出版社，1959年）
8.（明）湯顯祖著，徐朔方箋校：《湯顯祖全集》（北京：北京古籍出版社，1998年）
9.（明）謝肇淛著：《五雜俎》（台北：新興書局，1971年）
10.（清）王國維著：《王國維戲曲論文集——〈宋元戲曲考〉及其他》（台北：里仁書局，1993年）
11.（清）李　漁著：《閒情偶記・詞曲部》，收於中國戲劇研究院編校重排：《中國古典戲曲論著集成・第七冊》（北京：中國戲劇出版社，1959年）
12.（清）徐大椿著：《樂府傳聲》，收於中國戲劇研究院編校重排：《中國古典戲曲論著集成・第七冊》（北京：中國戲劇出版社，1959年）
13.（清）劉熙載著：《藝概》（台北：華正書局，1988年）
14. 陳多、葉長海編著：《中國歷代劇論選注》（長沙：湖南文藝出版社，1987年）
15. 程炳達、王衛民編著：《中國歷代曲論釋評》（北京：民族出版社，2000年）
16. 蔡毅編著：《中國古典戲曲序跋彙編》（濟南：齊魯書社，1989年）

三、其他古籍

1.（漢）毛亨傳，（漢）鄭玄箋，（漢）孔穎達等正義：《毛詩正義》（台北：藝文印書館，2000年）
2.（漢）司馬遷撰，（宋）裴駰集解，（唐）司馬貞索隱，（唐）張守節正義：《史記》（北京：中華書局，1997年）
3.（漢）班固著，（唐）顏師古注：《漢書》（北京：中華書局，1997年）

4. （漢）許慎著，（清）段玉裁注，魯實先正補：《說文解字注》（台北：黎明文化事業股份有限公司，1974年）
5. （漢）鄭玄注，（唐）孔穎達等正義，（清）阮元校勘：《禮記正義》（台北：藝文印書館，2000年）
6. （漢）鄭玄注，（唐）賈公彥疏《周禮注疏》（台北：藝文印書館，2000年）
7. （晉）干寶著，汪紹盈校注：《搜神記》（台北：里仁書局，1999年）
8. （晉）杜預注，（唐）孔穎達正義：《左傳正義》（台北：藝文印書館，2000年）
9. （晉）摯虞著：〈文章流別論〉，收於（宋）李昉等奉敕撰：《太平御覽・第五冊》（台北：台灣商務印書館，1956年，台一版）
10. （南朝齊梁）劉勰著，周振甫譯注：《文心雕龍譯注》（台北：五南圖書出版有限公司，1993年）
11. （南朝齊梁）劉勰著，趙仲邑譯注：《文心雕龍譯注》（台北：貫雅文化事業有限公司，1991年）
12. （唐）杜甫著，（清）楊倫編；（清）浦起龍著：《志古堂校刊本杜詩鏡銓/寧我齋自刻本讀杜新解》（台北：漢京文化，1980年）
13. （後晉）劉昫等著：《舊唐書》（北京：中華書局，1997年）
14. （後漢）王定保著：《唐摭言・第二冊》，收於嚴一萍選輯：《百部叢書集成——學津討原叢書》（台北：藝文印書館，1966年）
15. （宋）李復著：《潏水集》，收於紀昀等編纂：《景印文淵閣四庫全書》集部60別集類（台北：台灣商務印書館，1985年）
16. （宋）范曄著，（唐）李賢等注：《後漢書》（北京：中華書局，1997年）
17. （宋）李昉等編：《太平廣記》（北京：中華書局，1961年）
18. （宋）高承著：《事物紀原》，收於嚴一萍選輯：《百部叢書集成——惜陰軒叢書》（台北：藝文印書館，1966年）
19. （宋）陳巖肖著：《庚溪詩話》，收於嚴一萍選輯：《百部叢書集成——百川學海》（台北：藝文印書館，1966年）
20. （宋）鄭思肖著：《鐵函心史》收於楊家駱編：《民族正氣叢書（第一冊）》（台北：世界書局，1956年）
21. （宋）謝枋得著：《謝疊山集》，收於嚴一萍選輯：《百部叢書集成——正誼堂全書》（台北：藝文印書館，1966年）
22. （宋）蘇軾著：《東坡志林》（北京：京華出版社，2000年）
23. （明）王夫之著，船山全書編輯委員會編校：《古詩評選》，收於《船山全書・第十四冊》（長沙：嶽麓書社，1996年）
24. （明）王陽明著：《精校斷句王陽明傳習錄》（台北：廣文書局，1994年，三版）

25.（明）宋濂等著：《元史》（北京：中華書局，1997 年）
26.（明）施耐庵、羅貫中著，王利器校訂：《插圖水滸全傳校訂本（上）》（台北：貫雅文化事業有限公司，1991 年）
27.（清）王國維著：《觀堂集林》（石家莊：河北教育出版社，2001 年）
28.（清）凌廷堪著：《校禮堂詩集》，收於《續修四庫全書》編纂委員會編：《續修四庫全書》1480・集部・別集類（上海：上海古籍出版社，2002 年）
29.（清）楊懋建著：《夢華瑣簿》，收於張次溪編著：《清代燕都梨園史料・上冊》（北京：中國戲劇出版社，1988 年）
30.（清）劉廷獻著，汪北平、夏志和點校：《廣陽雜記》（北京：中華書局，1957 年）
21. 無名氏著：《大元聖政國朝典章》，收於《四庫全書存目叢書》・史部 263 冊（濟南：齊魯書社，1996 年）
32. 中華書局編輯部點校：《全唐詩（增訂本）》（北京：中華書局，1999 年）
33. 任訥編：《全元散曲》（台北：台灣中華書局，1986 年，三版）
34. 唐圭璋編：《全宋詞》（北京：中華書局，1965 年）
35. 郭紹虞主編：《中國歷代文學論著精選》（台北：華正書局，1991 年）

四、近人專著、論文集

1.（日）吉川幸次郎著，鄭清茂譯：《元雜劇研究》（台北：藝文印書館，1987 年，四版）
2.（法）茨書塔・托多羅夫（Tzvetan Todorov）著，蔣子華、張萍譯：《巴赫金對話理論及其他》（天津：百花文藝出版社，2001 年）
3.（法）熱拉爾・熱奈特著，王文融譯：《敘事話語　新敘事話語》（北京：中國社會科學出版社，1990 年）
4.（美）浦安迪講演：《中國敘事學》（北京：北京大學出版社，1996 年）
5.（英）史蒂文・科恩、（美）琳達・夏爾斯合著，張方譯：《講故事——對敘事虛構作品的理論分析》（北縣：駱駝出版社，1997 年）
6.（英）佛斯特（E.M. Forster）著，李文彬譯：《小說面面觀》（台北：志文出版社，2002 年，新版）
7. 王唯著：《戲劇的原理與評析》（台北：小報文化，1997 年）
8. 王夢鷗著：《文學概論》（台北：藝文印書館，1998 年）
9. 申丹著：《敘述學與小說文體學研究》（北京：北京大學出版社，1998 年）
10. 朱自清著：《詩言志辨》（台北：臺灣開明書局，1964 年）
11. 吳戈著：《戲劇本質新論》（昆明：雲南大學出版社，2001 年）
12. 李曉著：《比較研究：古劇研究原理》（北京：中國戲劇出版社，1989 年）

13. 李惠綿著：《元明清戲曲搬演論研究》（台北：文史哲出版社，1998 年）
14. 李惠綿著：《戲曲批評概念史》（台北：里仁書局，2002 年）
15. 見列夫・托爾斯泰（л. Н. ТолстоЙ）著，草嬰譯：《托爾斯泰小說全集（五）》（台北：遠流與木馬文化合作出版，2002 年）
16. 金健仁著：《小說結構美學》（台北：木鐸出版社，1988 年）
17. 姚一葦著：《戲劇原理》（台北：書林出版有限公司，1992 年）
18. 姚一葦著：《戲劇與文學》（台北：聯經出版社，1989 年）
19. 柯秀沈著：《元雜劇的劇場藝術》（台北：學海出版社，1993 年）
20. 胡亞敏著：《敘事學》（武漢：華中師範大學出版社，1998 年）
21. 孫文輝著：《戲劇哲學——人類的群體藝術》（長沙：湖南大學出版社，1998 年）
22. 徐岱著：《小說形態學》（杭州：杭州大學出版社，1992 年）
23. 徐子方著：《關漢卿研究》（台北：文津出版社，1994 年）
24. 徐扶明著：《元代雜劇藝術》（台北：學海出版社，1997 年）
25. 徐復觀著：《中國文學論集》（台北：台灣學生書局，1985 年，6 版）
26. 耿湘沅著：《元雜劇的時代精神》（台北：文史哲出版社，1987 年）
27. 張庚、郭漢城等著：《中國戲曲通史》（台北：大鴻圖書有限公司，1998 年）
28. 張寅德編：《敘述學研究》（北京：中國社會科學出版社，1989 年）
29. 張淑香著：《元雜劇中的愛情與社會》（台北：大安出版社，1991 年）
30. 張淑香著：《抒情傳統的省思與探索》（台北：大安出版社，1992 年）
31. 梅蘭芳述：《舞台生涯》（台北：里仁書局，1979 年）
32. 莫礪鋒編，尹祿光校：《神女之探尋——英美學者論中國古典詩歌》（上海：上海古籍出版社，1994 年）
33. 許子漢著：《元雜劇的聲情與劇情》（台北：里仁書局，2003 年）
34. 許子漢著：《元雜劇聯套研究——以關目排場爲論述基礎》（台北：文史哲出版社，1998 年）
35. 許子漢著：《明傳奇排場三要素發展歷程之研究》（台北：國立台灣大學出版委員會，1999 年）
36. 陳多著：《戲曲美學》（成都：四川人民出版社，2001 年）
37. 陳平原著：《中國小說敘事模式的轉變》（台北：久大文化，1990 年）
38. 陳亞先著：《戲劇編劇淺談》（台北：文津出版社，1999 年）
39. 傅謹著：《戲劇美學》（台北：文津出版社，1995 年）

40. 傅修延著：《先秦敘事研究——關於中國敘事傳統的形成》（北京：東方出版社，1999年）
41. 曾永義著：《中國古典戲曲的認識與欣賞》（台北：正中書局，1991年）
42. 曾永義著：《明雜劇概論》（台北：學海出版社，1979年）。
43. 曾永義著：《説俗文學》（台北：聯經出版事業公司，1980年）
44. 曾永義著：《論説戲曲》（台北：聯經出版社，1997年）
45. 游宗蓉著：《元明雜劇之比較研究——以題材爲核心之探討》（台北：學海出版社，1999年）
46. 游宗蓉著：《元雜劇排場研究》（台北：文史哲出版社，1998年）
47. 童慶炳著：《文體與文體創造》（昆明：雲南人民出版社，1994年）
48. 葉長海著：《中國藝術虛實論》（台北：學海出版社，1997年）
49. 葉長海著：《曲律與曲學》（台北：學海出版社，1993年）
50. 董小英著：《敘述學》（北京：社會科學文獻出版社，2001年）
51. 董每勘著：《董每勘文集・上卷》（廣州：廣東高等教育出版社，1999年）
52. 齊如山著，齊如山全集編印委員會編：《齊如山全集・第一冊》（台北：聯經出版社，1979年）
53. 齊華森、陳多、葉長海主編：《中國曲學大辭典》（杭州：浙江教育出版社，1997年）
54. 蔡英俊著：《比興物色與情景交融》（台北：大安出版社，1990年）
55. 鄭騫著：《景午叢編（上編）》（台北：臺灣中華書局，1972年）
56. 鄭傳寅著：《中國戲曲文化概論》（北縣：志一出版社，1995年）
57. 鄭傳寅著：《傳統文化與古典戲曲》（台北：揚智文化事業股份有限公司，1995年）
58. 蕭啓慶著：《元代史新探》（台北：新文豐出版公司，1983年）
59. 錢鍾書著：《管錐篇》（台北：書林出版社，1990年）
60. 顏天佑著：《元雜劇八論》（台北：文史哲出版社，1996年）
61. 顏崑陽著：《六朝文學觀念叢論》（台北：正中書局，1993年）
62. 顏崑陽著：《李商隱詩箋釋方法論》（台北：台灣學生書局，1991年）
63. 羅鋼著：《敘事學導論》（昆明：雲南人民出版社，1994年）
64. 羅錦堂著：《現存元人雜劇本事考》（台北：中國文化事業公司，1960年）
65. 羅錦堂著：《錦堂論曲》（台北：聯經出版社，1977年）
66. 譚帆、陸煒合著：《中國古典戲劇理論史》（北京：中國社會科學出版社，1993年）

67. 蘇國榮著：《中國劇詩美學風格》（台北：丹青圖書有限公司，1987 年）
68. 龔鵬程著：《文學批評的視野》（台北：大安出版社，1990 年）
69. 龔鵬程著：《文學與美學》（台北：業強出版社，1995 年）
70. 龔鵬程著：《詩史本色與妙悟》（台北：學生書局，1993 年，增訂版）

五、單篇論文

1.（日）吉川幸次郎著，鄭清茂譯：〈推移的悲哀——古詩十九首的主題（上）〉，收於《中外文學》，第 6 卷第 4 期（1977 年 9 月）
2. 李軍著：〈代言體辨識〉，收於《鄂州大學學報》第七卷第一期（2000 年 1 月）
3. 李惠綿著：〈論關漢卿雜劇中的「改扮人物」〉，收於《中外文學》，第 19 卷第 6 期（1990 年 11 月）
4. 李惠綿著〈戲曲關目論之興起與發展〉，收於吳雪美編輯：《宋元文學學術研討會論文集》（台北：東吳大學中文系，2002 年）
5. 林鶴宜著：〈論明清傳奇敘事的程式性〉，收於華瑋，王瑷玲主編：《明清戲曲國際研討會論文集》（台北：中研院文哲所籌備處，1998 年）
6. 姜景奎著：〈梵劇《沙恭達羅》的顯在敘事〉，收於《河南教育學院學報（哲學社會科學版）》，第 4 期總第 66 期（1998 年）
7. 許子漢著：〈論元人戰爭劇與戰爭場面的喜劇精神〉，收於東華大學人文社會科學學院主編：《東華人文學報》，第 3 期（2001 年 7 月）
8. 許子漢著：〈戲曲「關目」義涵之探討〉，收於東華大學人文社會科學學院主編：《東華人文學報》，第 2 期（2000 年 7 月）
9. 郭英德著：〈論元雜劇的戲劇衝突〉，收於《戲曲研究》，第 15 輯（1985 年）
10. 陳建森著：〈元雜劇「演述者」身份轉換與「代言性干預」〉，收於《華南師範大學學報（哲學社會科學版）》，第 6 期（2001 年 6 月）
11. 陳建森著：〈元雜劇形態引論〉，收於《華南師範大學學報（哲學社會科學版）》，第 36 卷第 2 期（2000 年 6 月）
12. 陳建森著：〈試論元雜劇的演述形式〉，收於《暨南學報（哲學社會科學版）》，第 21 卷第 5 期（1999 年 9 月）
13. 曾永義著：〈元雜劇體製規律的淵源與形成〉，收於國立台灣大學中文系編：《台大中文學報》，第 3 期（1989 年 12 月）
14. 黃麗貞著：〈元雜劇中的人稱詞〉，收於《中國語文》，第 478 期（1997 年 4 月）
15. 楊國政著：〈試論法國古典戲劇中的顯在敘事〉，收於《河南教育學院學報（哲學社會科學版）》，第 1 期總第 63 期（1998 年）

16. 韓麗霞：〈試論明清傳奇顯在敘述特性和敘事策略〉，收於《河南教育學院學報（哲學社會科學版）》，第 3 期總第 65 期（1998 年）
17. 韓麗霞著：〈試論元雜劇的情節結構模式〉，收於《許昌師專學報（社會科學版）》，第 17 卷第 3 期（1998 年）
18. 顏崑陽著：〈從〈詩大序〉論儒系詩學的「體用」觀——建構「中國詩用學」三論〉，收於國立政治大學中國文學系主編：《第四屆漢代文學與學術思想研討會論文集》（台北：國立政治大學中文系，2003 年 4 月）

六、學位論文

1. 吳秀卿著：《元代文人故事劇研究》（臺灣大學碩士論文，1985 年）
2. 吳姍姍著：《元雜劇中的通俗劇結構》（成功大學碩士論文，1993 年）
3. 呂幸珍著：《元代包公戲研究》，師範大學碩士論文，1994 年）
4. 李相著：《元代風情劇研究》（師範大學碩士論文，1986 年）
5. 李順翼著：《元代士人劇研究》（東吳大學碩士論文，1988 年）
6. 林鶴宜著：《阮大鋮石巢四種研究》（東海大學碩士論文，1986 年）
7. 洪素貞著：《元雜劇中的悲劇觀》（國立台灣師範大學碩士論文，1988 年）
8. 范長華著：《元代報冤類雜劇研究》（高雄師範大學博士論文，1994 年）
9. 陳美雪著：《元雜劇神話情節研究》（輔仁大學碩士論文，1979 年）
10. 黃慧眞著：《元雜劇的娼妓題材研究》（逢甲大學碩士論文，1995 年）
11. 葉三銘著：《元雜劇中復仇之情節與人物》（成功大學碩士論文，1999 年）
12. 葉慧玲著：《元雜劇中「夢」的探析》（師範大學碩士論文，1999 年）
13. 趙幼民著：《元代度脱劇研究》（輔仁大學碩士論文，1975 年）
14. 齊曉楓著：《元代公案劇研究》（輔仁大學碩士論文，1973 年）
15. 劉淑爾著：《元雜劇情節單元與故事類型研究》（文化大學博士論文，1995）
16. 鄭義源著：《元雜劇歷史戲之研究》（政治大學碩士論文，1988 年）
17. 黎滔泉著：《元雜劇死亡題材研究》（逢甲大學碩士論文，2000 年）
18. 賴素玟著：《解釋的有效性——六朝志怪小說夢故事研究》（中興大學碩士論文，2001 年）
19. 龍潔玉著：《元雜劇包公戲與明包公小說研究》（臺灣大學碩士論文，2000 年）
20. 魏惠娟著：《元代家庭劇研究》（師範大學碩士論文，1984 年）
21. 譚美玲著：《元代仕隱劇研究》（輔仁大學碩士論文，1988 年）